황순원 소설과 샤머니즘

나남
nanam

나남신서 · 1771

황순원 소설과 샤머니즘

2014년 7월 25일 발행
2014년 7월 25일 1쇄

지은이_ 김주성
발행자_ 趙相浩
발행처_ (주) 나남
주소_ 413-120 경기도 파주시 회동길 193
전화_ (031) 955-4601(代)
FAX_ (031) 955-4555
등록_ 제 1-71호(1979.5.12)
홈페이지_ http://www.nanam.net
전자우편_ post@nanam.net

ISBN 978-89-300-8771-1
ISBN 978-89-300-8001-9(세트)

나남신서 1771

황순원 소설과 샤머니즘

김주성 지음

Hwang Soonwon's Novels and Shamanism

by

Kim Juseong

nanam

나의 정서적 성장기는 〈소나기〉를 분기점으로 하여 '소나기 전기'와
'소나기 후기'로 나뉜다. 그만큼 황순원 선생님의 단편소설 〈소나
기〉는 내 어린 시절에 큰 영향을 미쳤다. 그저 아련하기만 하던 한 소
녀에 대한 알 수 없는 감정이 〈소나기〉를 읽고서부터 꽃길을 거니는
기쁨의 그림으로 살아났고, 가슴 저린 상실의 아픔으로 다가왔다. 내
가슴 속에 든 그것이 왜 그리 애틋했던가를 〈소나기〉가 자세하게 가
르쳐준 것이다. 나는 비로소 개구쟁이 어린아이에서 성큼 자란 소년
으로 변할 수 있었다.

　〈소나기〉 속 소녀의 손에서 소년의 손으로 옮겨진 하얀 조약돌과,
소녀가 입은 채로 묻어달라고 했다는 흙물 든 스웨터, 나의 애틋한 추
억과 더불어 평생 기억에 간직된 그 두 부적(符籍)이 주술(呪術)처럼
이끌었던 것일까. 〈소나기〉를 통해 맺어진 황순원 선생님과의 인연

은 수십 년의 세월을 건너뛰어 마침내 선생님 작품에 수용된 샤머니즘 연구로 이어졌다.

샤머니즘의 본질적 기능은 인간이 살아가면서 맞닥뜨리는 고충들을 바로 지금 이 현실세계에서 해결하고 예방하는 데 있다. 그래서 샤머니즘은 길흉화복을 점치고 생활 속에서 복을 구하는 기복적인 성격이 강하다. 그런가 하면 기독교는 인간이 겪는 모든 고충들은 원죄에 의한 것이므로 신이 역사하는 큰 뜻의 하나로 받아들여, 참고 견디되 내세의 구원을 약속한다. 황순원 선생님은 샤머니즘과의 이런 본질적 차이에도 불구하고 불온한 습합에 의해 본령에서 이탈한 기독교의 현실을 냉정한 시선으로 비판한다.

이 책의 첫 번째 글에서는 황순원 선생님의 주요 단편들과 장편 《일월》 속에 샤머니즘 요소들이 어떻게 수용되고 기능하는지를 살펴보았다. 두 번째 글에서는 황순원 선생님의 《움직이는 성》과 김동리 선생님의 문제작 《을화》를 대비 고찰하여 샤머니즘과 기독교에 대한 두 작가의 사뭇 다른 입장을 밝혀보았다.

그리고 부록으로 소개한 '황순원 문학 연구의 지평 확대 가능성'은 지난해 제 10회 황순원문학제 황순원 문학세미나에서 발표한 원고를 정리한 것이다. 작게나마 황순원 문학연구의 새로운 국면을 여는 계기가 되었으면 하는 바람에서 소개하기로 하였다.

엮고 나니 기대에 미치지 못하나마 숙제를 끝낸 후련함이 없지 않다. 더 늦기 전에 숙제를 풀도록 격려해주신 김종회 교수님께 감사드린다.

아울러 이 글이 빛을 보기까지 지도해주시고 도움을 주신 김인환,

김재홍, 조남현, 이정재 교수님을 비롯한 여러 스승님들과, 이 책의 출간을 선뜻 허락해주신 조상호 회장님, 고승철 사장님, 그리고 방순영 편집장님을 비롯한 나남 여러분께도 고마운 마음을 전한다.

2014년 7월

김 주 성

나남신서 · 1771

황순원 소설과 샤머니즘

차 례

02 　김동리 · 황순원 소설 속의
　　　샤머니즘과 기독교

제1부

황순원 소설의 샤머니즘 수용양상

제1장

황순원 소설에서 샤머니즘 찾기

1. 연구 목적

20세기 한국문학사를 돌아볼 때 황순원은 우리 문단에 끼친 영향이나 이룩한 문학적 성과에 있어 양적·질적으로 한국문학을 대표하는 거목의 한 사람이라고 할 수 있다.

1915년에 태어난 황순원은 17세 때인 1931년 7월에 처녀시 〈나의 꿈〉을 《동광》에 발표하며 문학활동을 시작했다. 이후 《방가》(1934. 11.)와 《골동품》(1936. 5.) 등 두 권의 시집을 간행했으며, 1937년 7월 단편 〈거리의 부사〉(《창작》 제3집)를 발표하며 소설가로 등단하였다. 이때부터 시보다 소설 창작에 전념한 그는 1985년 12월 단편 〈땅울림〉을 《세기의 문학》에 발표하기까지 약 반세기에 걸친 작품 연보를 쌓으며, 어떤 시대적 조류에도 휩쓸리지 않고 일관되게 순수문학의 본령을 지키면서 그만의 독특한 소설세계를 열어나갔다. 이 기간 그가 발표한 소설은 단편 104편, 중편 1편, 장편 7편에 달한다.

황순원이 소설 창작을 본격화한 1930년대 후반은 개화 이후 줄기차게 진행된 근대성 추구의 산물인 리얼리즘과 모더니즘 경향이 퇴조하고, 전 시대와 다른 새로운 경향이 등장하는 전환기적 상황이었다. 당시 신인들을 중심으로 나타나기 시작한 새로운 경향은 현실의 재현보다 표현을 중시하였다. 황순원은 이러한 새로운 경향을 대표하는 작가였으며, 전 시대의 역사적 진보를 믿는 리얼리즘 작가들이나 실험정신을 앞세운 모더니즘 작가들과는 사뭇 다른 문학세계를 펼쳐나갔다.

그 특징의 하나가 첫 창작집 《늪》(1940. 8.)에 수록된 단편들에서 두드러지게 나타나듯이 인간 내면심리의 탐색과 감각적이고도 섬세한 주정적 묘사, 그리고 한국의 토착정서와 전통정신에 대한 강한 애착을 보여주는 것이다. 이런 경향은 일제의 한글 말살정책이 노골화된 1941년 태평양전쟁 발발 이후부터 해방 직전까지의 시기에 창작한 작품들을 주로 실은 《기러기》(1951. 8.)에 이르러 더욱 두드러진다. 이 시기 한때 고향에 은둔했던 그는 "깊은 밤 질화로의 꺼진 재를 헤집고 반짝이는 새 불씨를 기쁨으로 틔워내듯"[1] 이 토착정서와 전통정신을 단편소설로 빚어나간 것이다.

특히 이 시기의 작품들에서부터 샤머니즘 요소들의 수용 징후가 뚜렷해지는데, 이러한 경향은 토착정서와 전통정신에 대한 작가의 애

---

1) 황순원, "책 머리에", 《황순원전집 1》, 문학과지성사, 2000, 161~162쪽 참조.

착과 밀접한 관련을 맺는 것으로 여겨진다. 샤머니즘은 우리 민족사의 시작과 함께 성립되어 민중의 생활 속에 깊이 뿌리를 내린 채 전통문화의 기층을 이루며 전승돼왔다. 따라서 토착정서와 전통정신이 작품의 배경이 된다는 것은 그 자체로 샤머니즘 요소들이 자리할 훌륭한 토양이 됨을 의미한다.

실제로 황순원의 초기작인 〈닭제〉, 〈별〉, 〈산골아이〉, 〈세레나데〉 등의 작품들은 재래의 농촌이나 산골이 무대로 설정되어 순박한 사람들의 곤궁한 삶의 모습과 한의 정서, 원시적 생명력의 아름다움을 그리며, 이 과정에서 수용된 일련의 샤머니즘 요소들이 작품의 미학적 구현에 중요한 촉매로 작용한다. 이를테면 〈닭제〉에서 희생제의의 모티프가 되는 수탉의 살해, 〈별〉에서의 저주의 주술, 〈산골아이〉에서 입사의식의 모티프가 되는 전래설화, 〈세레나데〉에서 어두운 시대현실의 메타포로 기능하는 무당에 관한 삽화 등이 그것이다.

1950~1970년대를 거치면서 황순원은 한국인의 한과 토속적인 것, 한국인의 근원 정신에 관련된 시대적·사회적 문제에 대한 폭넓은 접근[2]을 통해 인간 구원의 가능성과 범생명주의로까지 확대되는 휴머니즘의 주제를 일관되게 추구해나갔다. 이 과정에서도 샤머니즘 요소의 수용은 여러 작품을 통해 지속적으로 이루어진다. 특히 장편 《일월》과 《움직이는 성》에 이르면 샤머니즘의 세계가 전면적이고 본격적으로 수용되어 주제 형성의 핵심적인 모티프이자 서사전개의

---

2) 오생근, "전반적 검토", 《황순원전집 12 - 황순원 연구》, 문학과지성사, 2000, 12쪽.

중추적 장치로 기능하고 있음을 볼 수 있다.

제1부에서는 황순원 소설에서 볼 수 있는 이 같은 샤머니즘 수용양상에 주목하여, 소설에 수용된 샤머니즘 요소들을 분석하고 그 미학적 가치와 문학사적 의의를 탐구해나가고자 한다.

이 같은 과제를 설정하게 된 또 다른 동기는 샤머니즘을 작품에 수용하는 황순원의 여타 작가들과는 다른 독특한 시각에 이끌려서이다. 황순원이 몰두해온 문학적 과제의 큰 줄기는 한국적인 아름다움과 인간의 숙명적인 고독의 의미, 또는 인간관계의 의미를 추구하는 것이었다.[3] 따라서 그의 작품 속에서 발견되는 샤머니즘 요소들은 그 자체가 주제가 되거나 무거운 사상의 짐을 짊어지지 않는다. 이를테면 황순원과 동시대 작가로서 샤머니즘을 평생의 큰 주제로 삼아 창작활동을 전개한 김동리의 경우 절대적 긍정의 시각으로 샤머니즘을 대하는 데 비해 황순원은 객관적 시각을 바탕으로, 나아가 냉정한 비판적 입장에서 샤머니즘을 바라본다.

황순원의 이 같은 샤머니즘 수용태도의 배경을 밝히는 과정에서 문학의 크나큰 토양인 전통문화의 핵심적인 부분을 이해하는 데 의미 있는 전망을 얻을 수 있을 것으로 기대된다.

---

3) 천이두, "종합에의 의지", 김종회 편, 《황순원》, 새미, 1998, 166쪽.

2. 연구사 검토

황순원 소설에 대한 연구는 1950년대부터 양적·질적으로 꾸준히 그 폭과 깊이를 더해왔다. 그러나 1950~1960년대까지는 작가의 왕성한 활동에 비해 아직 미미한 성과에 머물렀다. 이 시기의 연구는 일부 작품들에 한정된 단편적인 평문이 대부분으로, 밀도 있는 작품분석에는 이르지 못하였다.

이런 가운데서도 조연현이 황순원 소설에 대한 포괄적인 평가를 시도한 것은 주목할 만하다. 그는 "황순원 단장"[4]이란 글에서 황순원이 시 창작의 바탕이 된 인생의식과 예술의식을 적절히 조화시켜 "인생의 감정을 서정적인 감각을 통해 표현하는" 작가라고 파악하고, 단편 작가로서는 주정적 경향을 노정하고 있으나 장편을 발표하면서 이를 사회적 세계, 철학적 세계로 확대·심화해나갔다고 평가하였다.

이어 구창환[5]이 황순원이 추구하는 작품세계를 "토속적이고 향토적인 리리시즘을 바탕으로 한 범생명주의적인 휴머니즘"으로 파악하였고, 천이두[6]도 황순원의 소설 창작 경향에 대해 "토속세계에 대한 애정과 집착을 예술적 방법의 하나로 취하고 있다"고 평가하였다. 이들 조연현, 구창환, 천이두 등의 평가는 이후 황순원 작품 논의의 중요한 토대를 마련했다는 점에서 의미 있는 성과라고 할 수 있다. 이외에 1950~1960년대의 황순원 작품에 대한 주요 평문으로는 김성

---

4) 조연현, "황순원 단장", 《현대문학》(1964. 11.).
5) 구창환, "황순원 문학서설", 조선대학교 《어문학 논총》(제6호, 1965).
6) 천이두, "토속세계의 설정과 그 한계", 《사상계》(1968. 12.).

욱7), 곽종원8), 천이두9), 이어령10), 백철11), 조연현12) 등의 평문을 들 수 있다.

황순원의 작품 전반에 대한 면밀한 검토와 함께 작가의식 및 기법적인 특성을 총체적으로 파악함으로써 논의를 본격적으로 진행한 것은 1970년대부터라고 할 수 있다.

이 시기 황순원 소설 연구에 관한 한 질과 양적인 면에서 가장 활발하게 논의를 이끈 이는 천이두13)였다. 그는 "종합에의 의지"(《현대문학》1973. 8.)라는 글에서 황순원이 추구해온 두 갈래의 문학적 과제를 "한국적인 아름다움을 추구하려는 노력과 인간의 숙명적인 고독의 의미 및 인간관계의 의미를 추구하려는 노력"이라고 파악하였다. 전자는 주로 단편문학을 통해, 후자는 주로 장편소설을 통해 추구했다고 보았다. 즉, 단편소설을 통해 고유한 토속적인 세계를 그려내고 장편소설을 통해 현대적·도회적 세계에 집중함으로써 황순원은 낡

---

7) 김성욱, "시와 인형", 《해동공론》(1952. 3.).
8) 곽종원, "황순원론", 《문예》(1952. 9.).
9) 천이두, "인간속성과 모랄", 《현대문학》(1958. 11.).
10) 이어령, "식물적 인간상", 《사상계》(1960. 4.).
11) 백 철, "전환기의 작품 자세", 〈동아일보〉(1960. 12. 9.~10.).
 _____, "작품은 실험적인 소산", 〈한국일보〉(1960. 12. 18.).
12) 조연현, 《현대한국작가론》, 청운출판사, 1965, 9쪽.
13) 천이두, "황순원의 문학", 《신한국문학전집》 제 14권, 어문각, 1970.
 _____, "시와 산문", 《한국 대표 문학 전집》 제 6권, 삼중당, 1970.
 _____, "종합에의 의지", 《현대문학》(1973. 8.).
 _____, "부정과 긍정", 《황순원문학 전집》 제 2권, 삼중당, 1973.
 _____, "서정과 위트", 《황순원문학 전집》 제 7권, 삼중당, 1973.
 _____, "원숙과 패기", 《문학과 지성》(1976. 여름호).

고 전래적인 한국과, 새로운 외래적인 한국을 별개의 차원으로 양립시켜왔다는 것이다.

천이두는 황순원의 대부분 단편들과 《나무들 비탈에 서다》, 《별과 같이 살다》, 《카인의 후예》, 《일월》에 이르는 장편소설의 세계를 살펴볼 때 이러한 이원적 현상이 뚜렷이 드러난다고 지적하고, 이는 황순원 한 사람만의 현상이 아니라 1970년대 전반 한국 현대문학 자체의 현상이요, 한국의 정치·경제·문학·사회 모든 시스템의 현상이라고 진단하였다. 나아가 천이두는 황순원의 여섯 번째 장편소설인 《움직이는 성》에 주목하고 여기서 이 양자의 일원적·상호보완적 종합의 의지와 가능성을 찾아내 밝혔다.

천이두의 이러한 논의는 황순원의 소설을 변화와 일관성의 논리로 파악하고 형식적 특성을 작가의 세계관과 관련지어 해석함으로써, 황순원 문학에 대한 미학적 검토의 토대를 마련한[14] 의미 있는 성과라고 할 수 있다.

황순원의 창작적 동인을 사회적 현실에 대한 환멸에서 비롯된 권태로 파악한 이보영[15]은 초기 단편 〈허수아비〉에서 장편 《일월》에 이르는 주요 작품들의 분석을 통해 작가의식의 변모와 작중인물의 성격 변화, 작품 간 인물들의 연관성 비교, 서사 전략과 기법의 선택 등 황순원의 작품세계 전반에 대해 포괄적·통일적인 논의를 시도하였다.

이 외에도 《카인의 후예》의 '박훈'을 순응주의자나 체념주의자가

---

14) 허명숙, "황순원 소설의 이미지 분석을 통한 동일성 연구"(숭실대학교 대학원 박사 학위 논문, 1996), 3쪽.
15) 이보영, "황순원의 세계", 《현대문학》(1970. 2. ~3.).

아닌 '결백한 침묵주의자'로, '결벽주의자의 지적 휴머니즘'으로 파악한 김병익16) 을 비롯하여 김현17), 염무웅18) 등이 황순원 소설에 반영된 사회 현실인식 및 역사의식에 대한 논의를 전개하였다.

1980년대에는 문학과지성사에서 《황순원전집》 12권이 순차적으로(1980. 12. ~1985. 3.) 발간되고 황순원에 대한 작가론, 작품론을 묶은 단행본 《황순원 연구》(1985. 3.) 및 황순원의 고희 기념집 《말과 삶과 자유》(1985. 3.) 가 간행되어 황순원 연구를 위한 텍스트가 집대성되었다. 이를 계기로 한층 다각적이고 심도 있는 논의가 전개되는 가운데 석사학위 논문들19) 이 다수 제출되기 시작하는 등 학계의 연구도 활성화되었다.

황순원의 문학을 문학사적 관점에서 평가한 김현 · 김윤식20) 은 황

---

16) 김병익, "수난기의 결벽주의자", 《황순원전집 5》 해설, 삼중당, 1973.

17) 김 현, "소박한 수락", 《황순원전집 6》 해설, 삼중당, 1973.

18) 염무웅, "8 · 15 직후의 한국문학", 《창작과 비평》(1975. 가을호) .

19) 방용삼, "황순원 소설에 나타난 애정관"(경희대학교 교육대학원 석사학위 논문, 1981) ; 안영례, "황순원 소설에 나타난 꿈 연구"(중앙대학교 교육대학원 석사학위 논문, 1982) ; 장현숙, "황순원 작품 연구"(경희대학교 대학원 석사학위 논문, 1982. 2.) ; 김진선, "나무들 비탈에 서다에 관한 연구"(이화여자대학교 교육대학원 석사학위 논문, 1986) ; 김종희, "황순원의 작중인물 연구"(경희대학교 대학원 석사학위 논문, 1985. 2.) ; 권경희, "황순원 소설에 나타난 종교사상 연구"(한양대학교 교육대학원 석사학위 논문, 1983) ; 이호숙, "황순원 소설의 서술시점에 관한 연구"(이화여자대학교 대학원 석사학위 논문, 1987) ; 김경혜, "황순원 장편에 나타난 인간구원의식에 관한 고찰"(숙명여자대학교 대학원 석사학위 논문, 1987) ; 문영희, "황순원 문학의 작가정신 전개양상 연구"(경희대학교 대학원 석사학위 논문, 1988. 2.) ; 배선미, "황순원 장편소설 연구: 전쟁에 의한 피해양상 및 극복의지를 중심으로"(숙명여자대학교 교육대학원 석사학위 논문, 1990) .

20) 김현 · 김윤식, "황순원 혹은 낭만주의자의 현실인식", 《한국문학사》, 민음사,

순원이 "순수하고 아름다운 것을 동경하는 낭만주의자지만 프로테스탄티즘적인 절제를 통해 현실감각을 잃지 않음으로써 구원의 미학으로 나아갈 수 있었다"고 파악하였다. 김윤식[21] 은 또한 황순원의 문체와 주제의식에 대한 심도 있는 고찰을 통해, '설화성'을 특징으로 하는 문체와 '민족의식의 추구'라는 주제의 긴밀한 상관성을 밝히기도 하였다.

황순원의 초기 단편들을 중심으로 통과제의적 성격에 주목한 이재선[22] 은 〈세레나데〉, 〈별〉, 〈닭제〉 등의 단편을 '이니시에이션 스토리'(initiation story)로 파악하였다. 신화비평적 관점으로 접근한 이 같은 이재선의 논의는 이후 황순원 소설에 대한 정신분석학적, 심리주의 비평의 출발점이 되었다.

황순원의 소설을 '이야기의 소설화', '소설의 이야기화'로 파악한 홍정선[23], 황순원의 단편들에서 볼 수 있는 군더더기 없이 매끄럽고 깔끔한 문체는 작중현실의 추악함을 승화시키는 작용을 하는 반면, 역사성과 사회성을 결여시킨다고 평가한 정과리[24], 황순원 단편소설의 문체와 표현방식을 미학적 측면에서 종합적으로 검토한 권영민[25] 등

1982.

21) 김윤식, "묘사의 거부와 생의 내재성", 《한국현대문학사》, 일지사, 1983.
22) 이재선, "황순원과 통과제의의 소설", 《현대한국소설사》, 홍성사, 1983.
23) 홍정선, "이야기의 소설화와 소설의 이야기화", 《말과 삶과 자유》, 문학과지성사, 1985.
24) 정과리, "사랑으로 감싸는 의식의 외로움", 《황순원전집 5》 해설, 문학과지성사, 1985.
25) 권영민, "황순원의 문체, 그 소설적 미학", 《말과 삶과 자유》, 문학과지성사, 1985.

의 연구도 이 시기 황순원 연구의 다양화에 기여하였다. 이 외에도 황
순원 작품에 대한 1980년대의 주목할 만한 연구로 유종호[26], 진형
준[27], 장현숙[28], 김종회[29], 조남현[30], 오생근[31] 등의 논의를 들
수 있다.

1990년대 이후의 황순원 연구는 1980년대까지 이루어진 연구의 연
장선상에서 그 범위와 논의에 구체성과 밀도를 더하는 방향으로 진행
되었다. 특히 이 시기에 이르러 다수의 박사학위 논문[32]이 제출됨으
로써 황순원 연구가 양적 풍부함과 함께 질적인 성숙을 이루어왔다고

---

26) 유종호, "겨레의 기억", 《황순원전집 2》, 문학과지성사, 1981.
27) 진형준, "모성으로 감싸기, 그에 안기기: 황순원론", 《세계의 문학》(1985, 가을
　　호).
28) 장현숙, "황순원 작품 연구"(경희대학교 대학원 석사학위 논문, 1982. 2.).
29) 김종회, "삶과 죽음의 존재양식: 단편집 《탈》을 중심으로", 《경희대학교 대학원
　　고황논집》 제 2집, 1987.
30) 조남현, "우리 소설의 넓이와 깊이", 《문학정신》(19891~19895).
31) 오생근, "전반적 검토", 《황순원 연구》, 문학과지성사, 1985.
32) 양선규, "황순원소설의 분석심리학적연구"(경북대학교 박사학위 논문, 1992) ; 박
　　양호, "황순원문학연구"(전북대학교 박사학위 논문, 1994) ; 장현숙, "황순원 소
　　설연구"(경희대학교 박사학위 논문, 1994) ; 박혜경, "황순원 문학 연구"(동국대학
　　교 박사학위 논문, 1995) ; 허명숙, "황순원 소설의 이미지 분석을 통한 동일성 연
　　구"(숭실대학교 박사학위 논문, 1996) ; 황효일, "황순원 소설연구"(국민대학교 박
　　사학위 논문, 1997) ; 김윤정, "황순원 소설연구"(한양대학교 박사학위 논문,
　　1997) ; 이경호, "황순원 소설의 주체성 연구"(한양대학교 박사학위 논문, 1998) ;
　　임진영, "황순원 소설의 변모양상 연구"(연세대학교 박사학위 논문, 1999) ; 곽경
　　숙, "한국 현대소설의 생태학적 연구"(전남대학교 박사학위 논문, 2001) ; 임채욱,
　　"황순원 소설의 서정성 연구"(전남대학교 박사학위 논문, 2002) ; 박진, "황순원 소
　　설의 서정적 구조 연구"(고려대학교 박사학위 논문, 2003) ; 서재원, "김동리와 황
　　순원 소설의 낭만성과 역사성"(고려대학교 박사학위 논문, 2005).

할 수 있다. 이들 박사학위 논문들은 이전까지 이루어진 연구성과들을 체계적이고 심도 있게 아울렀으며, 문학사의 흐름과 시대상황 및 문학연구 관점의 변화를 수용하여 황순원 문학연구의 새로운 지평을 제시하기도 하였다.

양선규는 분석심리학적 방법으로 작가의 심층심리를 해부해 에로티즘, 나르시시즘, 프리미티비즘 등이 황순원의 중요한 창작심리로 작용하고 있음을 밝히고자 했다. 박양호는 전통시학의 방법론을 통해 황순원 문학의 시적 근원을 밝히고자 했으며, 장현숙은 황순원의 전 작품과 방대한 양의 선행연구 성과들을 검토해 작가의식의 변모과정을 체계화하고자 하였다. 황효일은 황순원 소설에 노정된 작가의식의 전개과정과 변모상을 파악하고 시기별로 드러나는 특성을 상호 연관성의 측면에서 고찰하였다.

또한 황순원 소설에 내포된 역사성과 사회성을 네 시기로 나누어 사회심리학적 측면에서 접근한 김윤정의 논문과, '전통과 현대의 변증법'이라는 문제틀을 설정하고 이를 통해 작가가 전근대사회의 정신적·문화적 유산을 어떻게 소설 속에 받아들여 현대성의 구성요소로 변형시켰는가를 추적한 임진영의 논문은 황순원 소설에 대한 역사적 접근이라는 관점에서 동일한 맥락의 연구라고 할 수 있다.

박혜경은 황순원 문학의 특질을 모성성과 부성성, 설화성과 근대성의 이항대립 및 서정성과 서사성의 변화양상으로 파악하였다. 허명숙은 '동일성'(서사 주체인 인물과 서사 창조자인 작가의 상상력이 텍스트 내에서 통일성을 지향하는 원리)이란 개념을 설정하고 이에 입각하여 황순원 작품세계의 특성을 밝히고자 하였다.

곽경숙과 서재원의 논문은 황순원과 김동리를 본격적으로 함께 논의한 연구라는 의미를 갖는다. 곽경숙은 환경·생태 위기라는 시대적 화두에 주목하여 황순원과 김동리 소설을 생태주의적 관점으로 접근함으로써 본격적인 생태주의 문학연구의 가능성을 제시하였다. 이 논문에서 곽경숙은 황순원의 소설 전반을 관통하는 '휴머니즘'이 인간의 차원을 넘어 범생명적 특성을 지니는 것이며, 김동리가 추구했던 '구경적 삶의 추구' 또한 우주 공동체의 큰 질서에 편입되고자 하는 열망이라고 파악하였다.

서재원은 황순원과 김동리의 소설에 대해 인식적 측면과 미학적 측면을 아우를 수 있는 방법론으로 '낭만적'이라는 가설을 설정하고, 이에 입각하여 김동리와 황순원 소설의 특징이 유토피아의 추구, 주관적 묘사, 상징의 수사 선호 등에 있다고 파악한 뒤, 이들의 소설이 낭만적이라는 결론에 이르렀다.

한편 이 책의 논지인 황순원 소설에 대한 샤머니즘 관련 연구의 비중은 이상에서 살펴본 연구 성과들에 비해 크게 낮은 실정이다. 샤머니즘을 단일 주제로 하여 황순원 작품세계를 포괄적으로 다룬 논의나 박사학위 논문 수준의 전면적·심층적 연구는 아직 이루어지지 않고 있으며, 소수의 석사학위 논문, 문예지·학회지의 평문, 작품집의 해설 등에서 부분적·단편적 연구를 찾을 수 있을 뿐이다. 그나마도 일부 작품에 한정된 피상적이고 소략한 분석에 그치고 있다. 논의 대상 작품은 장편 《일월》과 《움직이는 성》에 집중되고 있으며, 단편의 경우 〈닭제〉, 〈별〉, 〈비늘〉, 〈세레나데〉, 〈잃어버린 사람들〉 정도가 샤머니즘 요소를 수용한 작품으로 거론되고 있다.

샤머니즘이 태어나고 자란 토양은 토속세계이다. 토속세계는 오늘날의 관점에서 볼 때 문명의 때가 묻지 않은 순수한 자연과 인간성을 간직한 태초의 세계다. 샤머니즘은 고대인들이 경외의 대상이었던 자연과 더불어 살아가기 위해 복을 구하고 병을 다스리며 한을 푸는 방법으로 형성된 것이었다. 따라서 고대인의 삶 전반에 깊이 스며든 샤머니즘은 토속세계의 근간을 이루는 속성이라고 할 수 있으며, 그 요소들이 설화나 전설 속에 녹아들어 이야기 구조의 원형을 이루었다.

샤머니즘과의 연관성을 직접 언급하지는 않았으나 황순원 소설의 토속세계에 대해 처음으로 심도 있게 논의한 이는 천이두였다. 그는 "토속세계의 설정과 그 한계"[33] 라는 글에서 황순원 단편소설의 무대로 설정되는 세계는 "현대적인 도회문명, 과학적인 사고방식과 합리적 타산이 지배하는 세계가 아닌 미신과 원시적 건강성을 간직하고 있는 재래적인 한국의 토속세계"이며, 이 무대에 등장하는 인물들도 "무식하고 소박하고 맹목적인 성격의 소유자"라고 파악하였다. 천이두는 이로 인해 황순원 단편소설의 세계가 실체가 아닌 시적 이미지에 함몰되어 있으며 현실에서 동떨어진 반산문적 속성을 띠게 되었다고 지적했다. 이어서 그는 이 점이 황순원 단편소설의 예술방법론적 한계지만, 장편소설에서 이 한계를 극복했다고 평가하였다.

그 한계의 극복을 세밀하게 밝힌 글이 "종합에의 의지"다. 천이두는 이 글을 통해 황순원의 장편 《움직이는 성》에 수용된 샤머니즘 수용양상을 밀도 있게 분석하였다. 물론 이 글도 샤머니즘 자체가 핵심

---

33) 천이두, "토속세계의 설정과 그 한계", 《사상계》(1968. 12.).

논점은 아니지만 작품 서사의 큰 틀걸이라는 관점에서 작가의 샤머니즘에 대한 시각을 설득력 있게 분석했다는 점은 주목할 대목이다.

천이두는 황순원이 《움직이는 성》에서 "낡고 전래적인 요인(전근대적)으로서의 한국과 새롭고 외래적인 요인(근대적)으로서의 한국"을 '샤머니즘 대 기독교'라는 명제로 제시하고, 이 두 갈래의 요인을 정면 대질시킴으로써 한국인의 혼란한 이원적 의식구조의 발전적 극복을 추구했다고 파악하였다. 동시에 이는 작가가 단편소설에서 드러낸 한계를 극복한 것이기도 하다는 것이 이 글의 논점 중 하나이다. 이러한 분석을 통해 황순원의 샤머니즘에 대한 객관적이고 냉정한 비판적 시각을 파악해낸 점도 이 글의 성과라고 할 수 있다.

신화와 전설은 그 민족의 정서와 사상을 담고 있는 정신문화의 보고이며, 그 속에는 샤머니즘의 요소들도 자연스럽게 스며 있다. 이런 관점에서 유종호[34]는 황순원의 소설에 수용된 다양한 전설과 설화적 요소들을 분석해 그 미학적 가치를 평가하고 그를 "뛰어난 겨레의 기억의 전수자"라고 정의하였다.

《움직이는 성》의 인물들에서 나타나는 '유랑민 근성'과 함경도 서사무가 '칠공주'에 내포된 샤머니즘 세계관의 연관성을 밝힌 우한용[35]의 논문, 〈비늘〉과 '명주가 설화'를 대비시켜 〈비늘〉의 설화 수용양상을 고찰한 이정숙[36]의 논문도 같은 맥락의 연구라고 할 수 있

---

34) 유종호, "겨레의 기억", 김종회 편, 《황순원》, 새미, 1998.
35) 우한용, "현대소설의 고전수용에 관한 연구", 《국어국문학》 제23집, 전북대학교, 1983.
36) 이정숙, "민요의 소설화에 대한 고찰", 《한성대학교 논문집》, 1985.

다. 이 외에도 황순원 문학이 지닌 설화적 성격 또는 설화 수용양상에 관한 논의는 김윤식[37], 홍정선[38], 이동하[39], 장덕순[40], 박양호[41], 서준섭[42] 등에 의해 다각도로 논의되었다.

이재선[43]은 황순원 초기 단편들의 성격을 '통과제의적 소설' 또는 '이니시에이션 스토리'로 파악하였다. 그에 의하면 〈세레나데〉에서 '색시무당'이 치르는 애처로운 굿거리나 〈별〉에서 '아이'가 혐오스런 누이에 대한 반발로 각시인형을 매장하는 행위, 〈닭제〉에서 '소년'이 제비 새끼를 지키기 위해 뱀으로 변신하는 닭을 살해하는 행위 등은 아이에서 어른으로, 미숙에서 성숙으로 변모하기 위해 겪어야 하는 고통스런 탈피과정, 즉 통과제의에 해당하는 것이다.

이와 같이 이재선이 분석한 통과제의 요소들은 샤머니즘 세계의 입무 의식(〈세레나데〉), 저주의 비방(〈별〉), 벽사 의식(〈닭제〉) 등과 상사(相似)를 이루는 것으로, 해당 요소들에 대한 샤머니즘 관점에서의 논의 가능성을 내포하고 있다. 이를 의식한 듯 이재선은 위 분석의 말미에서 "황순원 문학의 작은 씨앗으로서 무속세계에의 관심"[44]

---

37) 김윤식, "민담, 민족적 형식에의 길", 《소설문학》(1986. 3.).
38) 홍정선, "이야기의 소설화와 소설의 이야기화", 《말과 삶과 자유》, 문학과지성사, 1985.
39) 이동하, "전통과 설화성의 세계", 《물음과 믿음사이》, 민음사, 1989.
40) 장덕순, 《한국설화문학 연구》, 서울대학교 출판부, 1981.
41) 박양호, 《황순원 문학 연구》(전북대학교 대학원 박사학위 논문, 1994).
42) 서준섭, "이야기와 소설", 《작가세계》(1995. 봄).
43) 이재선, "황순원과 통과제의 소설", 《한국현대소설사》, 홍성사, 1979, 467~480쪽.
44) 이재선, 앞의 책, 480쪽.

을 언급하고 이 경향이 점차 뚜렷해진다고 지적함으로써 황순원 소설의 샤머니즘 수용에 대한 논의의 필요성을 암시하였다.

김희보[45]는 엘리아데(M. Eliade)의 예술론을 적용하여 《움직이는 성》에 수용된 샤머니즘 요소를 분석하였다. 그는 '변씨 무당'의 동성애적 성향을 "신성한 힘으로서의 성(性)은 우주적 삶에 있어서의 성(聖)의 현현"이라는 엘리아데의 정령이론에 접맥시키거나, '명숙'의 무병 체험을 엘리아데의 기독교 신비주의 이론인 엑스터시 현상과 연관지어 해석하는 등 《움직이는 성》에 수용된 샤머니즘 요소들에 대한 심층 분석을 시도하였다.

한승옥[46]은 《일월》에서 샤먼의 상징으로 등장하는 '본돌영감'의 삶이 '기룡'의 살인을 대속하는 역할이요, 《움직이는 성》에서 샤머니즘적 인간상인 '민구', 근원적으로 유랑민인 '준태'의 궤적이 결국 실천적 크리스천인 '성호'의 비전으로 수렴된다고 파악하였다. 한승옥의 이러한 분석은 '누구보다도 한국 기독교의 나갈 바를 진실로 고민하는' 기독교 작가로서의 황순원이 '죄의식과 구원'의 주제를 형상화함에 있어 샤머니즘을 하나의 지렛대로 삼은 것이라는 평가로 읽힌다.

황순원 소설의 샤머니즘 수용양상에 대해 논의한 논문으로는 상기숙[47], 권택희[48], 임영천[49], 조문희[50]의 석사학위 논문이 있으나,

---

45) 김희보, "황순원의 《움직이는 성》과 무속신앙", 《기독교사상》(1979. 1.).
46) 한승옥, 《한국현대소설과 사상》, 집문당, 1995, 189~192쪽.
47) 상기숙, "한국현대소설문학과 샤머니즘: 동리와 순원작품을 중심으로"(경희대학교 교육대학원 석사학위 논문, 1980).
48) 권택희, "황순원 소설에 나타난 종교사상 연구"(한양대학교 대학원 석사학위 논문, 1985).

김동리 작품과의 비교적 관점 또는 종교세계의 한 부분으로 다룬 것들이다. 내용의 깊이에 있어서도 3~4편의 단편과 장편 《일월》, 《움직이는 성》을 중심으로 부분적, 피상적 분석에 그쳐 선행연구자들의 성과를 크게 넘어서지 못한 것으로 보인다.

상기숙은 황순원과 김동리의 소설에 수용된 샤머니즘 요소를 비교 고찰하고, 토착세계를 배경으로 한 김동리의 대표작 《을화》의 경우 샤머니즘의 초극이나 샤머니즘과 기독교의 화해로 나아가지 못한 반면, 무대를 현대세계로 옮겨온 황순원의 《움직이는 성》은 샤머니즘과 기독교의 화해 내지 샤머니즘에 대한 새로운 수용 가능성을 제시한다고 파악하였다. 이 점은 김동리와 황순원 소설의 샤머니즘 수용양상에 대한 특징 비교연구에 있어 의미 있는 시사점을 제공하는 성과라고 할 수 있다. 권택희도 황순원이 《일월》과 《움직이는 성》을 통해 샤머니즘을 학술적 측면에서 깊이 있게 다루고 현대에 수용하는 토착화의 가능성을 시사해준다고 평가함으로써 상기숙과 대동소이한 결론에 이르렀다.

임영천은 《을화》가 '샤머니즘 대 기독교'의 관계구조에서 '샤머니즘 우위'에 초점을 맞춰 샤머니즘의 전통적 가치를 추구한 첫 번째 장편소설이요, 이와 대조적으로 《움직이는 성》은 '기독교 우월성'의 관점에서 샤머니즘의 부정적 측면들을 다룬 첫 번째 장편소설이라는 문

---

49) 임영천, "김동리 · 황순원 소설의 종교세계 비교연구: 《을화》와 《움직이는 성》을 중심으로"(서울시립대학교 대학원 석사학위 논문, 1990).

50) 조문희, "김동리와 황순원 소설의 샤머니즘과 기독교 수용양상: 《무녀도》와 《움직이는 성》을 중심으로"(성균관대학교 교육대학원 석사학위 논문, 2005).

학사적 의의를 갖는다고 평가하였다. 조문희의 논문 역시 샤머니즘 수용양상과 의의를 밝히는 대목으로 한정할 때 《을화》의 전신인 〈무녀도〉를 텍스트로 취했다는 차이 외에는 《움직이는 성》과의 비교고찰 결과가 임영천의 결론에서 크게 벗어나지 않는 것으로 보인다.

이상의 검토 결과, 황순원 소설에 대한 연구는 1950년대부터 다양한 층위에 걸쳐 다각도로 이루어져왔음을 알 수 있다. 방대한 연구성과에도 불구하고 상당수의 연구는 동어반복에 그치거나 피상적인 인상비평을 넘지 않는 경우도 없지 않다. 그러나 이러한 양적인 팽창과 함께 이루어진 연구의 다양성은 동시에 질적인 밀도를 높이면서 황순원 문학의 미학적 가치와 문학사적 위상을 밝히는 데 일정한 기여를 한 것이 사실이다. 특히 2000년 이후에 제출된 박사학위 논문들을 통해 볼 수 있는 바와 같이 새로운 방향의 연구가 시도되고 있는 것은 긍정적인 현상이라고 할 수 있다.

다만 본고의 논지와 관련한 샤머니즘 수용양상에 대한 연구에 있어서는 앞에서 살펴본 바와 같이 보다 심층적이고 전면적인 연구가 시도되지 못하고 있음을 확인하였다. 본 연구가 황순원 소설세계에 대한 보다 폭넓고 깊이 있는 연구의 계기가 되기를 기대해본다.

3. 연구 방법 및 범위

본 연구의 기본 텍스트는 1993~2003년 판 《황순원전집》(전 12권, 문학과지성사)[51] 중 소설 편(1~10권)을 중심으로 한다. 연구 대상 작품은 이 글의 논지에 따라 샤머니즘 요소가 의미 있게 수용된 작품을 중심으로 단편 22편, 장편 1편을 일차적으로 선별해 포괄적으로 고찰하고자 하며, 최종적으로 단편 11편(〈닭제〉, 〈산골아이〉, 〈별〉, 〈세레나데〉, 〈청산가리〉, 〈소나기〉, 〈두메〉, 〈잃어버린 사람들〉, 〈어둠 속에 찍힌 판화〉, 〈탈〉, 〈비늘〉), 장편 《일월》을 집중 분석하기로 하였다.

본 연구는 1장 서론에 이어지는 2장에서 논지 전개의 기초가 될 샤머니즘과 연구 대상 작가인 황순원에 대한 기본적인 사항들을 살펴보고, 3장에서는 이를 바탕으로 작품의 분석을 진행하며, 4장에서 결론을 도출하는 순서로 진행하였다.

먼저 2장 1절에서는 이 연구에서 사용하는 '샤머니즘'의 개념 정의와 샤머니즘 현상 전반에 관한 국내외 논의, 그리고 우리 문학 전통 속에 투영된 샤머니즘 경향을 살펴보았다.

---

51) 본 전집의 출판 연대별 내용을 보면 다음과 같다.
  1993년 제11권 《시선집》
  1995년 제4권 《너와 나만의 시간/내일》
  1999년 제7·8권 《인간접목/나무들 비탈에 서다》 《일월》
  2000년 제1·5·9·10·12권 《늪/기러기》 《탈/기타》 《움직이는 성》
        《신들의 주사위》 《황순원 연구》
  2002년 제6권 《별과 같이 살다/카인의 후예》
  2003년 제2·3권 《목넘이마을의 개/곡예사》 《학/잃어버린 사람들》

샤머니즘이란 용어는 그 개념 규정을 놓고 논란이 없지 않으나, 한국을 포함한 전 인류의 종교 가운데 가장 오랜 역사를 지니고 있으며 인류 정신유산의 원형이라고 할 수 있다. 좁은 의미에서 한국의 샤머니즘은 무격(巫覡) 신앙에 국한되지만, 광의적으로는 모든 신화와 전설, 설화의 배경이 되고 나아가 민간의 풍습·풍속의 뿌리로서 전승되고 있는 민족 문화적 현상이다.

이 같은 샤머니즘의 일반적인 특징을 살펴보는 이유는 그것이 문학의 전통과는 어떤 관계를 맺는지 이해하기 위해서이다. 샤머니즘의 가장 기본적인 내용인 제의의 형식과 기능, 다양한 샤머니즘 현상들과 그 의미에 대한 고찰이 필요한 이유가 여기에 있다. 이어서 샤머니즘의 기능과 현상들이 문학작품의 원형인 신화와 전설에 어떻게 투영되고, 또한 문학작품을 통해 전승되는지를 살펴보았다.

이를 위해 종교학, 민속학, 신화이론의 도움은 필수적이라고 할 수 있으며, M. 엘리아데, 프레이저, J. 웨스턴, 조셉 캠벨 등을 비롯한 서양 학자들과 김태곤, 조흥윤, 최길성, 현용준, 김인회, 이정재 등 한국의 무교(무속) 및 민속학 연구자들의 이론을 적용하거나 참고하였다. 이때《삼국유사》,《삼국사기》및 한국의 신화 관련 문헌들이 보조적인 텍스트로 검토되었다.

이어 2절에서는 본격적인 작품 분석을 앞두고 작가 황순원의 생애와 문학활동 과정을 연대기적 검토를 통해 살펴보고, 동시에 분석 대상이 될 작품의 샤머니즘적 성격에 대해서도 개괄하였다.

작품 분석을 진행하는 3장에서는 우선 1절에서 샤머니즘 요소들의 분석을 중심으로 단편소설을 고찰했으며, 2·3절에서는 작품에 수용된 샤머니즘 세계와 서사구조의 관계를 중점 검토하면서 장편소설을 고찰하였다.

일반적으로 문학은 형식과 주제가 조화를 이루며 짜인 예술이다. 이야기와 그 구조, 표현방식 등이 형식의 주된 요소라면 이러한 형식을 통해 형상화되는 작가의 메시지 또는 사상이 주제다. 문학작품을 이해한다는 것은 바로 이 형식과 주제를 총체적으로 이해하는 것을 말한다.

형식적 측면의 고찰은 글의 논지를 벗어나지 않기 위해, 샤머니즘 요소들이 이야기 구조와 표현방식에 어떤 영향관계를 가지는지에 초점을 두고 진행하였다. 주제 사상적 측면 역시 샤머니즘 세계의 형이상학적·철학적 의미와 역사적 배경을 염두에 두고 이것들이 가지는 주제와의 연관관계를 파악하고자 하였다.

이를 위해 2장에서 고찰했던 샤머니즘에 대한 일반적 이론은 물론, 정신분석학과 심리학 이론 등을 병행하여 적용 또는 참고하였다. 이를테면 단편소설 텍스트에서 빈번히 등장하듯이 샤머니즘의 현상적 요소들이기도 한 꿈, 환상, 변신, 엑스터시 같은 현상들이 에피소드나 삽화의 형태로 표현되어 주제의 모티프 또는 상징의 기능을 하고 있기 때문이다.

일반적으로 꿈, 환상, 변신, 엑스터시 같은 초현실적 현상은 무의식의 작용으로 이해된다. 따라서 프로이트의 정신분석학과 C. G. 융의 분석심리학 및 상징이론을 비롯해 욜란디 야코비, A. 섀퍼 등의 견해를 참고하여 작품 분석에 도움을 얻고자 하였다.

이에 더하여 일부 작품 분석에 한국적 샤머니즘 방법론이라 할 수 있는 김태곤의 '원본사고'(原本思考) 이론을 적용하였다. 즉 일부 단편과 장편 《일월》에서 주제의 핵심 모티프로 기능하거나 서사구조의 토대가 되는 샤머니즘적 설화, 또는 신화의 의미를 분석하고 그것이 작품의 서사구조와 맺고 있는 연관관계를 밝히는 데 김태곤이 주장한 원본이론을 적용함으로써 부분적이나마 한국적 샤머니즘 방법론의 가능성을 제시하고자 하였다.

김태곤은 한국 샤머니즘의 본질이요, 궁극적 의미를 규명함에 있어 기존 학계에서 사용하는 서구 이론 개념인 '원형'(原型, *archetype*)을 '원본'(原本, *arche-pattern*)으로 바꿔 써야 한다고 주장했다.[52] 김태곤에 의하면 인간은 존재와 시·공간에 대한 원본사고, 즉 '인간이 오래 전부터 가지고 있던 근본사고'를 가지고 있다. 원본사고란 존재 자체를 카오스(*chaos*)와 코스모스(*cosmos*)의 순환체계로 인식하는 것인데, 여기서 카오스는 무 시간, 무 공간의 존재인 근원적 원질(原質, *arche*)이요, 코스모스는 유 시간, 유 공간의 존재로서 카오스의 원질로부터 생겨나는 가시적 세계이다. 그리고 코스모스의 공간이 소거되면 그 존재근원인 카오스로 회귀하는 존재의 순환패턴이 생겨난다. 김태곤은 이 순환체계를 존재의 원본이라고 보았다.[53]

요컨대 김태곤이 말하는 원본사고는 존재의 근원을 카오스로 보고, 존재가 카오스로 되돌아가는 순환이 반복되어 영원한 것이라고 믿는 입체적 존재사고이다. 이 원본사고는 코스모스의 분화(공간과

---

52) 김태곤, 《한국무속연구》, 집문당, 1985, 151~162쪽.
53) 김태곤, 앞의 책, 177~183쪽.

시간의 분화 생성) 질서에서 오는 존재의 제약성을 거부하면서 미분화된 카오스로 돌아가 영원히 자유로운 존재가 되기를 원하는 인간의 순환지속 의지라고 할 수 있다. 54) 결국 한국 샤머니즘의 사고체계인 우주관, 신관, 영혼관, 내세관, 신화(무가) 등이 이 원본사고로부터 비롯되었으며, 그 구체적인 행동표현 양식이 굿이라고 김태곤은 주장하였다.

김태곤의 이 같은 원본사고 이론은 이정재의 연구55)와 김준기56), 김창진57) 등이 고전문학 분야에서 고소설 및 신화 분석의 방법론으로 적용한 것을 비롯하여, 여러 후학들에 의해 다양한 방면에서 한국 문화를 해석하고 이해하는 데 큰 영향을 끼쳤다. 이 글에서는 황순원의 단편 〈비늘〉과 〈탈〉, 장편 《일월》의 분석에서 부분적으로나마 그 적용 가능성을 제시하고자 하였다.

---

54) 김태곤, 앞의 책, 516~519쪽.
55) 김태곤 외, "김태곤 원본이론(原本理論)의 '존재' 문제 연구", 《한국문화의 원본사고》, 민속원, 1997. 이 글에서 이정재는 김태곤의 원본이론을 한국문화가 가지는 특수성을 발견하여 정리하려는 강한 의지를 보여줌과 동시에 서양학자들의 이론을 무비판적으로 수용하던 당시의 흐름에 휩쓸리지 않고 독자적인 학문 자세를 견지한 성과로 평가하는 한편, 원형론과의 유사성을 피할 수 없는 한계도 함께 지적한다.
56) 김태곤 외, "무가와 원본사고·신화와 원본사고", 앞의 책.
57) 김태곤 외, "'금오신화' 순환구조의 의미와 원리", 앞의 책.

제 2 장

문학 속에서 다시 태어나는 샤머니즘

1. 샤머니즘의 뿌리와 기능

오늘날 문학작품의 연구와 관련하여 사용되는 샤머니즘의 개념은 논자의 수만큼이나 다양하다고 해도 과언이 아니다. 이러한 현상은 샤머니즘을 논하는 연구자들의 개별 관점이나 그 용어 채택의 적절성 여부를 따지기 이전에 샤머니즘 자체가 지닌 의미의 복합성과 포괄성에서 기인하는 것이라고 할 수 있다.

실제로 샤머니즘은 하나의 정의나 개념 속에 포섭하기에는 너무나 방대한 종교 혹은 종교현상이다. 문화사적으로 본다면 선사시대부터 시작하여 수렵, 목축, 농경 등 각 문화층을 거쳐서 현대에까지 존속하고 있는 종교현상이다. 이는 실로 인류가 지닌 가장 오랜 문화이며, 하나의 역사를 넘어서 각종 민족과 그 사회구조, 풍토, 역사적

환경 등을 따라 여러 갈래의 분화 또는 습합을 이루어온, 가장 생명력이 긴 문화소산이다.[1]

샤머니즘은 시베리아와 중앙아시아에서 특히 두드러졌던 종교현상으로, '샤먼'이라는 말은 퉁구스어 샤먼(*shaman*)에서 유래하였다. 샤먼은 병을 치료하고 주술을 통해 이적을 행하는가 하면, 영혼의 안내자(*psychopomp*), 사제, 신비가, 의사, 심지어 시인 노릇도 하였다. 샤먼은 고대 부족사회에서 족장이자 사제를 겸하는 지배적인 위치를 차지했는데, 이는 샤먼만이 고귀한 종교적 체험인 탈혼망아(脫魂忘我)를 통한 접신술의 전문가였기 때문이다.[2]

이렇게 유래한 샤먼이란 말은 17세기경 러시아어에 들어가게 되고, 19세기 중엽부터 시베리아어족의 민족학적 연구를 촉진하면서 북아시아, 시베리아, 중앙아시아의 주술-종교적 직능자 일반을 지칭하는 용어로 정착되었다. 이어 20세기에 들어와 북미·남미, 아시아 각지에서 유사 직능자를 지칭하는 용어로 쓰이게 되었으며, 오늘날 샤머니즘(*shamanism*)이란 용어가 전 세계에 걸쳐 주술 및 종교적 직능자(*shaman*)를 중심으로 하는 종교현상 및 형태의 복합어로 자리 잡게 되었다.[3]

샤머니즘이란 용어가 한국에서 처음 쓰인 것은 개화기 때의 선교사 H. G. 언더우드에 의해서였다. 그는 저서 《동부 아시아》(1910)의 제3강에 "한국의 샤머니즘"이라는 단원을 설정하고 한국의 무속을 소개

1) 유동식, 《한국무교의 역사와 구조》, 연세대학교출판부, 1975, 61쪽.
2) 엘리아데, 이윤기 역, 《샤마니즘》, 까치, 2001, 23~24쪽.
3) 佐佐木宏幹, 김영민 역, 《샤머니즘의 이해》, 박이정, 1999, 29~31쪽.

하였는데, 이때 무속을 포함한 한국의 전반적인 민간신앙을 샤머니
즘으로 칭한 것이다. 이 샤머니즘 개념은 시베리아 샤머니즘의 특징
인 자아최면과 트랜스 상태, 인격전환의 요소를 기본으로 받아들이
는 C. A. 크라크의 《고대 한국의 종교》(1929)에도 수용되었고, 이
후 한국의 여러 학자들에 의해 무당, 판수 등 민간신앙과 관련된 요소
들은 물론 지관, 풍수사까지 포함하는 광의의 개념으로 쓰이게 되었
다. 4)

  김태곤에 의하면 무속은 외래종교가 들어오기 전 아득한 상고시대
로부터 한민족의 종교적 주류를 형성하고 있었으며, 불교·도교·유
교·기독교 등의 외래종교가 들어온 후에도 이들 종교의 적층을 이루
면서 한민족의 기층적 종교현상으로 존재해왔다. 그리하여 무속은
한국의 정신사적 저류(低流)이자 정신적 원소로서 종교·문화의 에
너지원으로 작용했다. 5)

  한편 김태곤은 엘리아데가 정의한 샤머니즘의 개념을 한국의 무속
에 일방적으로 적용하는 데는 한계가 있다고 지적하였다. 6) 그러나
엘리아데가 말하는 탈혼이나 김태곤이 말하는 강신은 공히 접신(接
神)이라는 동일한 목적을 의도하고 있다는 점, 그리고 탈혼이나 강신
모두 접신 실현의 이니시에이션 과정이라는 점을 고려할 때, 이 일련

---

4) 최길성, 《한국무속의 연구》, 아세아문화사, 1978, 12~13쪽.
5) 김태곤, 《한국무속연구》, 집문당, 1985, 19~22쪽.
6) 김태곤은 엘리아데가 말하는 샤머니즘의 특징은 탈혼(soul loss)이지만 한국 무(巫)
   에서는 이것이 빙신(憑神) 또는 강신(降神, possession) 현상이라는 차이가 있다고
   지적하였다(김태곤, 앞의 책, 34쪽).

의 현상들을 샤머니즘이라는 개념에 포함시켜 이해하는 데 큰 무리가 없다고 생각된다.

시베리아 샤머니즘과 한국 무속의 공통점 및 차이점을 심층 비교한 이정재는 시베리아 샤머니즘과 한국 무속이 서로 다른 사회적 장치로서의 양상과 의미, 경제형태와 역사적 배경하에서 형성된 것이므로 한국 무속이 시베리아 샤머니즘에서 근원했다고 직접 연결시키는 것은 무리한 비약의 위험이 있음을 지적했다. 또한 시베리아 샤머니즘과 한국의 무속, 아니면 토테미즘, 애니미즘, 마나이즘 또는 고등종교까지도 그 신적 체계의 구조와 종교적 이념은 거의 유사한 체계를 가진다고 주장하였다. 7)

한국의 무교(巫敎) 와 무속(巫俗) 의 개념을 구별하되 다 같이 샤머니즘이라는 큰 테두리에 포함시켜 이해한 이는 김인회였다. 그는 무교를 선사시대부터 현재에 이르기까지 각양각색으로 나타났던 샤머니즘적인 종교현상 전체에 대한 개념이라고 했고, 무속은 무교의 일부요, 고대 무교의 잔류현상으로서 현재 우리가 볼 수 있는 민간신앙 가운데 내포돼 있는 샤머니즘 현상을 말한다고 하였다. 8)

1997년 말 '한국샤머니즘학회' 창립을 계기로 한국 샤머니즘에 대한 이해와 연구의 수준을 세계적 차원으로 높이기를 희망한 조흥윤은 샤머니즘이란 용어가 유럽에서 처음 보고된 때보다 500년이나 앞서 중국에서 사용되었음을 밝혔다. 9) 아울러 그는 만주, 시베리아의 샤

---

7) 이정재, "시베리아 샤마니즘과 한국 무속", 《비교민속학》(제 14집, 1997. 5.), 466~470쪽.
8) 김인회 외, 《한국무속의 종합적 고찰》, 고대민족문화연구소, 1982, 130쪽.

머니즘과 한국의 무가 오랜 역사와 문화 배경의 차이가 있을 뿐 본질
은 같다고 주장하였다.

또한 그는 무(巫)가 민간과 종교학·민속학계 일각에서 민속의 하
나인 무속으로 축소하여 이해되고 연구되어온 현실을 지적하고, 한
국의 무는 본질적으로 종교이며10) 신화나 전통문화, 민속 등을 폭넓
게 포함하는 특징을 갖고 있다고 하였다. 이에 근거하여 그는 한국의
무도 이와 관련된 사람이나 종교·문화현상을 총칭하는 개념으로서,
관련 학문분야, 특히 종교인류학이 큰 발전을 이룬 20세기 후반 이후
전 세계적으로 사용하게 된 샤머니즘이라 칭할 것을 주장하였다.

이상의 논의들을 종합해볼 때, 샤머니즘은 만주·시베리아 또는
중국을 포함한 아시아에 유래를 두고 있지만 세계 어느 곳에서도 발
생할 수 있는 인류 보편적 현상으로서 주술과 제의를 특징으로 하는
원시 종교현상과 이와 관련된 제반 문화현상을 총칭하는 개념이라고
이해할 수 있다.

본고에서 사용하는 샤머니즘도 이와 같은 포괄적 개념을 취하고자

---

9) 중국에서 무(巫)는 국가의 출현과 함께 상조(商朝)에 존재하여 내려온다. 남송
   (南宋) 때에 이르면 서몽신(徐夢莘)이 송나라와 여진(女眞)족의 금(金)나라와
   의 교섭 역사를 다룬《삼조북맹회편》(三朝北盟會編)(1194)이라는 역사책을 남
   기는데, 거기에 여진어로 무구(巫嫗)를 산만(珊蠻) 또는 살만(薩滿)이라 한다고
   밝혀져 있다. 살만의 중국음이 사만이다(조흥윤,《한국의 샤머니즘》, 서울대학교
   출판부, 1999, 머리말 6쪽).

10) 한자 '巫'는 하늘과 땅, 그리고 그 둘 사이의 이른바 우주목(宇宙木, cosmic tree)
    또는 신목(神木)을 상징하는 '工'과 그 우주목 옆에서 무당들이 춤추는 모습을 기능
    적으로 그리고 있는바, 이는 종교현상을 상징적으로 멋들어지게 설명해준다(조흥
    윤, 앞의 책, 머리말 5~9쪽).

한다. 이는 한국 무교의 특징인 주술과 제의적 속성을 비롯하여 이것이 민간 생활 속에 스며들어 민속의 한 부분으로 정착한 속성들, 이를테면 각종 금기, 기복, 벽사, 치병, 예언, 유희적 요소들, 그리고 신화와 전설, 민간설화 속에 내포된 다양한 무속적 요소들을 전체적으로 아우르는 것으로, 본고의 논지 전개에서 요구되는 개념에 부합한다. 아울러 본고의 연구 대상 작가인 황순원도 주 텍스트인《움직이는 성》에서 밝히고 있는바, 샤머니즘에 대해 본고에서 취한 것과 동일한 시각인 것으로 파악된다.[11]

인류사의 기원과 함께해온 샤머니즘은 인간의 생활과 의식 속에 투영된다. 그 표현의 산물로서 문학작품에 수용된 샤머니즘 요소를 분석하고 의의를 밝힘에 있어 중요한 대상이요 동기가 될 샤머니즘의 사상적 특징과 기능에 대해 살펴보기로 한다.

샤머니즘의 가장 큰 사상적 특징은 다신론적 신관이다. 한국 샤머니즘의 경우 인간의 생과 사, 흥망과 화복, 치병 등의 운명 일체를 결정하는 존재로서, 가장 상위의 천왕신(天王神)을 비롯해 일·월·성신(日月星神)이 있고 인간의 일상생활과 밀접한 자연물인 지·수·산·천신(地水山川神)과 풍·수·목·석신(風水木石神)이 있다. 종교계통의 신으로는 미륵신(불교), 신선신(도교), 무조신(巫祖神)이

---

11) 《움직이는 성》에서 주제 형성의 핵심 인물로서 기독교도인 '성호'의 경우, 기독교와 대비적 관점에서 바라보는 한국 전래의 무교적 제의와 민간 풍속 전반에 대해 샤머니즘으로 지칭하고 있으며, 샤머니즘을 직접적으로 대변하는 인물인 '민구' 또한 한국의 무교와 샤머니즘, 무당과 샤먼을 동일한 개념으로 사용하고 있다. 이는 작가 황순원의 샤머니즘에 대한 기본적인 인식을 반영하는 것으로, 이 글에서 취하고자 하는 샤머니즘의 포괄적 개념과 무리 없이 일치한다고 할 수 있다.

있고, 인신(人神)의 경우 장군신, 왕신(王神), 조상신, 동물신으로 는 우마신(牛馬神), 호신(虎神)이 있으며, 그 외 용왕신, 도깨비, 삼신, 역병신 등 무수하여 그 종류가 273종에 달한다. [12]

샤머니즘의 이 같은 다신론적 신관은 모든 사물, 모든 현상을 '영혼이 깃든 존재'(*spiritual beings*)로 보고, 이 '영적 존재에 대한 신앙'(*the belief in the spiritual beings*)을 애니미즘(*animism*)이라 칭한 E. B. 타일러의 종교 기원론과도 상통한다 하겠다. [13]

한국 샤머니즘에서 인간은 삼신의 점지로 태어나고, 성장하여 성인이 되어서도 가택수호신이나 성조신(成造神)의 수호를 받으면서 살아야 행복한 삶을 살 수 있다. 세상을 살아가면서 치러야 할 절차인 통과의례가 강조되고, 건강한 삶과 재수를 귀하게 여기되, 병이나 우환이 있으면 죽은 이의 영혼에 탈이 났기 때문이라고 믿는다. [14] 또한 인간은 자연질서에 순응하면서 살아가는 존재이며 단독자, 개별자로서가 아닌 가족과 집단관계 속에서만 존재의미를 지닌다. [15] 이는 공동체의 현세적 삶의 이익을 절대가치로 삼는 조화론적 평등주의, 현실중심적 실용주의를 중히 여기는 사상이라고 할 수 있다. [16]

샤머니즘의 세계관은 '이승'과 '저승'의 이원구조를 기반으로 한다. 여기서 이승은 현실세계를, 저승은 인간이 죽어서 돌아간다는 영혼의

---

12) 김태곤, 앞의 책, 279~285쪽.

13) 佐佐木宏幹, 김영민 역, 앞의 책, 71~77쪽.

14) 박용식, 《한국설화의 원시종교사상연구》, 일지사, 1984, 26쪽.

15) 김인회, 앞의 책, 177~176쪽.

16) 김인회, 앞의 책, 191~192쪽.

세계를 의미한다. 이승과 저승은 구별·분리되는 것이 아니라 상호 연속선상에 있다. 이승에서의 모든 과정이 그대로 저승에서 이어진다고 보는 것이다.

샤머니즘 세계는 물활론에 기초를 두고 있기 때문에 죽은 조상도 살아 있는 신의 일부가 된다. 예로부터 선인들은 조상신을 살아 있는 사람으로 대접하고 예의를 올리며 그들과 더불어 살았다. 이렇듯 산 자와 죽은 조상이 함께 공존하는 세계, 삶과 죽음이 하나의 시공 연속체로 융합되는 세계가 바로 샤머니즘의 세계다. 결국 샤머니즘의 세계는 성(聖)과 속(俗)의 동일성을 회복하려는 살아 있는 자들의 소망이며 행위의 공간이다. 인간은 샤먼의 엑스터시를 통해 죽음의 세계와 왕래할 수 있으며, 조상의 혼과 만나고 죽음을 삶으로 연장할 수 있다. 17)

한편 샤머니즘의 주요 사회적 기능으로는 샤먼이 접신술을 통해 행하는 제의적 기능, 병을 고치는 기능, 예언적 기능, 위령(慰靈)의 기능, 유희 기능 등을 들 수 있다. 전통적인 한국 무속에서 볼 수 있는 기능도 이와 크게 다르지 않은바, 이를 살펴보면 다음과 같다. 18)

첫째, 제의적 기능을 들 수 있다. 고대로부터 무당은 신병을 통해 획득한 영통력을 가지고 신과 만나는 종교적 제의인 굿을 주관하였다. 굿은 민가의 가신으로부터 마을의 수호신을 거쳐 우주의 천신으

---

17) 김선풍 외, 《민속문학이란 무엇인가》, 집문당, 1993, 244~245쪽.
18) 한국 무속의 사회적 기능 측면을 가장 종합적이고 포괄적으로 볼 수 있는 문헌은 《한국민족문화대백과사전》(제8권, 207~216쪽)이라 여겨져 본고의 논지 전개에 필요한 내용을 중심으로 관련 부분을 발췌·정리하였다.

로 이어지는 제의 순서를 가지며, 일반 민간신앙을 집약·체계화하
면서 진행된다. 굿은 개인과 가정의 복을 기원하는 것에서부터 공동
체의 안녕과 발전을 비는 산천제, 서낭제, 왕가의 안녕과 다복을 비
는 기은(祈恩) 등이 있는데, 이들은 모두 기복제(祈福祭)의 성격을
띤다. 이 외에도 병을 구제하는 구병제(救病祭), 죽은 이의 영을 위
안하기 위한 사령제(死靈祭) 등이 있으며, 이들은 모두 무당에 의해
주관된다.

둘째, 무의적(巫醫的) 기능이다. 치병(治病)의 기능은 무당이 지
닌 가장 보편적 기능이다. 고대인들에게 있어 병은 귀신의 작용에 의
한 것으로 이해되었다. 따라서 구병(救病)은 귀신과 교제하는 무당
들만이 가능한 것이라고 믿었다. 조선시대에는 전염병이 돌 때 무당
들을 동원하여 무사귀신(無祀鬼神)과 역신을 제사하는 여제(厲祭)를
지내는 풍습이 있었고, 천연두에 걸리면 무당을 불러 굿을 하였다.

셋째, 예언점복 기능이다. 고대로부터 무당의 기본적인 사명 중 하
나가 신과 교통하여 인간의 길흉화복을 예언하고 이에 따라 초복구제
(招福救除)의 임무를 수행하는 것이었다. 예언점복은 민간의 개인뿐
아니라 국가 차원에서도 행해졌으며, 사람들은 자신의 운명을 점치
는 데 그치지 않고 미래의 흉조(凶兆)가 파악되면 이를 방지하기 위
한 굿을 행하기도 하였다.

넷째, 위령과 사령저주(使靈咀呪)의 기능이다. 고대로부터 사람이
죽으면 죽은 이의 영을 위안하기 위한 위령제를 행했다. 특히 조선시
대에 와서는 단순한 위령에 그치지 않고 병으로 죽거나 억울하게 한
을 품고 죽은 원령들이 화를 가져오지 않도록 하기 위한 살풀이가 행

해졌다. 한편 악령을 구사하여 남에게 해를 주고 병이 들게 하는 저주법도 무당을 매개로 하여 행해졌다. 부적이나 은밀한 비방을 통해 이루어진 저주법은 민간이나 궁중을 가리지 않았으며 주로 여인들의 질투와 시기로 인해 성행하였다.

다섯째, 유희의 기능이다. 한국의 신화와 의례의 핵심은 신과 인간이 하나로 융합한다는 데 있다. 신이 하늘에서 내려오고 인간이 승화의 과정을 밟아 신과 인간이 결합하는 것을 이상으로 삼았다. 인간은 승화의 기술로서 음주가무의 제례를 발전시켰다. 이 노래와 춤에 의한 제례로써 신령과 직접 교통하고 이를 통해 화복을 조절하고 인생문제를 해결하려는 주술적 종교현상이 바로 고대 샤머니즘이다. 이러한 가무가 점차 발전하여 무당의 중요한 기능의 하나로 정착하게 되었다. 오늘날에도 무가(巫歌)나 무무(巫舞)가 굿의 과정에 삽입되어 신명을 돋우고 굿판의 분위기를 흥겹게 만드는 기능을 하고 있다.

2. 한국문학과 샤머니즘

앞에서 살펴본 바와 같이 샤머니즘은 고대 신앙체계의 근간일 뿐만 아니라 고대인들의 생활 전반에 스며들어 전통문화의 사상적 기층을 형성하였다. 따라서 고대사회의 사상과 정서를 담고 있으며 문학·예술의 원형(archetype)[19]을 이루는 신화와 전설의 바탕에 샤머니즘

---

19) 일반적으로 문학비평에서 원형이란 다양한 문학작품에서 동일하게 반복되어 나타

이 깔리게 된 것은 자연스런 현상일 것이다. 이 샤머니즘 요소는 고시
가·소설 속에 투영되어 민족사의 흐름과 함께 오늘날까지 맥을 잇게
된 것이다.

이 절에서는 우리민족의 대표적인 개국신화인 '단군신화'를 비롯하
여 주요 신화와 향가의 배경설화, 고소설 등을 살펴보고, 오늘날에
이르기까지 우리 고유의 샤머니즘 요소들이 문학작품 속에 어떤 형태
로 반영되고 기능하게 되었는지를 개괄적으로 살펴보고자 한다.

한민족의 개국을 전하는 〈단군신화〉에 관한 기록은 《삼국유사》,
《제왕운기》, 《세종실록지리지》, 《응제시주》, 《동국여지승람》 등
에 실려 있다. 그 가운데 고려의 승려 일연(1206~1289)이 쓴 《삼국
유사》[20]에 실린 내용이 가장 원래의 모습에 가깝다. 이 책 권1 〈고

나는 서사양식이나 인물 유형 혹은 이미지 등을 지칭한다. 이 용어가 주목받게 된
것은 비교인류학자인 제임스 프레이저(James Fraser)의 《황금가지》(*The Golden
Bough*)와 칼 구스타프 융(C. G. Jung)의 심리학 연구가 반향을 일으키면서부터
이다. 프레이저는 《황금가지》에서 다양한 문화권의 신화와 종교 제의에 공통적으
로 나타나는 근본적 양식을 원형이라고 밝혔다. 또한 융은 우리 옛 조상들의 삶 속
에서 반복되던 경험의 유형들인 '원초적 이미지'(*primordial images*)와 '정신적 잔존
물'(*psychic residue*)을 '원형'(*archetype*)이라 칭하고, 이것이 인류의 '집단무의식'
(*collective unconscious*)을 이루어 문학작품은 물론 신화, 종교, 꿈 그리고 개인의
몽상 속에서 반복하여 표현된다고 주장했다. 이러한 원형을 문학작품 내에서 찾아
내고, 작가들에 의해 그것이 어떻게 재현·창조되어 있는가를 연구하는 것이 원형
비평이다. 이 글에서 사용하는 '원형'이란 용어도 이 범주에서 통용되는 개념임을
밝혀둔다(이명섭 편, 《세계 문학비평용어사전》, 을유문화사, 1985, 369~370쪽;
한국문학평론가협회 편, 《문학비평용어사전》(하), 국학자료원, 2006, 585~586
쪽; 박철희·김시태 엮음, 《문학 비평론》, 문학과비평사, 1988, 424쪽).

20) 여기서는 이병도가 번역한 《三國遺事》(한국명저대전집, 대양서적, 1975)를 텍
스트로 한다.

조선〉편에 전하는 〈단군신화〉의 내용을 요약하면 이러하다.

① 옛날, 환인(桓因)의 서자 환웅(桓雄)이 천하에 뜻을 품었다. 이를 알아챈 아버지가 아들에게 천부인(天符印) 3개를 주고 삼위태백(三危太白)에 내려 보내 다스리게 했다.

② 환웅은 무리 3천을 이끌고 태백산 신단수(神壇樹) 아래에 내려와서 신시(神市)를 여니, 이가 환웅천왕(桓雄天王)이다. 환웅은 풍백(風伯), 우사(雨師), 운사(雲師)를 거느리고, 곡(穀)·명(命)·병(病)·형(刑)·선악(善惡) 등 인간의 360여 가지 일들을 맡아 세상을 다스렸다.

③ 이때, 곰과 호랑이가 같은 굴에 살면서 환웅에게 사람 되기를 빌었다. 이에 환웅이 쑥 한 줌과 마늘 20개를 주며 이것을 먹고 100일 동안 햇빛을 보지 않으면 사람이 될 것이라고 했다. 호랑이는 이를 견디지 못하고 곰은 21일 동안 그대로 하여 여자(熊女)가 되었다.

④ 웅녀는 결혼할 남자가 없어 매일 신단 아래에서 아이 가지기를 원하였다. 환웅이 남자의 몸으로 변하여 웅녀와 결혼하고 단군왕검(檀君王儉)을 낳았다.

⑤ 단군왕검은 요(堯) 임금이 즉위한 지 50년에 평양성에 도읍하여 나라 이름을 조선(朝鮮)이라 일컬었다. 그후 단군왕검은 1,500년 간 나라를 다스리다가 장당경(藏唐京)으로 옮겼고, 다시 아사달로 돌아와 산신령이 되었다. 그때 단군왕검의 나이는 1,908세였다.

①에서 환웅이 환인으로부터 받아온 '천부인 3개'는 신성제구로서의 무속의 증거품으로, 신령한 청동제 '방울·거울·신칼'을, ②의 '신단수'는 고대 제정일치 사회에서 천신이 깃들이는 신목(神木)이자, 무속적 제의에 쓰이는 무목(巫木)을 가리킨다.[21] 또한 ②에서 환웅이 거느린 풍백, 우사, 운사는 각각 바람, 비, 구름을 주관하는 주술사를, ③에서 환웅이 곰과 호랑이에게 준 쑥과 마늘은 인간으로의 변신 효력을 지닌 주술적 식물을 뜻한다. 이와 관련하여 김선풍[22]은 환웅의 웅(雄)이 '단군을 탄생시킬 박수(男巫)'요, 여자로 변신한 곰은 '무왕(巫王)인 단군을 낳은 무녀 곰네'를 뜻한다고 보았다. 그리고 ⑤에서 단군은 사후 산신령이 되어 백성을 보살피는데, 이는 한민족의 산신숭배, 조상숭배 사상을 반영한다 하겠다.

일찍이 최남선[23]이 밝혔듯이 '단군'은 최고의 샤먼(巫), 곧 제사장을 뜻한다. 무당을 일명 '당굴' 또는 '단골'이라 하거니와 '당굴'은 몽고어 '텡그리'(tengri)의 음역이다. 최남선은 단군이 제천자로서의 텡그리, 곧 '단골'의 음사(音寫)라고 하였다. 이와 같이 〈단군신화〉는 국조신화이면서 무조신화의 성격도 강하게 띠는바, 이는 사후 산신령이 되어 민족신앙의 대상이 되는 것으로도 뚜렷해진다.

고구려 개국신화인 〈동명왕신화〉에서도 다양한 샤머니즘 요소를 발견할 수 있다. 천제의 아들 해모수가 지상 하백의 딸 유화와 혼인하는 대목은 천신과 인간 또는 태양신 숭배족(해모수)과 물 및 나무를

---

21) 박용식, 《한국설화의 원시종교사상연구》, 일지사, 1984, 231~233쪽 참조.
22) 김선풍 외, 《민속학이란 무엇인가》, 집문당, 1993, 43쪽.
23) 최남선: 불함문화론(홍일식, 《육당연구》, 일신사, 1959, 148쪽).

숭배하는 부족(하백, 유화)의 교섭을 상징하는 것으로, 이는 샤머니즘의 다신론적 신관을 보여준다. 또한 해모수가 천제의 아들임을 밝히기 위해 치르는 신이(神異)한 능력의 시험과정이나, 유화가 밀실에 갇혀 고통 끝에 주몽을 출산하는 과정, 알로 태어나 버림받은 주몽이 죽음의 위기를 넘기고 숱한 시련을 극복한 뒤 동명왕이 되는 과정 등은 샤머니즘의 전형적인 통과제의적 기능과 상사를 이룬다.

고구려의 대표적인 제천의식인 '동맹'은 바로 이 〈동명왕신화〉를 재현한 것으로, 국조인 동명왕과 유화를 모시는 샤머니즘적 제의로 추정[24]할 수 있다. 같은 맥락에서 부여의 '영고', 예의 '무천' 등도 국가적 차원의 제천행사를 통해 복을 기원하고 길흉을 점치며 음주가무로써 온 백성이 함께 즐겼던 샤머니즘적 제의들이라고 할 수 있다.

한국의 대표적인 서사무가인 〈바리공주신화〉는 오구·진오기·씻김·시왕 등으로 불리는 사령제(死靈祭)의 굿판에서 연창되는데, 그 대단원에서 주인공인 '바리공주'가 무교의 시조가 되는 것으로 암시된다. 〈바리공주신화〉는 전국에 걸쳐 여러 이본이 존재하며, 주인공 '바리공주' 또한 '바리데기', '칠공주' 등으로도 호칭된다. 본 신화의 기본 서사구조 아래 각 이본들의 공통된 줄거리를 요약해보면 이러하다.

• 옛날 어느 왕 부부가 딸만 계속 일곱을 낳자 이에 실망한 왕이 막내딸을 낳자마자 버린다. 버려진 막내딸은 신과 자연, 동물들의

---

24) 현용준, 《무속신화와 문헌신화》, 집문당, 1992, 302~305쪽 참조.

보호 아래 건강하고 지혜로우며 아름다운 처녀로 성장한다.

• 자식을 버린 벌로 왕은 죽을병에 걸리게 되는데, 먼 타계에 있는 약수를 먹으면 살 수 있다고 한다. 이에 왕은 슬하의 딸들에게 약수를 구해올 것을 권하지만 모두 핑계를 대며 나서지 않는다. 왕은 막내딸 바리공주를 찾게 되고, 그녀가 효심으로 약수를 구하러 타계로 떠난다. 바리공주는 약수를 구하기까지 숱한 시험을 통과하고 시련을 이겨낸다. 특히 저승세계로까지 나아가며, 약수를 얻는 대가로 신격자와 결혼해 여러 명의 아들을 낳는다.

• 바리공주가 마침내 약수를 구해 돌아왔으나 죽은 왕의 장례행렬과 만난다. 바리공주는 상여를 멈추고 약수로 왕을 재생시킨다. 이후 바리공주는 죽은 자의 복락왕생을 돕는 신이 된다.

〈바리공주신화〉는 그 자체가 무속신화인 만큼 여러 샤머니즘 요소를 담고 있지만, 무엇보다 샤머니즘의 기원과 신화적 원리를 보여준다는 점이 가장 큰 특징일 것이다. 강신무(降神巫)의 경우 신내림을 받기까지 무병의 고통을 이겨내야 하고, 확고한 접신술의 획득으로 치병과 기복, 사령 등의 기능을 효과적으로 수행할 수 있어야 진정한 무당으로 인정받는다. 바리공주가 온갖 시련을 이겨내고 '약수'로 상징되는 인간적 한계의 극복 수단을 획득해 성공적으로 실행함으로써 신의 지위를 부여받는 것은 곧 한국 무교의 시조 또는 여사제의 원조가 되었음을 뜻하는 것이다.

또한 이 신화는 신화의 원형인 '죽음 → 재생' 체험의 한국적인 변주라고 할 수 있다. 바리공주가 출생하자마자 버려진다거나, 약수를 얻는 과정에서 저승을 방랑하는 것은 생명수를 획득한 신적인 존재로 재창조되기 위한 통과제의의 과정이요, 서사무가가 보여주는 신화적 원리이다. 이러한 원리는 현실세계에서 일어난 부왕의 죽음이란 상황이 신적 능력을 획득한 바리공주에 의해 파괴되고, 부왕이 현실세계에 재생함으로써 완결된다. 25)

이상에서 살펴본 바와 같이 우리의 개국신화와 서사무가는 무속신화적 성격을 강하게 띠면서 모든 신화가 공통적으로 취하고 있는 특유의 서사구조를 갖추고 있음을 알 수 있다. 신화, 서사무가에서 볼 수 있는 이 서사구조가 오늘날까지 전승하여 서사문학의 대표적인 양식인 소설 탄생의 근원으로 작용했음은 여러 논자들에 의해 밝혀진 사실이다.

서사무가는 신의 일대기이며 신의 전기라고 볼 수 있다. 이를 시원으로 하여 전기체가 발생했고, 이것이 영웅적 인물의 일생을 서술하는 문예양식인 고전소설로 발전하였다. 26) 전기 유형의 서사문학에 등장하는 주몽, 탈해, 바리공주, 홍길동, 유충열, 숙향, 옥란 등에서 볼 수 있듯이 '고귀하고 탁월한 능력을 지닌 자가 비정상적으로 태어나서 여러 가지 시련을 겪다가 투쟁에 성공하여 승리의 영광을 차지한다'는 일반적인 영웅의 일대기는 고대의 개국신화와 서사무가 및 소설에서 두루 확인된다. 27)

---

25) 이몽희, 《한국현대시의 무속적 연구》, 집문당, 1990, 108쪽 참조.
26) 황패강 외 편, "서사무가의 문학사적 맥락(서대석)", 《한국문학 연구입문》, 지식산업사, 1982, 112쪽.
27) 조동일, "영웅의 일생, 그 문학사적 전개", 《동아문화》10집, 서울대 동아문화연구

한편 일부 향가의 배경설화에서도 토속적 민간신앙 형태의 샤머니즘 요소를 발견할 수 있다. 〈처용가〉는 《삼국유사》 권2 〈처용랑망해사〉(處容郎望海寺) 설화 내용 가운데에 전하는 향가이다. 크게 '헌강왕 이야기', '처용랑 이야기', '어법집의 예언과 그 결과'로 구성되어 있는 본 설화 내용을 살펴보면 이러하다.

- 태평성대를 구가하던 헌강왕이 개운포에 놀러갔다가 돌아오는 길에 동해용왕의 조화로 운무를 만나 길이 막히자 절을 짓겠다고 한다. 이에 운무가 걷히고 용왕이 아들 일곱을 데리고 나와 임금의 덕을 찬양하며 춤과 음악을 바친다. 왕의 귀경길에 처용이라는 용왕의 아들이 따라와 정사를 돕게 된다.
- 어느 날 처용은 밝은 달 아래 늦도록 노닐다가 귀가하여 역신이 아내와 동침하는 것을 보고 가무를 하며 물러 나온다. 이에 역신이 뉘우치고 앞으로는 처용화상이 있는 집은 침범하지 않겠다고 약속한다.
- 왕은 귀경하여 동해 용을 위해 망해사를 짓는다. 남악령의 산신, 금강령의 산신, 동례전의 지신이 차례대로 나타나 춤추고 노래한다. 어법집에는 산신이 춤을 추고 노래부르되 지리다도파도파(智理多都波都波)라고 하였는데, 이는 지혜로 나라를 다스리는 사람이 미리 알고 도망했으므로 도읍이 파괴된다는 뜻이다.
- 결국 지신과 산신은 장차 나라가 망할 것을 알고 이를 경계한 것

소, 1971.

이었는데, 왕은 이를 좋은 징조로 곡해하여 쾌락에 빠졌다가 나라가 망한다.

이 설화에 등장하는 지신, 산신들은 모두 호국신으로서 신라가 위기에 봉착한 상황을 알리기 위해 왕 앞에 나타나 '지리다도파도파'라는 예언적 노래를 부른 것이다. 서사구조로 보아 동해용왕의 아들인 처용과 인간인 헌강왕의 국가는 등가의 관계에 있다고 추정할 수 있다. 따라서 처용이 가정을 지키기 위해 부른 노래('처용가')는 온 나라, 즉 만백성의 가정을 지키기 위한 노래가 된다. 사람들이 사귀를 물리치기 위해 처용의 형상을 문에 붙인 것은 처용이라는 초자연적인 힘을 빌려 액을 방지하고 복을 지키려는 현세주의적 기복사상의 발현이라고 할 수 있다. 이렇게 볼 때 〈처용가〉는 제의에서 노래하던 문신신화(門神神話)의 일종으로, 주술적 정조 부분이 원문 정착한 것으로 볼 수 있다.[28]

〈도솔가〉의 배경설화인 〈월명사 도솔가〉는 하늘에 두 개의 태양이 나타나는 변괴가 일자 월명사가 미륵을 모시라는 〈도솔가〉를 지어 불러 변괴가 사라졌다는 내용으로, 이는 당시 신라에서 유행했던 미륵사상과 샤머니즘의 주술적 습합을 보여주는 예라고 할 수 있다. 관음보살의 신통력을 빌려 눈먼 아들의 눈을 뜨게 하려는 여인 희명의 염원을 노래한 〈도천수관음가〉의 배경설화 〈분황사천수대비〉 역시 불교신앙과 민간신앙의 습합을 보여준다.

---

28) 황패강 외 편, "고대신화 한국문학의 원류(현용준)", 앞의 책, 91쪽.

이 외에도 〈융천사 혜성가〉에 소개되는 〈혜성가〉는 왜군의 침략을 상징하는 혜성의 출현을 물리치고자 불린 노래로, 주술적, 축사(逐邪)적 내용을 담고 있다. 또한 〈수로부인〉에 삽입된 〈헌화가〉는 아무도 엄두를 내지 못하는 벼랑의 꽃을 꺾어 수로부인에게 바치는 데다가 용에게 납치된 부인을 구하는 등 비범한 능력을 지닌 노인이 부른 노래이다. 이 이야기와 노래 속에서 용신사상을 볼 수 있으며, 노래로 비범한 능력을 발휘하는 노인에게서 언령주술사의 모습을 볼 수 있다.

고소설의 효시라 할 수 있는 김시습(1435~1493)의 《금오신화》(金鰲新話)에도 샤머니즘 요소들이 짙게 투영되어 있다. 〈만복사저포기〉(萬福寺樗蒲記), 〈이생규장전〉(李生窺墻傳), 〈취유부벽정기〉(醉遊浮碧亭記), 〈남염부주지〉(南炎浮洲志), 〈용궁부연록〉(龍宮赴宴錄) 등 5편으로 이루어진 《금오신화》는 본격적인 고소설 이전 단계의 서사문학 양식을 대표하는 '전기체소설'(傳奇體小說)의 전형으로, 저승, 용궁, 선경, 몽중 등을 배경으로 하거나 염왕(閻王), 용왕, 신선, 천인, 영혼, 귀신, 부처 등과 연관되는 비현실적 사건을 주로 다루고 있다. 이 형식은 신화, 전설, 설화의 영향을 받았으나 신화, 전설, 설화가 구전되는 서사양식인 데 비해 창작적, 문학적 의도에서 쓰였다[29]는 발전적 차이점을 가지며, 이후 소설 양식의 발전에 지대한 영향을 끼쳤다.

〈만복사저포기〉는 남원의 만복사 근처에 사는 고아 양생이 배필 구

---

29) 김준영, 《국문학개론》, 형설출판사, 1976, 275쪽.

하기를 염원하던 중 왜란으로 죽은 처녀(혼령)와 혼인을 맺고 3년 같은 3일을 지냈다는 이야기로, 현실에서 이루기 어려운 염원을 환상 속에서 실현한다는 내용이다.

〈이생규장전〉은 이생과 최랑이 곡절 끝에 사랑을 이루어 행복하게 살다가 홍건적의 난으로 헤어진 후, 이생이 홀로 돌아와 다시 아내를 만나 살았으나 그것은 이미 죽은 아내의 넋이었다는 이야기이다. 이 이야기는 이별과 죽음이라는 현실의 한계를 뛰어넘어 사랑을 이어가고자 하는 의지를 표현하고 있다.

〈취유부벽정기〉는 송도에 사는 홍생이 평양 부벽정에서 취해 놀다가 이미 오래 전에 죽은 기자조선 마지막 임금의 딸을 만나 나라가 망한 사연을 듣고 감회를 나누었다는 이야기다. 이 이야기에서는 혼령과 인간이 현실에서 생생하게 어울리는 신비적인 분위기를 느낄 수 있다.

〈남염부주지〉는 경주에 사는 박생이 꿈에 염부주(炎浮州)에 가서 염왕을 만나 올바른 제왕의 자세를 역설하고 염왕으로부터 동조를 얻었다는 이야기로, 인간을 심판하는 저승과 염왕의 비판을 통해 현실 정치의 문제점을 지적하는 내용이다.

〈용궁부연록〉은 고려 유민 출신의 문사 한생이 꿈속에서 용왕의 초대를 받아 용녀의 별각에 상량문을 지어주고, 잘 대접받으면서 용궁을 샅샅이 구경하고 선물까지 받아 돌아온다는 이야기다. 이 이야기는 현실에서 펼치기 어려운 포부를 꿈속에서라도 마음껏 펼치고 인정받으려는 인간의 염원을 나타내며, 꿈을 깬 후에도 용궁에서 받아온 선물이 그대로 있었다는 대목에서 그 염원이 얼마나 절실한가를 보여준다.

이들 이야기는 앞 절에서 살펴보았던바, 다신론적 신관과 함께 이 승과 저승, 현실과 꿈 또는 환상의 세계가 상호 연계돼 있다는 샤머니즘의 세계관을 바탕에 깔고 있다. 주인공들이 만나는 혼령이나 용왕, 염왕 등은 현실에서 이룰 수 없는 염원을 이루어주는 초월적인 존재라고 할 수 있다.

이들 이야기의 세계는 환상 속에서 만남이 이루어지고(〈만복사저포기〉, 〈이생규장전〉, 〈취유부벽정기〉), 꿈을 통해 신적인 존재와 교섭하고(〈남염부주지〉, 〈용궁부연록〉), 꿈속에서 얻은 선물이 현실에 존재하며(〈용궁부연록〉), 꿈속에서 다진 의지가 현실로 이어져 실천되는(〈남염부주지〉) 세계다. 이렇듯 《금오신화》의 서사공간은 현실과 환상(꿈)이 공존하는 초월의 세계, 삶과 죽음이 하나의 시공 연속체로 융합되는 성(聖)과 속(俗)의 동일성을 추구하는 샤머니즘의 세계와 일치한다고 할 수 있다.

선조(1552~1608) 이후 본격적으로 발달한 장르인 고소설에도 다양한 샤머니즘 요소들이 면면이 투영되어, 이야기 구성의 크고 작은 형태소나 사상적 기반, 또는 서사구조의 근간으로 작용하고 있음을 볼 수 있다.

국문소설의 효시인 《홍길동전》을 비롯하여 《구운몽》, 《장화홍련전》, 《임경업전》, 《심청전》, 《숙영낭자전》, 《유충열전》, 《인현왕후전》 등 고소설의 전범을 이루는 대부분의 작품들에 조상신이나 일월성신, 용신, 삼신할매 등에게 제사지내고 기도하며 혹은 교섭하는 내용이 포함되어 있으며, 전세 영혼의 환생과 죽은 후 재생 등의 줄거리를 취하고 있는바, 이는 샤머니즘의 다신론적 신관, 영혼불멸 사상을 반영하는 것이다.

특히 《홍길동전》과 《유충열전》의 경우 무속신화 또는 서사무가의 맥을 잇는 전기적(傳記的) 유형의 서사구조를 취하고 있음이 주목된다. 전기적 유형의 서사구조는 대개 영웅적인 주인공의 활동을 중심으로 ① 고매한 혈통, ② 비정상적인 출생, ③ 탁월한 능력, ④ 시험과 투쟁, ⑤ 대업의 성취 등 5단계로 이루어지는데, 홍길동과 유충열의 일생도 이와 상사를 이룬다. 이 다섯 단계별 해당 내용을 살펴보면 다음과 같다.[30]

첫째, 홍길동의 부친은 조선시대 고위 관직인 판서이며, 유충열 또한 명나라 개국공신의 후손으로서 부계혈통을 중시했던 당시의 시대상을 감안할 때 고매한 혈통이라 할 수 있다.

둘째, 홍길동의 부친은 사대부 출신이지만 생모가 정실이 아닌 여비(女婢)의 비천한 신분이라는 점에서 비정상적인 출생이다. 한편 유충열은 정상적으로 출생하나 기자정성(祈子精誠), 신비한 태몽, 출산과정 등을 통해 비정상적인 신비적 분위기를 보충하고 있다.

셋째, 홍길동은 천 근을 들 수 있는 괴력이나 해인사 중을 속이는 지혜, 구름을 타고 초인(草人)을 만들 수 있는 신통력을 지녔으며, 유충열은 백용사 노승에게 도술을 배워 수백, 수십만의 적군을 단신으로 물리치는 초인적 능력을 가졌다.

넷째, 홍길동은 서자의 차별을 피해 가출하고 도적의 괴수가 되어

---

30) 박용식, 《고소설의 원시종교사상연구》, 고려대학교 민족문화연구소, 1986, 287 ～290쪽 참조.

자신의 탁월한 능력으로 국왕과 상대해 병조판서의 관직을 얻는다. 유충열은 생래적 결함으로 인한 시련은 겪지 않는다. 자신의 뜻을 펼치는 과정에서는 초월자의 도움을 받아 시련을 극복하고 투쟁해나간다.

다섯째, 홍길동은 서자의 신분으로 호부호형을 허락받고 비천한 몸으로 병조판서의 직품을 받으며 나아가 율도국을 정벌하고 스스로 왕이 된다. 유충열은 천자를 위해 역적의 반란을 평정하고 외적을 토벌한 공로로 천자로부터 벼슬을 받는다.

이상에서 살펴본 바와 같이 샤머니즘은 고대 신화의 형성에서부터 설화와 고소설로 이어지는 문학사 속에 깊은 뿌리를 내리고, 근대를 거쳐 현대에 이르기까지 변함없이 맥을 잇고 있다.

김동리가 한국의 샤머니즘을 미신이나 하등종교로 치부하는 서양식 사고[31]의 대척점에 서서, 한국 무교야말로 한국인의 정신적 원류이자 인류보편의 정신과 닿아 있다는 믿음을 평생 글쓰기의 화두로 삼아 이를 〈무녀도〉에서 《을화》로 이어지는 여러 소설로 형상화했음은 주지의 사실이다.

박상륭의 경우 〈유리장〉과 《죽음의 한 연구》에서 드러나는바, 인간 정신세계의 원형을 소설로 형상화하는 작업을 통해 기독교, 불교, 주역의 사상과 함께 샤머니즘의 여러 신화적, 제의적 요소들을 심도 있게 수용하고 있음을 보게 된다.[32]

---

31) 정현기, "전쟁판도와 믿음세계 지도: 기독교와 샤머니즘의 휼방지쟁(鷸蚌之爭) 또는 합숙", 《서정시학》(2006. 가을호), 15쪽.
32) 김주성, "소설 《죽음의 한 연구》의 신화적 요소 연구"(중앙대학교 대학원 석사학위 논문, 1989).

물질적 가치와 정치적 힘이 지배하는 현대사회의 혼란과 갈등 극복을 모색한 이청준의 《비화밀교》에서도 샤머니즘의 수용을 볼 수 있다. 이 작품에는 모든 계층의 이념과 이해관계를 아우를 수 있는 장치로서 새로운 정신적·형이상학적 소통의 장인 '불의 제전'이 설정되어 있는데, 이 일종의 종교의식에서 샤머니즘 제의의 형식과 세속적 현실의 초월현상, 즉 엑스터시의 세계가 그려지고 있다.

또한 윤흥길의 〈장마〉에서 빨치산과 국군으로 각각 전쟁에 참전한 아들을 둔 두 사돈 노파의 갈등을 해소하는 장치도 샤머니즘이다. 빨치산 아들의 생환을 위해 밤새 치성을 드렸던 할머니는 아들 대신 나타난 빈사상태의 구렁이를 보고 혼절한다. 이때 이미 아들의 전사통지를 받고 빨갱이 가족과는 얼굴도 대하지 않겠다며 칩거하던 외할머니가 나서서 구렁이를 사돈댁 아들의 영혼이라며 사령제 형식의 주술을 행한다. 이는 이념의 대립으로 빚어진 전쟁의 비극을 샤머니즘과 결합된 모성애로 극복하는 예라고 할 수 있다.

해방 이후 밀려들어오는 서구문화에 비판적 시선을 던지면서 한국 정신의 회복을 추구해온 한승원은 《불의 딸》에서 한국 정신의 원류를 샤머니즘으로 보고, 원초의 세계와 통하는 무당의 신력, 즉 샤머니즘적 힘의 원천을 '불'로 상징화하여 그 신비의 구조를 밝혀내고자 하였다.

이처럼 샤머니즘의 요소들은 현대소설 속에 부단히 다양한 스펙트럼으로 수용·변주되고 있으며, 그 독특한 한 양상을 황순원 소설에서 발견할 수 있다.

3. 황순원 문학의 전개와 샤머니즘적 성격

황순원의 소설에서는 이미 초기 단편에서부터 샤머니즘의 성격이 짙게 나타난다. 그 대표적인 작품으로 〈닭제〉를 들 수 있는데, 이 작품과 비슷한 시기(1940년 전후)에 발표된 대부분의 단편들에서 공통적으로 드러나는 정서는 토속성이다. 이 토속적 정서는 생명에 대한 외경과 죽음, 남녀의 애정 문제 등을 주제로 한 황순원 초기 문학의 미학적 특징 중 큰 부분을 차지하며, 그 근저에 샤머니즘 정신이 자리하고 있다.

이후 황순원 작품 속의 샤머니즘은 〈세레나데〉(1942), 〈잃어버린 사람들〉(1955), 〈탈〉(1971) 등의 단편으로 이어지며 시대인식, 윤리의식, 불굴의 인간 의지와 같은 보다 무거운 주제와 결합되어 나타난다. 그리고 마침내 작가가 원숙기에 접어들어 발표한 장편 《일월》, 《움직이는 성》에 이르러서는 샤머니즘이 인간의 존재 조건과 결부된 철학적, 종교적 화두로 본격적인 탐구의 대상이 되고 있다.

이 절에서는 이러한 점을 염두에 두고 황순원의 생애와 문학활동 과정을 연대기적 검토33)를 통해 개괄하고자 한다. 이 책에서 다루고자 하는 작품의 범위는 황순원의 전체 작품이 아닌 샤머니즘 요소가

---

33) 이와 관련하여 필자는 김종회의 선행연구 "문학과 삶의 조화로운 만남, 또는 그 모범"(김종회 편, 《황순원》, 새미, 1998)의 시기 구분을 수용하고, 생애 탐구 부분을 발췌·요약하여 논지 전개의 토대로 삼고자 한다. 김종회는 황순원의 제자로서 그의 인간과 사상을 오랫동안 직접 접했으며, 이 글은 현재까지 제출된 황순원 관련 전기적 자료뿐만 아니라 작가의 육성으로 전해들은 일화, 에피소드에 이르기까지 직간접 자료들을 가장 다양하게, 그리고 함축적으로 소화한 문헌이라 여겨진다.

반영된 작품에 한정되어 있지만, 작가의 인간적인 면모와 창작과정을 통해 드러나는 문학의식을 살펴보는 것은 해당 작품을 이해하는 데 도움이 될 것으로 사료된다.

1) 시 창작의 주정적 인식 (1915~1936)

황순원(黃順元)은 한일합방으로 인하여 한반도에 대한 일제의 병탄과 압박이 가중되던 1915년 3월 26일, 평안남도 대동군 재경면 빙장리 1175번지에서 부친 찬영(贊永, 1892~1972) 씨와 모친 장찬붕〔張贊朋, 본관은 광주(廣州), 1891~1974〕 여사의 맏아들로 태어났다. 자는 만강(晩岡), 본관은 제안(齊安)이다.

　황순원의 가문은 누대에 걸쳐 향리의 명문이었다. 황순원의 8대 방조인 순승(順承)은 영조 때 평양의 유명한 효자로, 조상 공경과 강직·결백함이 돋보여 '황고집'이라는 별호로 불렸고 이는 이홍식 편 《국사대사전》에까지 소개되었다. 이 가문의 기질적 전통은 노환으로 몸져누워서까지 스스로 꼿꼿이 심신을 추슬렀던 조부 연기(鍊基), 평양 숭덕중학교 교사로 3·1운동에 가담하여 옥고를 치른 부친 찬영에게 이어졌고, 황순원도 이를 물려받았을 것이다. 30여 년에 걸쳐 흐트러짐 없이 순수문학과 미학주의를 지향한 그의 작가정신과 작품세계를 바라볼 때 그 밑바탕에 이와 같은 황고집 가문의 강직 결백한 기질이 흐르고 있음을 간과하기 어렵다.

　황순원은 부친이 일경에 체포되어 1년 6개월의 실형을 언도받고 감옥살이를 하던 무렵을 이렇게 회고하였다.

그 시절이라면 아버님께서 3·1운동 관계로 옥살이를 하실 때다. 나는 어머님과 단둘이 시골 고향에서 살았다. 지금도 생각난다. 어머님께서 혼자 김매시는 조밭머리 따가운 햇살 아래서 메뚜기와 뻐꾸기 소리만을 벗하여 기나긴 여름날을 보내던 일 … 그리고 시력이 좋지 않으신 어머님을 모시고 다섯 살짜리 내가 앞장을 서서 그 말승냥이가 떠나지 않는다는 함박골을 지나 외가로 오가던 일 … 아마 나의 고독증은 이 시절에 길러워진 것인지도 모른다.

— 황순원, "자기 확인의 길", 《황순원전집 12 – 황순원 연구》, 316쪽

이 유년시절의 고독 체험이 그의 의식 깊이 잠복하고, 또한 생애 전체를 관류하면서 모성성을 근간으로 하는 서정미학의 큰 테두리를 이루며, 마침내 《일월》이나 《움직이는 성》에 이르러 심원한 '존재론적 고독'으로 형상화되었음은 많은 논자들이 밝혀온 사실이다.

황순원은 일곱 살이 되던 1921년에 평양으로 이사하고, 이태 후 숭덕소학교에 입학한다. 소학교 시절, 당시로서는 드물게 스케이트를 타거나 축구를 하고 바이올린 레슨도 받았다는 사실[34]로 미루어 가정형편은 부유한 축에 들었던 것으로 짐작된다.

황순원은 1929년 열다섯 나던 해 오산중학교에 입학했으나 건강 때문에 한 학기를 정주에서 보낸 후 평양의 숭실중학교로 전학한다. 여기서 황순원은 남강 이승훈 선생을 만나 그의 기개와 인품에 감동하고 노년의 기품과 원숙한 아름다움에 매료된다. 황순원은 당시의

---

34) 황순원, "자기 확인의 길", 앞의 책, 315쪽.

감회를 자전적 단편 〈아버지〉(1947)에서 이렇게 서술한다.

> 그때 이미 선생은 현직 교장으로는 안 계셨는데도 하루 걸러쯤은 꼭꼭
> 학교에 오셨다. 언제나 한복을 입으신 자그마한 키, 새하얗게 센 머리와
> 수염, 수염은 구레나룻을 한 치가량 남기고 자른 수염이었다. 참 예쁘다
> 고 할 정도의 신수시었다. 그때 나는 남자라는 것은 저렇게 늙을수록 아
> 름다워질 수도 있는 것이로구나 하는 걸 한두 번 느낀 것이 아니었다.
>
> — 황순원, 〈아버지〉, 《황순원전집 2》, 124쪽

황순원은 "아버지도 늙으실수록 아름다워지는 유의 남자임을 안 것
같았다"는 진술로 소설을 끝맺음으로써 남강 선생에게서 느꼈던 노인
의 고결한 아름다움을 아버지에게서 재발견한다. 감수성 예민한 청
소년의 눈에 비친 남강의 원숙미는 이후 그의 작품 속에서 독특한 개
성의 인물들로 되살아난다.

이를테면 《신들의 주사위》의 '두식 영감', 〈황노인〉의 '황노인',
〈기러기〉의 '쇳네 아버지'는 '흔들리지 않는 삶을 살아내는 의지가
굳고 곧은 어른'이자 '인생의 교사'로서의 인물형을 보여준다. 그리고
보다 심화된 원형적 상상력의 산물로 '노현자'(老賢者, wise old man)
인물형도 창조되었다. 즉 〈닭제〉의 '반수영감', 《일월》의 '본돌 영
감', 〈할아버지가 있는 데쌍〉의 '할아버지' 등은 고대인의 풍모를 느
끼게 하면서 비전(秘典)을 관장하는 원시림 성소의 주술사, 고대 비
법의 전수자, 영혼의 안내자[35]를 연상시키는 샤머니즘적 성격의 인
물들인 것이다.

황순원은 숭실중학 재학 중이던 1930년, 열여섯에 시를 쓰기 시작해 이듬해 7월 처녀시 〈나의 꿈〉을, 9월에 〈아들아 무서워 말라〉를 《동광》에 발표한다. 시작을 계속한 황순원은 1932년 5월 〈넋 잃은 그대 앞가슴을 향하여〉을 《동광》 문예특집호에 발표하고 주요한으로부터 김해강·모윤숙·이응수와 함께 신예시인으로 소개받는다.

1934년 숭실중학을 졸업한 황순원은 일본 유학길에 올라 와세다 제2고등학원에 입학한다. 그는 여기서 이해랑·김동원 등과 함께 극예술 연구단체인 '동경학생예술좌'를 창립하고 그해 11월 이 단체 명의로 양주동 서문과 27편의 시를 담은 첫 시집 《방가》를 간행한다. 그런데 이듬해 8월 방학을 맞아 귀성했다가 조선총독부의 검열을 피하기 위해 동경에서 시집을 간행했다 하여 평양경찰서에 29일간 구류를 당하기도 했다.

이해, 그러니까 1935년 10월 황순원은 신백수·이시우·조풍연 등이 주도하여 서울에서 발행하던 《삼사문학》의 동인으로 참가한다. 이 동인지는 모더니즘을 표방하되 김기림이나 김광균의 서정적 요소에 불만을 품고 쉬르리얼리즘의 경향을 보였다. 한편 이해 1월에는 당시 일본 나고야 금성여자전문 재학생이던 양정길과 결혼하였다.

1936년 와세다 제2고등학원을 졸업하고 와세다대학 영문과에 입학한 황순원은 그해 3월 동경에서 발행되던 《창작》의 동인이 되어 시를 발표하는가 하면, 5월에 제2시집 《골동품》을 발간한다. 이 두 권의 시집 발간 이후에도 황순원은 간간이 시를 썼으나 시집을 엮지는

---

35) 양선규, 《한국 현대소설의 무의식》, 국학자료원, 1998, 226~227쪽 참조.

않았으며, 곧 소설 창작으로 전환했다.

2) 소설가로의 문학적 성숙(1937~1949)

황순원은 26세가 되던 1937년 7월 《창작》 제3집에 〈거리의 부사〉를
발표하며 소설가로 변신했다. 이후 3년 만인 1940년에 첫 단편집 《황
순원 단편집》을 서울 한성도서에서 간행하였다. 후에 《늪》으로 개제
된 이 창작집에는 집필시기가 기록되지 않은 13편의 단편이 실려 있
으며, 시인의 체취가 강하게 남아 있는 서정성의 세계를 보여준다.
이 작품들은 주로 와세다대학 재학시절에 쓴 것인데, 황순원 자신은
이들에 대해 "시가 없어 뵈는 나 자신에 대해 소설로써 내게도 시가 있
다는 확인을 해보인 것은 아닐까"[36] 라고 자평한 바 있다.

　이해에 황순원은 그의 일생에서 가장 가까이 교분을 맺은 친구 원
응서(1914~1973)를 만난다. 일본 릿교(立敎) 대학 영문학부 출신으
로 황순원과 함께 《문학예술》을 발행하기도 했던 원응서는 "그의 인
간과 단편집 《기러기》"(1973)라는 글을 통해, 황순원을 처음 만난 감
회로부터 그의 작품집 《기러기》에 실린 작품들에 얽힌 사연들을 들
려주고, 혹독한 일제 말기와 해방, 6·25를 함께 겪으며 문학과 인생
을 논했던 순간들을 회고하며, 황순원의 인간과 문학을 진술하게 밝
힌다. 이 두 사람의 곡진한 우정은 황순원의 단편 〈마지막 길〉(1974)
에 잘 그려져 있다.

---

36) 황순원, "자기 확인의 길", 앞의 책, 316쪽.

원응서의 시선을 통해서도 거듭 확인되는바, 황순원은 험난한 시대상황 속에서도 절차탁마를 멈추지 않고 꿋꿋이 작가정신을 지켜나갔다. 《기러기》가 출판된 것은 1951년이지만, 수록된 작품들이 쓰인 것은 1940년에서 해방 직전까지의 기간이다. 〈별〉과 〈그늘〉을 제외한 나머지 13편은 1941년 태평양전쟁 발발 이후 일제의 한글 말살정책으로 발표되지도 못하고 '그냥 되는 대로 석유상자 밑이나 다락구석에 틀어박혀 있을 수밖에 없었던' 것이다. 그럼에도 불구하고 창작을 멈추지 않은 사실에서 그의 한글에 대한 무한한 애정과 함께 작가로서의 지고한 고집을 엿볼 수 있다. 황순원의 이러한 작가정신은 '굽힐 줄 모르고 그냥 곧추 위로 올라가기만 하는 대나무와도 같은' 성격, '좋은 것과 싫은 것이 분명하고', '직설적이나 사리에 합당한' 성미와도 무관하지 않을 것이다.

일제 말기의 어수선한 시절을 피해 1943년 향리인 빙장리로 내려와 있던 황순원은 독자도 없는 창작을 계속하면서 해방을 맞았다. 해방 후 북녘의 공산화가 구체화되자 황순원 가족은 1946년 월남했고, 그해 9월 황순원은 서울고등학교 국어교사로 취임했다.

이듬해 황순원은 장편 《별과 같이 살다》를 발표하면서 장편소설로 나아가는 길목을 닦기 시작한다. 1948년 12월, 해방 후의 단편 7편을 모은 단편집 《목넘이마을의 개》를 육문사에서 간행했다. 당시의 피폐한 사회와 삶의 모습을 담은 이 단편집에는 현실의 구체성과 자전적 요소들이 짙게 드러나 있다.

1950년 동란 발발 전까지 황순원의 작품세계는, 초기의 시적 정서가 단편소설에까지 이어지고 작가 자신의 신변적 소재가 주류를 이루는 주정적 경향을 보여준다. 이 시기의 작품들은 비록 삶의 현장에 적극 뛰어든 문학은 아니지만, 압제의 극한 상황 속에서 자기 자신을 가다듬으며 뒷날의 성숙을 예비한 의미 있는 서장이었다.

3) 반전 휴머니즘 추구(1950~1964)

황순원은 1950년 2월 일제 말기부터 해방 직후까지의 참담한 시대상과 우리 민족의 수난사를 '곰녀'라는 여주인공을 통해 그리고자 했던 《별과 같이 살다》를 정음사에서 간행했다.

6월에 동란이 나자 황순원은 경기도 광주를 거쳐 부산으로 피난한다. 여기서도 김동리·손소희·김말봉·오영진·허윤석 등과 교유하며 창작을 계속해나가던 중 1951년 8월 명세당에서 단편집 《기러기》를 간행한다.

앞항에서 언급했듯이 단편집 《기러기》는 우리 글로 표현할 수 없었던 일제하의 질곡 속에서도 창작적 생명의 불씨를 꺼뜨리지 않으려는 작가의 내밀한 열정의 산물로서, 주로 아이와 노인이 주인공으로 등장하며 민족 전래의 설화적 모티프와 현대소설의 정제된 기법이 조화를 이루고 있다.

특히 앞선 단편집 《늪》보다 전통적인 것, 토착적인 것에 대한 애착이 강하게 드러나는데, 전설이나 설화의 세계에서 볼 수 있는 저주, 금기, 구복을 위한 주술적 비의, 무당 이야기 같은 샤머니즘 요소들이 원시적 생명력과 토속적 분위기를 강화하고 있다.

1952년 6월, 피난살이의 설움과 고생을 핍진하게 드러낸 〈곡예사〉를 비롯하여 전란 발발 이후에 쓰인 작품들을 묶은 단편집 《곡예사》를 명세당에서 간행하였고, 계속해서 1953년에 〈학〉, 〈소나기〉 등을 발표하며 단편소설의 원숙한 경지를 확인시켜주었다.

1953년 9월부터 《문예》에 장편 《카인의 후예》를 연재하기 시작하나, 5회까지 연재하고 이 잡지의 폐간으로 중단된다. 그러나 작품 집필은 멈추지 않아 이듬해인 1954년 12월에 중앙문화사에서 단행본으로 발간한다. 1950년대 한국문학의 대표작이 된 이 소설은 해방 직후 지주계급이 탄압받는 이야기가 중심축을 이루며, 작가의 일가가 월남할 수밖에 없었던 자전적 요소가 배경이 되고 있다.

황순원은 1955년 1월부터 1년간 《새가정》에 《인간접목》을 연재하여 완결한다. 발표 당시의 제목은 《천사》였으나 1957년 10월 중앙문화사에서 단행본으로 출간할 때 이 제목으로 개제하였다. 이 작품은 6·25 동란의 민족적인 아픔을 본격 장편문학으로 수용한 한국문학의 첫 장편소설로 평가된다. 1956년 12월에는 《곡예사》 이후 전란과 전후의 상황을 예민하게 반영한 작품 14편을 묶은 단편집 《학》을 중앙문화사에서 간행하였다.

1957년 4월, 황순원은 경희대학교 문리대 국문과 조교수에 취임한다. 이때부터 정년퇴임 시까지 23년 6개월 동안 단 한 가지의 보직도 갖지 않은 평교수로 재직하면서 오로지 창작과 후학 양성에만 전념하였다. 황순원은 이 기간 동안 3분의 2에 해당하는 단편과 5편의 장편을 집필한다. 뿐만 아니라 김광섭·주요섭·김진수·조병화 등 한국 문단을 대표하는 문인 교수들과 더불어 학계에 활기찬 창작열을 북돋우면서 많은 문인 제자들을 길러냈다. 이를 통해서도 황순원의 가열

차고 순수한 문학정신을 엿볼 수 있다.

1958년 3월에는 1956년 이후에 쓴 5편의 단편과 중편 〈내일〉을 담은 여섯 번째 창작집 《잃어버린 사람들》이 중앙문화사에서 간행되었다. 이어 1960년 1월부터 장편 《나무들 비탈에 서다》를 《사상계》에 연재하기 시작해 7월에 완결하고 9월에 같은 출판사에서 단행본으로 간행했다. 6·25라는 동족상잔의 비극 속에서 살아가는 다양한 인간상을 제시하고 이를 통해 인간의 생존 이유와 정신적 구원의 가능성을 탐색한 이 작품은 평론가 백철과의 논쟁을 낳기도 했다.

논쟁의 발단은 백철이 1960년 12월 9일 자 〈동아일보〉에 실은 "전환기의 작품 자세"라는 글을 통해 《나무들 비탈에 서다》가 "서스펜스의 긴장된 장면 전개, 적은 대화를 활용한 장면의 전환" 등 생생한 묘사를 보여주고 있지만, 전체적으로 작품의 구성이 유기적인 연속과 종합을 이루지 못하고 불필요한 세부 묘사에 치중하고 있으며, 내용적으로도 이 소설이 4·19의 이야기를 포함시켜야 했다고 충고한 데서 비롯됐다.

이에 대해 황순원은 같은 달 15일 자 〈한국일보〉에 게재한 "비평에 앞서 이해를"이라는 글을 통해 백철이 작품에 대한 이해는 고사하고 줄거리조차 제대로 파악하지 못하고 있는 사례를 조목조목 반박하였다. 아울러 이 소설이 원래 4·19와는 무관하게 구상된 작품인 만큼 백철이 4·19를 포함시켰어야 했다는 충고는 마치 "도스토예프스키에게 《죄와 벌》에다 《카라마조프의 형제》를 덧붙여서 왜 좀더 위대한 작품을 만들지 않았는가"라고 주문하는 것과 같은 어이없는 강변이라고 지적하였다. [37)]

백철은 다시 1960년 12월 18일 자 〈한국일보〉 지면에 "소설 작법"이라는 글을 싣고 "원래 4·19와는 무관하게 구상된 작품"이라는 황순원의 반론을 문제 삼아, 이러한 태도가 고전주의적인 것이라고 비판했다. 이에 황순원은 12월 21일 자 같은 지면에서 "한 비평가의 정신 자세"라는 글을 통해, 자신이 앞서 지적한 오독과 망언에 대한 해명 없이 동문서답식의 논리적 비약으로 스스로 제기한 논쟁의 본질을 피해가려는 비평가의 불성실한 자세를 질타했다.[38] 이후 백철의 반론이 이어지지 않음으로써 논쟁은 종결된다.

'작가는 작품으로 말한다'는 신념 아래 일체의 잡글을 쓰지 않으며 심지어 신문연재소설도 끝까지 마다해온 황순원의 문학적 엄숙주의에 비추어볼 때 〈한국일보〉 지면을 통한 이 논쟁의 글은 매우 특이한 사례에 속한다. 이는 자기 세계를 일관되게 구축하며 총체적 완결성을 이룩한 작품에 관한 한, 작품 외적인 어떠한 반론에도 흔들릴 수 없다는 투철한 작가정신을 반증하는 사례라고 할 수 있을 것이다.

황순원은 1962년 《현대문학》 1월호에서부터 장편 《일월》을 연재하기 시작해 1964년 11월호까지 3년여에 걸쳐 완료한 후 곧바로 창우사에서 단행본으로 간행했다.

이 소설은 사회 천민계층이었던 백정의 후예를 내세워 인간 구원의 길을 탐색한 작품으로, 주술사이자 무당을 방불케 하는 '본돌영감'을

---

37) 황순원, "비평에 앞서 이해를: 백철 씨의 '전환기의 작품 자세'를 읽고", 앞의 책, 323~326쪽 참조.
38) 황순원, "한 비평가의 정신 자세: 백철 씨의 '소설 작법'을 도로 반환함", 앞의 책, 327~331쪽 참조.

중심으로 소와 칼에 얽힌 고대설화와 제의의 양식 등 다양한 샤머니즘 요소들을 치밀하고도 심도 있게 수용하여 주제 형상화의 중요한 모티프로 삼고 있다.

한편 1964년 5월에는 40대 중반에 쓴 작품 14편을 수록한 단편집 《너와 나만의 시간》을 정음사에서 간행했다.

4) 존재론적 인식의 확장(1965~1976)

황순원의 문학은 《일월》에 이르러 인간의 삶을 깊이 있게 조명하며 숙명적이고 선험적인 상황에 대응하는 원숙한 단계로 접어들었다. 《일월》 간행 다음 해인 1965년 4월의 〈소리그림자〉를 필두로 세상을 복합적이며 함축적인 시각으로 바라보는 단편들을 창작해나갔으며, 1968년부터는 한국인의 근원 심성을 소설미학으로 구명한 장편 《움직이는 성》을 집필하기 시작했다. 그는 이러한 창작활동을 통해 인간에 대한 존재론적 인식의 확장에 몰두하는데, 이는 우리 문학에서는 선례를 찾기 어려운 것이었다.

한편 이 시기를 전후하여 황순원의 작품들이 중·고등학교 교과서에 수록되고, 몇몇 한국문학 전집이나 선집에 수록되며, 영어·프랑스어·독일어 등으로 번역되어 해외에 소개되는가 하면, 여러 작품이 영화화되기도 하였다. 작가 자신도 문예지의 추천위원이나 각종 문학상의 심사위원으로 활동하는 등 확고한 문단 원로의 위치를 차지하게 되었다.

1970년 6월에는 국제펜클럽 제37차 서울대회에서 한국 대표로 "한국 문학에 있어서의 해학의 특성"이란 제목의 주제발표를 하게 된다. 황순원은 이 주제발표에서 "한국의 해학은 예술 의식에 의해 만들어졌다기보다 직접 생활에서 솟아나왔기 때문에 추상화된 개념이 아니라 구체성을 띤다"고 전제한 뒤, 박지원의 《양반전》과 하근찬의 〈수난 이대〉를 그 예로 들었다. 그리고 이들 작품에 나타난 해학은 "시대적 고난 속에서 정신적·신체적으로 결함을 지니게 된 인물이 체념이나 서글픈 여유를 그려내고 있어, 일견 비참해 보이는 해학이 되고 있지만 그 속에는 비참함을 극복하려는 건강의 빛이 숨쉬고 있다"[39]고 파악함으로써 한국 해학문학의 긍정적 비전을 제시하였다.

1972년부터 몇 해 동안은 황순원의 삶에 있어 문학 외적인 큰 사건들이 연이어 일어났다. 1972년 7월 남북 7·4공동성명이 발표되어 실향민 일가로서 고향으로 돌아갈 수 있으리라는 희망의 빛을 보았으나, 그해 12월 부친상을 당했다. 삼중당에서 《황순원 문학전집》(전7권)이 발간되기 한 달 전인 1973년 11월에는 누구보다도 그의 인간과 문학을 이해해주고 동고동락했던 지기지우 원응서를 잃으며, 이듬해인 1974년 1월에는 모친이 별세한다.

이런 일련의 시련을 겪으며 그는 1975년 3월에 맞은 회갑 때 일체의 행사를 사양하고 예년과 같이 지낸다. 이와 같이 원숙한 경지에서 감당한 그의 독특한 삶의 체험들이 그의 문학을 더욱 웅숭깊고 유장하게 가꾸는 추동력이 되었다고 볼 수 있겠다.

황순원의 여섯 번째 장편 《움직이는 성》은 《일월》 이후 4년여의

---

39) 황순원, "한국 문학에 있어서의 해학의 특성", 앞의 책, 320~322쪽 참조.

구상 끝에 완성된, 황순원 문학의 정수를 보여주는 작품이다. 《현대문학》1968년 5월호에서 10월호까지 제 1부를, 같은 잡지 1970년 5월호에서 다음해 6월호까지 제 2부를, 1972년 4월호에서 6월호까지 제 3·4부를 연재하기까지 5년이 걸렸다. 이 작품은 1973년 5월 삼중당에서 단행본으로 간행되었다.

《일월》에서 《움직이는 성》으로, 이후 《신들의 주사위》로 나아가는 황순원의 소설작법은 전반적으로 뚜렷한 확산의 경향을 보인다. 이 확산은 작품의 중심과제를 종합적으로 투시하려는 시선에서 기인하는 것으로, 그 대상 역시 개인적인 문제에서 사회적인 문제로 확대된다. 또한 《움직이는 성》을 거치면서 집합적 소설 구조로부터 해체적 소설 구조로의 변화를 시도하고 있으며, 그 변화는 인물·구성·주제의 모든 측면에서 함께 이루어진다. 40)

《움직이는 성》은 한국인의 본성이 '유랑민 근성'이라고 주장하면서 스스로 유랑민의 표본과 같은 삶을 살다가 죽는 농업기사 준태, 젊은 시절 스승의 부인과의 사랑을 원죄처럼 지닌 채 온갖 시련을 마다하지 않고 성실한 구도자의 길을 걷는 목회자 성호, 타산적인 현실주의자로 샤머니즘 연구에 깊이 빠져드는 민속학자 민구 등 세 인물의 삶을 통해 한국인의 정신세계를 종교적인 차원에서 깊이 있게 탐구한 작품이다.

특히 이 작품은 기독교와 샤머니즘의 대비를 통해 한국인의 혼란한 의식구조를 심도 있게 파헤친 점이 주목된다. 이를 위해 작가는 한국

---

40) 김종회 편, 《황순원》, 새미, 1998, 28~29쪽.

샤머니즘에 대한 방대한 문화사적 연구를 수용하여 고대로부터 현대에 이르기까지 우리 민족의 의식 속에 뿌리 깊이 자리 잡은 샤머니즘의 본질을 파악하고, 이를 기독교와 대비시켜 객관적 시각으로 비판하였으며, 그 발전적 극복의 비전을 제시한다.

황순원은 1976년 3월 문학과지성사에서 단편집 《탈》을 간행하였다. 이 작품집은 1965년에서 1975년까지 쓰인 21편의 단편을 묶은 것으로, 대부분 직접적으로 노년이나 죽음의 문제를 다루고 있다.

5) 완결성으로의 회귀(1977~2000)

시 창작으로 문학의 길을 출발했던 황순원은 1937년 소설가로 변신한 후 간헐적으로 몇 편의 시를 발표한 것 외에는 단편 및 장편소설 창작에 지속적으로 몰두하였다. 그러다가 이순 중반을 넘긴 1977년 3월 《한국문학》에 시 〈돌〉, 〈늙는다는 것〉, 〈고열로 앓으며〉, 〈겨울 풍경〉 등을 발표함으로써 그의 문학적 맹아에 대한 향수를 보여주는 듯했다.

만년에 이른 황순원의 이 같은 시 창작에의 회귀는 시가 함축적, 암시적 문학형식이라는 점에서 볼 때, 그 언어의 절약과 여백의 활용을 통해 이제 자신의 삶과 문학을 정리하고 완결하고자 하는 의미로도 읽을 수 있을 것이다.

1978년 2월 황순원은 계간 《문학과지성》 봄호에 마지막 장편 《신들의 주사위》를 연재하기 시작했다. 그러나 1980년 7월 신군부에 의해 이 잡지가 정간됨으로써 제3부 제2장에서 연재가 중단되었다. 그럼에도 불구하고 황순원은 집필을 계속하여 《문학사상》 1981년 8월 호부터 기왕의 발표분을 3회에 걸쳐 집중 분재한 다음 연재를 계속, 최종회가 발표된 1982년 5월호까지 4년 만에 완결하였다.

이 작품은 새로운 문물의 도입으로 급격한 가치 혼란을 겪는 세태를 한 가족사를 중심으로 풀어헤치고 있다. 교육문제, 공해문제, 통치문제 등 현대사회가 풀어야 할 난제를 복합적인 시각으로 조명한 소설로, 작가가 고희를 맞는 나이까지 혼신의 힘으로 밀어올린 노작이라 하지 않을 수 없다. 황순원은 이 소설로 1983년 12월 대한민국 문학상 본상을 수상했다.

1985년부터 1988년까지 모두 여섯 차례에 걸쳐 발표된 단상 《말과 삶과 자유》는 수필 유를 쓰지 않은 황순원 문학에서는 보기 드문 산문집으로, 그의 인생관과 문학관을 엿볼 수 있는 짧은 산문들로 채워져 있다. 황순원은 78세가 되던 1992년 9월에 〈산책길에서 · 1〉, 〈죽음에 대하여〉 등 8편의 시를 《현대문학》에 발표함으로써 공식적인 문학활동을 마무리한다. 이때까지 그는 시 104편, 단편 104편, 중편 한 편(〈내일〉), 장편 7편의 작품을 남겼다.

황순원의 초기 단편소설의 세계에서는 작가 자신의 신변적 소재가 주류를 이루면서 토속적 정서와 결부된 강렬하고 단출한 이미지가 부각된다. 〈목넘이마을의 개〉를 전후한 단편에서부터 《나무들 비탈에 서다》까지의 장편에서는 수난과 격변의 근대사가 작품의 배경으로 유입되어 현실의 구체적인 무게가 두드러진다. 이후 장편 《일월》과 《움직이는 성》, 단편집 《탈》에 이르면 인간의 운명에 관한 철학적 · 종교적 문제에 무게가 실리면서 시대현실은 배제된다. 그러나 《신들의 주사위》에 이르면 인간 존재에 대한 철학적 탐구와 더불어 한 지역사회가 변모해가는 내면적 모습이 함께 그려진다. 이와 같이 전개돼온 황순원 소설세계를 시대현실의 수용 측면에서 바라보면 '無-有-無-有'의 순서로 나타나고 있음을 알 수 있다. 41)

이상에서 볼 수 있는 바와 같이 황순원은 시대현실에 대한 인식을 위주로 소설을 써온 작가는 아니지만, 그만의 독특한 방식으로 작품의 구조에 걸맞게 시대현실을 수용해왔다고 할 수 있다. 처음의 신변적 소재에서 사회적 소재로, 이어 철학적 소재로 작품 성향이 변화하며, 마침내 사회적 소재에 대한 철학적 인식의 단계에 이른다.

즉, 《신들의 주사위》에서 볼 수 있듯이, 작가가 현대사회가 안고 있는 무질서 속에서 어떤 질서를 발견할 수 있었던 것은42) 시대현실을 철학적 통찰의 안목으로 꿰뚫어보았다는 증거인 것이다. 이는 다시 말해 작가의 복합적 관점을 느끼게 하는 것으로, 삶의 현장에 대한 관조적인 시야가 없이는 어려운 것이며, 인간의 운명과 존재에 대한 깊은 성찰에 도달한43) 경우에만 가능한 것이다.

노년의 황순원은 기독교 신앙에 깊이 진입해 있었다. 즉, 《일월》, 《움직이는 성》을 통해 객관적 탐구의 대상이었던 기독교가 마침내 신앙의 대상이 되어 현실적인 삶의 일부가 된 것이다. 이런 가운데 2000년 9월 14일 그는 향년 88세로 영면하였다.

---

41) 김종회 편, 앞의 책, 35쪽.
42) 김치수, "소설의 조직성"(《황순원전집 10 - 신들의 주사위》해설), 문학과지성사, 2000, 315쪽.
43) 김종회 편, 앞의 책, 35쪽.

제 3 장

황순원 소설 속의 샤머니즘

1. 단편소설 속의 샤머니즘

황순원 단편소설의 특징을 논할 때 빠지지 않고 거론되는 내용이 한국 고유의 토착정서와 전통정신을 담고 있다는 것이다. 이는 황순원이 남긴 단편소설의 대다수에서 읽을 수 있듯이 단편작가로서의 그의 관심과 시각이 '토속적인 세계에 대한 집중'(천이두)이요, '겨레의 기억의 전수'(유종호), 또는 '한국인 근원정신에의 접근'(오생근)에 기울어 있었다는 사실을 뒷받침한다.

어떤 소설이 토착정서를 내포하고 있다거나 전통정신을 표현하고 있다고 할 때, 그것들은 일차적으로 그 소설이 취하고 있는 배경을 통해 드러나기 마련이다. 일반적으로 소설의 배경은 "행위가 일어나는 장소, 역사적 시간, 사회적 환경 등을 포함한다"[1]고 정의된다. 그리고 이 정의를 좀더 확대해보면, "배경은 국가, 지역, 도시나 시골, 기후, 시대, 관습, 종교, 생활수준과 문화적 환경 등으로 이루어지며, 소설이란 인간이 이들 환경에 대해 어떻게 행동하는가에 관한 문제들을 다루는 것"[2]이라고 할 수 있다.

황순원의 단편소설 무대는 주로 현대화된 문명세계와는 거리가 먼 재래의 농촌이나 어촌 또는 산골로 설정되고, 시간 또한 이에 걸맞은 과거로 설정된다. 그리고 이 시공간에 등장하는 인물들은 대부분 현대사회의 기준으로 볼 때 합리적인 행동이나 과학적 사고와는 동떨어진, 맹목적이고 미신에 얽매인 성격의 소유자들이다. 이들 배경과 인물이 어울려 만들어내는 스토리에는 곧잘 전통 설화나 민담의 내용이 수용된다. 작가는 이를 통해 한국 토속세계의 곤궁한 삶의 모습이나 한의 정서를 표현하면서 원시적 건강성과 생명력의 아름다움을 그려낸다.

황순원 소설의 이러한 특징은 그의 소설이 샤머니즘 요소들이 수용될 수 있는 훌륭한 토양임을 암시한다. 우리 민족사의 시작과 함께 성립된 샤머니즘은 전통문화의 기층을 형성하며 우리 민족의 생활 속에 깊이 습합되어 전승돼 왔다. 그것이 가장 잘 보존된 곳이 재래의 농촌이나 어촌 또는 산골 같은 토속세계이며, 그 원형을 담고 있는 것이 신화요 전통설화나 민담이기 때문이다.

---

1) M. H. Abrams, *A Glossary of Literary Terms* (New York: Holt, Rinehart and Winston, 1974), p. 85.
2) Marjorie Boulton, *The Anatomy of the Novel* (London, Boston and Henley: Routledge and Kegan Paul Ltd., 1975), p. 125.

이러한 전제 위에서 황순원 소설에 대한 논의의 구체적인 대상인 샤머니즘 요소에 대해 살펴보기로 한다. 샤머니즘 요소는 크게 '기능적 요소'와 '현상적 요소'로 나누어 볼 수 있다. 먼저 기능적 요소는 예언, 기복과 구병의식, 벽사, 주술, 유희, 금기 등과 같은 샤머니즘을 성립하는 가장 기본적 특징들을 말한다. 그리고 현상적 요소는 이들 기능적 요소들을 필요로 하거나 그 작용과정에서 발생하는 꿈, 환청·환시, 엑스터시, 빙의, 변신 등과 같은 초현실적(초월적) 또는 신비적 현상을 일컫는다.

이들 샤머니즘 요소는 작품 속에 어떤 양상으로 수용되고 있는가? 그것은 대부분의 단편에서 인물의 한두 마디 발화나 단순한 몸짓을 통해 나타나기도 하고, 여기에 묘사가 곁들여진 장면으로 그려지기도 하며, 이들이 보다 발전된 에피소드의 형태로 드러나기도 한다. 물론 〈닭제〉, 〈비늘〉, 〈세레나데〉 같은 일부 단편과 장편 《일월》, 《움직이는 성》에서는 플롯(서사구조) 전반을 통해 전면적으로 수용되고 있다. 그 빈도에서는 단편소설의 경우 대부분 기능적 또는 현상적 요소의 일부만 수용되고 있으며, 장편소설에서는 이 두 요소가 다양하고 복합적으로 수용되고 있다.

본 장에서는 이들 샤머니즘 요소들이 작품 내적으로 어떤 의미 있는 관련을 맺고 있는지, 이를테면 주제와 관련된 모티프나 상징, 메타포 등으로 작용하는 경우에 초점을 맞춰 살펴보고자 한다. 그리하여 이들 샤머니즘 요소들이 작품 내에서 어떤 미학적 효과를 발생하는가를 규명하는 것이 본 논의의 핵심과제가 될 것이다.

1) 주술과 희생제의의 세계 : 〈닭제〉·〈청산가리〉

황순원 문학의 초기를 대표하는 단편3) 〈닭제〉는 배경과 인물, 스토리는 물론 주제에 이르기까지 샤머니즘의 요소가 전면적으로 수용된 작품이다.

이재선이 이 작품에 대하여 "통과제의의 문제와 토속적인 민간사고의 미신 및 변신의 모티프가 교직되고 있는 작품, 전율적인 요소를 갖고 있으며 낙원적인 것과 악마적인 이원성의 대립성까지 문제되는 작품"4)이라고 평가한 후 많은 논자들이 이 방향을 따라 다양한 연구를 전개했다. 특히 〈별〉, 〈소나기〉 등의 단편과 함께 〈닭제〉를 '통과제의 소설'로 이해하는 경향은 논자들 사이에 거의 규정된 사실로 받아들여지고 있다. 심리주의 비평의 관점에서 "샤머니즘적 배경을 기반으로 한 그로테스크 미학의 범주에 드는"5) 작품으로 파악한 양선규의 논의도 이재선의 평가를 새로운 각도에서 심화·확대한 경우라고 할 수 있다.

한편 김윤식은 〈닭제〉에 내재된 작가의 전통 지향성과 근대 지향성에 대한 균형감각에 주목하고, "통과제의스런 소년의 성장사는 표면적인 주제일 뿐, 참 주제는 모더니티(교사)와 샤머니즘(반수영감)을 맞수로 설정하고, 이 두 가지 중 어느 쪽도 우세하거나 결정적 승리를 가져올 수 없다는 점을 보여주는 것"6)이라며 이 점이 〈닭제〉가

---

3) 김윤식, 《한국근대문학사상연구 2》, 아세아문화사, 1994, 271쪽.
4) 이재선, 《한국현대 소설사》, 홍성사, 1979, 446~447쪽.
5) 양선규, 《한국현대소설의 무의식》, 1998, 248~249쪽.

지닌 의의일 것이라고 평가하였다.

　본고에서는 이러한 기존 연구의 성과들을 기본적으로 받아들이되,
본 작품의 주제와 밀접한 관련을 맺고 있는 샤머니즘 요소들을 집중
분석함으로써 기존의 성과들을 뒷받침하고 또한 새로운 평가의 가능
성을 찾아보고자 한다.

　논의 전개를 위해 스토리를 요약·정리하면 다음과 같다.

① 소년이 애완동물처럼 아끼고 교감하며 기르는 수탉이 있다. 이
　 수탉은 모가지에 온통 붉은 살을 드러내고 꼬리와 날갯죽지에
　 몇 남은 깃털은 윤기가 없다. 볏도 거무죽죽하게 졸아들었으며,
　 잘 돌아다니지도 못하고 응달을 찾아 졸기만 한다.

② 이런 닭을 소년이 애처로이 어루만지고 있을 때 동네의 반수영
　 감이 "그 닭을 어서 잡아먹어야지 그렇지 않으면 뱀이 된다"고
　 말한다. 소년은 이 말을 듣고 며칠 전 자기 집 처마의 새끼 깐 제
　 비집에 기어오르던 뱀의 허리를 아버지가 가랫날로 찍어낸 일을
　 떠올린다. 이윽고 소년은 뱀 허리같이 된 수탉의 모가지를 내려
　 다보면서 이 닭이 뱀이 되어 제비집에 기어오르면 안 된다고 생
　 각한다.

③ 소년은 새끼오라기를 찾아들고 수탉을 동구 밖 갈밭으로 데려간
　 다. 그 갈밭에는 큰 구렁이가 산다는 소문이 있다. 소년은 갈밭
　 에서 동네의 교사 조카와 반수영감의 증손녀가 밀회를 한 흔적

<hr>

6) 김윤식, 앞의 책, 275~276쪽.

으로 빨간 댕기를 발견한다. 소년은 들고 온 새끼로 수탉의 목을 매 죽인 뒤 댕기 옆에 버리고, 급히 집에 돌아와 제비집이 있는 처마 밑 기둥에 얼굴을 비비며 운다.

④ 그날부터 소년은 앓아눕는다. 이를 본 반수영감은 닭이 뱀이 되어 소년에게 독기를 뿜기 때문이라고 한다. 이 말에 소년의 부모도 겁에 질려 어쩔 줄 모른다. 반수영감은 뱀의 독기를 뺀다면서 소년의 얼굴에 담배연기를 쏘이고 복숭아나무 가지로 매질을 한다. 소년은 고통으로 몸을 비튼다.

⑤ 교사가 이 얘기를 듣고 찾아와 소년에게서 반수영감을 떼어낸 후 소년에게 침을 놓는다. 그 기운으로 눈을 뜬 소년은 둘러선 사람들에게 제비 새끼가 언제쯤 날게 되느냐고 묻는다. 소년의 어머니는 소년이 헛소리를 한다고 걱정이고, 반수영감은 교사의 침질이 신통치 않다며 폄하한다.

⑥ 소년은 백약이 무효로, 깜짝깜짝 놀라며 달달 떠는 증세에서 벗어나지 못한다. 그러던 어느 날, 제비 새끼들이 집 밖으로 머리를 내밀 때쯤 소년은 몰래 갈밭으로 간다. 그리고 죽은 수탉이 구렁이로 변하지 않은 것을 확인하고 구더기가 들끓는 수탉의 시체 위에 쓰러진다.

⑦ 소년의 실종으로 동네는 야단법석이다. 이때 반수영감이 나서서 소년이 재 너머 못에 빠져 죽었으리라고 예단한다. 이 못에는 용이 돼가는 미꾸라지가 살고 있으며, 이 미꾸라지가 나물 캐던 소녀를 호려서 죽였다는 소문과 내력이 있다. 반수영감은 그 소녀 귀신이 소년을 호렸을 것이라 단정하고 동네 사람들과 장대

를 들고 가서 소년의 시체를 건지려 한다.

⑧ 교사는 기운 없는 소년이 그곳까지 갈 수 없었을 것이라며 청년들과 동네 주변을 뒤져 갈밭에 쓰러진 소년을 발견한다. 소년의 곁에 놓인 물 낡은 반수영감 증손녀의 댕기에도 구더기들이 기어다닌다. 반수영감 증손녀와 교사의 조카는 기왓가마로 밀회 장소를 옮긴 후이다.

⑨ 교사가 소년의 병은, 기르던 수탉이 죽으니까 갈밭에 버리고 나서 그 상심으로 생긴 것이니 새 수탉을 사주면 나으리라고 말한다. 가족이 새 수탉을 사주었지만 소년은 별 관심을 보이지 않은 채 제비 새끼가 언제쯤 날게 되느냐고 묻기만 한다. 반수영감은 효력 없는 교사의 처방을 비웃는다.

⑩ 소년의 병이 깊어만 가는 중에 교사 조카와 반수영감 증손녀가 도망을 갔다는 소문이 돈다. 처음에 원통해 하던 반수영감은 얼마 후 증손녀가 겨울옷을 보냈더라는 확인 안 된 소문을 퍼뜨리며 허세를 부린다. 제비 새끼들이 온전히 나는 모습을 보던 날 소년은 얼굴 가득 미소를 띤다. 가족들은 이런 소년이 마지막 웃음을 웃는 것이라며 절망의 눈물을 흘린다.

— 〈닭제〉, 《황순원전집 1》, 105~110쪽 요약

우선 이 작품의 배경을 보자. 구체적인 장소와 시대는 제시되지 않았으나 스토리와 이를 엮어 나가는 인물들의 행위로 미루어 1930년대 한국의 토속적인 농촌 마을로 추정된다.[7] 이 시기에 도시를 중심으로 서구적인 근대문명과 합리적인 신사고가 확산되고 있었으나 이 작

품의 무대에는 그런 개명의 요소가 끼어들 여지가 거의 없다. 합리적 사고를 지닌 '교사'라는 인물이 등장하지만 그 역시 전래의 민간치료법인 침술을 사용할 뿐만 아니라, 여타 인물들의 강한 토속적 성격, 사건이 전개되는 무대와 이야기 소재들에 의해 지배되는 분위기는 근대적인 문명세계와 거리가 먼 토색 짙은 농촌 마을의 모습이다.

무엇보다 ②, ④, ⑦에서 볼 수 있는 바와 같이 늙은 수탉이 뱀으로 변신한다든가, 소년이 소녀귀신에 홀려서 못에 빠져 죽었다든가 하는 반수영감의 말을 순진한 소년뿐만 아니라 소년의 가족, 대부분의 마을 사람들이 믿고 있으며, 갈밭의 구렁이며 못 속의 용이 돼가는 미꾸라지 소문을 믿는 마을 사람들의 심성을 고려할 때, 이 마을은 샤머니즘적 세계관이 지배하는 원시적인 공간임이 드러난다. 따라서 이 작품에 설정된 시공간적 무대는 샤머니즘 요소들이 수용되고 작용하기에 좋은 여건을 갖추고 있는 셈이다.

〈닭제〉는 반수영감의 주술에 대응하여 소년이 행하는 희생제의, 그리고 이로부터 유발된 소년의 병과 그 치료를 둘러싸고 벌어지는 사건들을 큰 줄기로 하는 플롯을 취하고 있다.

①에서 소년이 아끼는 수탉은 그 위용의 상징이라 할 수 있는 볏이 '거무죽죽하게 졸아들고' 꼬리 깃털도 몇 남지 않은 데다 '윤기를 잃고' 있으며, '생기 없이 응달을 찾아' 줄기만 한다. 우리 민족에게 친근한 가축인 닭, 특히 수탉은 예로부터 "새벽을 알리고 어둠을 쫓으며, 귀

---

7) 시대를 1930년대로 추정하는 이유는 작가의 체험과 작품 구상이 이루어졌음직한 시기, 시인에서 소설가로 전향한 시점(1937년), 작품이 처음 실린 단편집 《늪》의 발간시기(1940년) 등을 고려할 때 1930년대를 벗어나기 어렵기 때문이다.

신을 퇴치하는 짐승으로 인식되었다. 산 닭이 익사자를 위한 푸닥거리에 쓰이는 것도 이러한 민속적 사고를 반영한다".[8] 바로 이러한 수탉이 위용과 생기를 잃고 음(陰)의 장소인 응달로 찾아드는 것은 그 수탉의 죽음과 함께 소년에게 모종의 불안과 공포가 닥쳐오리라는 것을 암시한다.

②에서 이 암시는 반수영감의 말로 현실화된다. 반수영감의 "그 닭을 어서 잡아먹어야지 그렇지 않으면 뱀이 된다"는 단정적 예언에 감응하여 소년은 실제 뱀이 제비집에 기어오르던 일을 떠올리고 자기의 닭이 그런 사악한 짐승으로 변신할 수 있다고 믿는다.

우리의 신화나 전설, 민담 속에 인간에서 동물로, 동물에서 인간으로, 한 동물에서 다른 동물로, 또는 식물이나 광물로의 변신에 관한 이야기(변신설화)는 무수히 많다. 이 같은 변신 모티프는 '시공을 초월한 원초적 사고를 보여주는'[9] 것으로, 고대인들은 주술적 제의를 통해 변신이 가능한 것으로 믿었으며, 자연히 그 초자연적 현상을 일으키고자 실행하는 사람은 주술사요 무당이었다.

②에서 반수영감이 '늙은 닭이 뱀이 된다', 그래서 '잡아먹어야 한다'(죽여야 한다)는 말은 소년에게 주술적 발화로 작용한다. 반수영감의 이 주문은 곧바로 소년에게 감응되어, ③에서처럼 소년이 수탉을 살해하는 '구체적인 행위'를 유발하는 것이다. 소년의 수탉 살해는 '수탉-뱀'의 변신을 막으려는 행위인데, 이를 유발한 반수영감의 주문은

---

8) 이재선, 《우리 문학은 어디에서 왔는가》, 소설문학사, 1986, 418쪽.
9) 이상일, 《변신설화의 유형분석과 원초사유》(대동문화연구원 권8), 성균관대학교 대동문화연구원, 1971, 112쪽.

⑥에서 소년이 죽은 수탉이 뱀으로 변신했는지 여부를 확인토록 할 만큼 강한 믿음으로 작용한다. 또한 반수영감 역시 ④에서와 같이 '수탉-뱀'의 변신에 대한 자신의 믿음을 전제로 소년에게 벽사의식을 행한다. 물론 현실에서 '수탉-뱀'의 변신을 확인할 수는 없을 것이며, 이는 어디까지나 샤머니즘적 믿음에 해당하는 문제이다.

따라서 이러한 샤머니즘적 믿음을 스스로 갖고 있으며 마을 사람들의 의식을 지배하는 반수영감은 주술사 또는 무당의 기능을 가진 존재라고 할 수 있다. 반수영감의 주술사적 지위는 ④에서와 같이 소년의 가족 동의 아래 소년의 몸에서 뱀의 독기를 뺀다며 소년에게 담배 연기를 뿜거나 복숭아 나뭇가지로 때리는 일종의 벽사 · 치병의식을 통해 확고해진다.

소년의 최대 관심사는 자기 집 처마 밑 둥지에서 이제 막 알을 까고 나온 다섯 마리의 제비 새끼들이 안전하게 자라 완전한 비상을 터득하는 것이다. 순진한 소년에게 반수영감의 '수탉-뱀' 변신의 위협적 주문은 제비 새끼의 안전과 직결되는 심대한 주술적 힘으로 작용한다. 마침내 소년은 수탉을 죽여 뱀으로의 변신을 막음으로써 제비 새끼를 구하겠다고 결심한다.

여기서 소년의 수탉 살해는 반수영감의 주술적 힘에 의한 것이지 결코 소년 자신의 순수한 의도에 따른 것이 아니라는 점을 간과해서는 안 된다. 반수영감의 '수탉-뱀' 변신에 대한 위협적 주문과는 상관없이 소년의 늙은 수탉에 대한 애정은 변함이 없다. 수탉 또한 살해되는 순간까지 소년을 따른다. ③, ④에서 보듯 어쩔 수 없이 수탉을 살해하고 돌아온 소년이 처마 밑 기둥에 얼굴을 비비며 우는 것이나 앓아눕는 것은 자신의 일부와도 같이 아끼고 서로 교감하던 대상을 살해한 데 대한 회한과 죄책감의 표현이다.

반수영감의 말을 듣고 소년은 늙은 수탉이 끝내 뱀으로 변하도록 놔둘 것인가 아니면 어린 제비 새끼들을 지킬 것인가를 두고 저울질한 끝에 어린 제비 새끼들의 가치가 더 크다는 판단에 이른 것이다. 따라서 소년의 수탉 살해는 "불순한 폭력(*violence impur*)을 응징하기 위한 순수한 폭력(*violence pur*)"10) 으로서 일종의 희생제의가 된다. 자연히 이때 늙은 수탉은 단순한 폭력의 희생물이 아닌, 다섯 마리의 새 생명을 지키기 위한 신성한 제물이 된다. 이러한 소년의 행위를 통해 드러나는 내포적 의미로부터 작가의 생명에 대한 외경의식을 읽을 수 있다.

여기까지의 플롯 전개에서 드러나는 것은 반수영감의 주술과 이에 대응하는 소년의 희생제의의 구도이다. 샤머니즘의 세계관이 확고한 반수영감은 주술사로서 냉정한 현실적 타산에 의해 늙은 수탉의 살해를 사주하지만, 소년은 이에 감응하면서도 그 실행은 단순 살해가 아닌 신성한 희생제의로 승화시킴으로써 반수영감과 뚜렷한 대립의 위치에 서게 된다.

반수영감의 주술적 예언이나 벽사·치병의식의 효험, 그의 샤머니즘적 세계관이 지닌 미신성과 폭력성은 ⑤, ⑧에서처럼 합리적 세계관을 가진 교사에 의해 의심받고 폭로된다. 교사는 반수영감의 주술적 방법이 아닌 과학적인 침술로 소년의 병에 접근하며, 합리적인 판

---

10) 한국문학평론가협회 편, 《문학비평용어사전》 하, 국학자료원, 2006, 1030쪽.

단으로 실종된 소년의 위치를 찾아낸다. 이 대목에서 김윤식이 지적했듯이 샤머니즘의 전근대성(반수영감)과 근대적인 합리성(교사)의 대립을 볼 수 있다.

그러나 교사 역시 소년의 병의 원인을 알아내지 못하고, 따라서 근본적인 치유에는 이르지 못한다. ⑨에서처럼 소년의 병은 '수탉이 죽으니까 그것을 갈밭에 버리고 그 상심으로 생긴 것이니 새 수탉을 사주면 나으리라'고 일견 과학적인 추리와 처방을 한다. 하지만 소년의 병은 호전되지 않고 교사는 반수영감으로부터 비웃음만 산다.

소년의 부모나 이모 등 가족들도 소년의 병 앞에서 무기력하기는 마찬가지다. 그들은 여타 마을 사람들과 다름없이 반수영감의 샤머니즘과 교사의 합리적 사고 사이를 왔다 갔다 하면서 속수무책으로 안타까워하기나 할 따름이다. 스스로 각성하여 줏대 있는 판단이나 처방을 내리지 못하고 그때그때 상황의 대세에 휩쓸리는 나약하고 무지한 세속인일 뿐이다.

마을에서의 겉보기 지위나 영향력, 주술 또는 침술 같은 직능의 소유를 제외하면 반수영감과 교사 모두 인간적인 면에서는 소년의 부모나 다름없이 평범한 인물에 불과하다. 반수영감의 경우 주술적 능력이 별무하기도 하거니와 ⑩에서 볼 수 있듯이, 증손녀의 가출로 손상된 체면을 만회하고자 확인 안 된 소문을 퍼뜨려 허세를 부리는 세속적 모습을 드러낸다. 교사 또한 반수영감 증손녀와의 밀회 끝에 야반도주함으로써 마을의 풍속을 깨는 조카로 인해 모범이 돼야 할 교사로서의 권위를 상실하고 있다.

늙은 수탉 살해로 유발된 소년의 병 치유를 둘러싸고 세속적 가치관을 가진 반수영감, 교사, 소년의 부모들이 노정하는 한계는 당연한 결과다. 소년은 누구에게도 자신이 치른 '닭제'(정확히 말해 희생제의)의 사실과 그 이유를 말하지 않는다. 새로 태어난 제비 새끼들을 지키기 위해 오랫동안 정을 나눈 수탉을 자신의 손으로 죽일 수밖에 없었던 소년의 이런 속내를 알지 못하는 한 반수영감, 교사, 부모 누구도 그의 병을 이해할 수 없는 것이다.

소년의 병세는 그가 아끼던 수탉을 희생하면서까지 지키려고 했던 제비 새끼들이 온전히 날 수 있게 된 것을 확인하면서 호전된다. 〈닭제〉를 통해 작가 황순원이 말하고자 하는 메시지는 여기에 있다. 우리가 사는 세계에서 가장 소중한 가치는 생명이며, 그 내밀한 질서는 소년처럼 세속적 권위나 이해관계로부터 자유롭고, 순수한 영혼을 가진 자만이 알 수 있다는 것이다.

'생명에 대한 경외', 그것은 지식이나 경험과 무관하게 영원한 우주의 질서에 대한 선험적인 깨달음이다. 여기서 반수영감의 '수탉-뱀' 변신에 대한 위협적인 주문을 듣고 소년이 깊은 슬픔 속에서 치르는 '닭의 희생제의'를 다시 한 번 음미해볼 필요가 있다.

소년에게서 뱀의 독기를 빼겠다고 벌이는 반수영감의 벽사의식이나 새 수탉을 사다 안기라는 교사의 심리처방은 자신들의 권위와 이해관계에 얽매인 세속적 일상사일 뿐이다. 제비 새끼들의 비상을 확인하고서야 비로소 소년은 얼굴 가득히 미소를 띤다. 소년의 가족이 이 긍정적 비전을 깨닫지 못하고 마지막 웃음을 웃는 것이라며 절망하는 결말의 아이러니를 통해 〈닭제〉의 메시지는 더욱 뚜렷해진다. 이런 관점에서 볼 때, 〈닭제〉가 통과제의 소설이라든가, 샤머니즘과 모더니티의 균형을 보여준다는 평가들은 부수적인 수확물에 가깝다.

한편 〈닭제〉가 함의하는 이 같은 주제를 형상화하는 데 샤머니즘 요소들은 어떤 작용을 하고 있는가. 앞에서 살펴본 바와 같이 본 작품은 배경에서부터 샤머니즘의 요소들이 잘 수용될 수 있는 특징들을 갖추고 있다. 또한 내용 면에서 샤머니즘의 기능적 요소들이 집중적으로 수용되고 있으며, 현상적 요소로는 변신 모티프가 작용하고 있다.

사건의 발단을 제공할 뿐만 아니라 플롯 전개에 핵심적인 역할을 하는 반수영감은 주술사 또는 무당의 기능을 갖고 등장한다. 그는 '수탉-뱀'의 변신 주문을 통해 소년의 희생제의를 유발하며, 소년의 병의 원인을 점치고 치유하는 구병의식을 행한다. 이들 기능은 단순 발화(늙은 닭이 뱀으로 변함) 뿐만 아니라 장면(소년이 앓아누운 것은 수탉이 뱀으로 변하여 독을 뿜기 때문이라고 진단) 및 에피소드(소년의 몸에서 뱀의 독을 빼기 위해 담배연기를 쏘이고 복숭아 나뭇가지로 때리는 벽사의 식) 형태로 수용된다.

〈닭제〉에 수용된 이러한 샤머니즘 요소들은 각 인물들의 행위와 결합되면서 특유의 그로테스크하고 신비적인 분위기를 연출하는데, 이는 스토리 전개에 긴장감을 더하는 역할을 한다. 이와 동시에 한국 재래의 토속적 정서를 환기하여 원시적 생명력에 대한 상상을 끌어내는 촉매로 작용한다.

이러한 샤머니즘 세계에서 주술사로서의 반수영감의 권위는 크게 손상을 받게 된다. 이는 샤머니즘 세계의 전근대적·미신적·세속적 측면의 한계에 대한 작가의 비판적 인식을 반영한다고 하겠다. 반면에 소년은 이러한 한계를 극복하고 진정한 생명에 대한 경외를 선험적으로 추구하는 신성한 존재로 그려진다. 바로 이 같은 반수영감과 소년의 대립구도로 인해 〈닭제〉의 주제는 보다 효과적으로 드러난다.

〈닭제〉에서 희생제의가 구체적이고 직접적으로 실행된다면, 〈청산가리〉(1948)에서는 그것이 내포적이고 암시적으로 제시된다. 〈청산가리〉는 주인공 '나'가 정성을 다하여 깐 병아리를 기르는 과정에 '고양이'가 나타나 병아리들을 해치자, 이 고양이를 어떻게 막고, 나아가 제거할 것인가에 대해 고민하는 줄거리의 단편이다. 이 작품에는 작중 화자의 시선을 통해 신비한 생명 탄생을 지켜보는 감동과 기쁨이 특유의 감각적이고 시적인 문체로 묘사되어 있으며, 이를 통해 작가의 어린 생명에 대한 외경을 거듭 읽을 수 있다.

> 스무날이 되는 날부터 까기 시작했다. 삐약삐약, 약하나 분명히 새로 탄생한 생명만이 가질 수 있는 알진 목소리, 조알조알, 듣는 사람의 가슴을 행복 그것처럼 간지러 마지않는 속삭임. 조그만 대강이를 밖으로 내밀었다가 무엇에 놀란 듯이 도로 숨어버리는 고 귀여운 동작, 절로 손이 어미닭 품속으로 가진다. 아직 몸이 마르지 않은 놈은 고놈대로 애처롭도록 사랑스런 것이나, 아주 몸이 마른 뒤에, 손에 만져지는 아 고 보드랍고도 따스한 촉감 밑에 느껴지는 발랄한 생명의 고동이란.
>
> — 〈청산가리〉, 《황순원전집 3》, 58쪽

'나'는 이토록 신성한, 그러나 연약하기 그지없는 새 생명을 잔인하게 유린하는 고양이에 대해 강한 분노를 느낀다. 병아리들을 큰 닭장으로 옮기고 고양이가 침입하는 구멍을 메우고 하는 방책을 써보지만 소용이 없다. '나'는 마침내 고양이를 제거할 방도를 찾다가 '청산가리'라는 극약을 떠올린다. 하지만 이는 고양이라는 또 다른 생명을 계획적으로 살해하는 결과가 된다. 고양이의 병아리 살해는 단지 본능적인 먹이사냥일 뿐이다. 원천적으로 고양이에게는 죄가 없는 것이다. '나'는 이런 생명의 보편적 가치에 대한 갈등 끝에 청산가리를 사용하려던 계획을 일단 포기하고 만다.

그런데 이게 웬일일까. 이 간단하다는 일, 그것이 별안간 끔찍이 어려운 일로 생각키워지는 것이었다. 무어 고기조각 같은 것은 따로 사오지 않아도 될 것이었다. 좀 뭣하지만 어제 죽은 병아리의 고기를 이용할 수도 있을 것이었다. 그저 내게 힘든 일로 생각되는 것은 고양이가 그것을 집어들기가 바쁘게 그 자리에 고꾸라진다는 일이었다. 아침에 나가 닭장 앞에 적은 고깃덩이를 입에다 문 채 죽어 있는 고양이의 꼴을 보아야 한다는 점이다. 차마 보기 싫은 장면이다. 고양이란 놈이 그걸 삼켜가지고 어디 뵈지 않는 곳으로 가 죽어 없어진다면 얼마나 좋으랴. 나는 결국 청산가리를 못 달래가지고 실험실을 나오고 말았다.

— 〈청산가리〉, 앞의 책, 58쪽

그러나 고양이의 병아리 유린은 집요하게 계속된다. '나'의 분노에는 병아리를 지켜주지 못하는 데 대한 자책감이 더해진다. '나'는 병아리들을 온전히 지키는 일은 결국 고양이를 제거하는 길밖에 없다는 냉정한 판단에 이른다. 〈청산가리〉의 결말은 여기까지이며, 청산가리를 다시 구입한다거나 고양이를 살해하는 구체적인 묘사는 생략되어 있다. 하지만 이 문맥만으로 '나'의 고양이 살해에 대한 암시는 충분하다.

> 닭장에서는 지금껏도 남은 닭들이 진정하지 못하고 이리 몰리고 저리 몰리면서 꾸꾸거리고 있었다. 그것은 자기네의 침입자에 대한 공포에서 오는 것이겠지만, 내게는 그것이 나에게 대한 어떤 애소와 항의의 몸짓이요 부르짖음 같이만 느껴졌다.
> 밤마다 어둠에 묻혀 쉬지 않고 닭장 주위를 돌아가는 고양이의 그 독살스럽고도 날렵한 모양이 그대로 눈앞에 빤히 나타나보였다. 그제야 비로소 나도 냉정히 내 마음의 결정을 들을 수 있었다. 한시바삐 이놈의 행동은 정지시켜야 한다는.
>
> ― 〈청산가리〉, 앞의 책, 63쪽

'나'의 강렬한 고양이 살해충동은 이에 이르게 된 인과관계를 통해 공감대를 마련한다. 한 마리의 탐욕스런 고양이를 제거함으로써 다수의 연약한 병아리를 구한다는 현실적 계산은, 병아리들을 지켜주지 못한 가책과 고양이를 살해해야 한다는 생명의 보편가치에 대한 갈등으로부터 동시에 벗어날 수 있게 한다. 그리하여 "한시바삐 이놈의 행동을 정지시켜야 한다"는 '나'의 결론은 어린 병아리들을 살리기 위한 잠재적인 고양이 희생제의가 된다.

여기서 희생양을 통한 집단적 이념(여기서는 '나'의 이념)의 재생을 추구하는 원시주의적 내지 신화적 세계관을 엿볼 수 있다. 〈청산가리〉가 〈닭제〉에서처럼 신화적 희생제의의 모티프를 지니고 있음은 명백하나, 〈닭제〉가 원형에 가까운 모습을 지니고 있다면 〈청산가리〉는 일상적 경험의 재현 속에 수용됨으로써 전위(displacement)가 진행된 성격을 띤다는 차이가 있다. 11) 즉, 〈닭제〉에서 소년이 행하는 희생제의의 제물인 늙은 수탉은 '완전 무죄'의 순수한 제물로서 신성성을 띠지만, 〈청산가리〉에서의 고양이는 '양계'라는 인간사의 이해관계와 연관되어 제거할 필요가 있는 방해물이 되고 있기 때문이다.

2) 성숙의 길에서 겪는 성장통 : 〈별〉 · 〈산골아이〉 · 〈소나기〉

황순원의 초기 단편의 두드러진 특징 중 하나는 작중인물로 어린 소년 · 소녀가 많이 등장한다는 점이다. 소년소녀는 아직 미성숙의 상태로 생의 가열한 본령으로 진입하기 전의 과도기적 단계에 있는 존재들이다. 단편 〈별〉, 〈산골아이〉, 〈소나기〉는 이런 미성숙의 소년들이 성숙해가는 과정에서 겪는 진통을 뼈대로 하는 작품들이다.

  이런 유형의 작품을 통과의례적인 작품이라 부른다. 일반적으로 통과의례(rite of passage)는 개인이 새로운 지위 · 신분 · 상태를 통과할 때 행하는 의식이나 의례를 말한다. 12) 이를 인류학에서는 유년이나 사춘기에서 성인 또는 성인사회의 한 구성원으로 편입하기 위한 의례 혹은 성년으로의 신참을 일컬으며, 이러한 의식에서 으레 주인공에게는 시련과 신체적인 고통, 육신의 한 부분에 대한 제거, 금기

___

11) 양선규, 《한국현대소설의 무의식》, 국학자료원, 1998, 206~207쪽 참조.
12) 한국문학평론가협회편, 《문학비평용어사전》 하, 국학자료원, 새미, 2006, 1018쪽.

및 고립화와 집단적인 신념에 대한 교화가 수반된다. 13) 샤머니즘에 서도 통과의례는 그 자체의 중요한 성립요건이 된다. 신참 샤먼의 입 사 과정은 통과의례의 성격을 가지는데, 한국의 전통적 강신무의 경 우 성무 초기에 반드시 고통스런 신병을 치르게 되며, 이 같은 신병의 체험을 통해 신참 무당은 영력을 얻을 수 있는 것이다. 14)

따라서 통과의례란 신체적·정신적·사회적인 미성숙 상태로부터 성숙의 단계로 나아가기 위해 일련의 고통스런 시련을 겪는 과정이라 고 할 수 있다. 이렇게 볼 때 통과의례 소설은 사춘기 소년이나 소녀가 죽음과 성 또는 선과 악의 도덕적 갈등, 그리고 미와 추 및 자아와 같 은 일련의 충격적 경험의 의미를 어떻게 수용해서 이전과 다른 변화와 효과를 가지고 성숙하는가를 다룬 소설이라고 할 수 있을 것이다. 15) 황순원의 상당수 작품이 이런 통과의례 소설의 경향을 보이는데, 그 중 대표적인 〈별〉, 〈산골 아이〉, 〈소나기〉를 살펴보기로 한다.

〈별〉은 죽은 어머니의 아름다움에 대한 '아이'의 병적인 집착과 이 를 깨뜨리는 '누이'의 추함에 대한 혐오 및 거부를 골간으로 하여 전개 되는 이야기다. 모두 9개의 에피소드가 시간 추이에 따라 배열되는 형태로 구성된 이야기의 전개과정을 요약하면 다음과 같다.

① 어느 날 아이는 동네 과수노파로부터 '지나치게 큰 입 사이로 검 은 잇몸'을 가진 추한 누이가 죽은 어머니를 닮았다는 얘기를 들

---

13) 이재선, 《한국현대 소설사》, 홍성사, 1979, 448쪽.
14) 김태곤, 《한국무속연구》, 집문당, 1985, 194쪽.
15) 이재선, 앞의 책, 471쪽.

고 충격을 받는다. 이때부터 아이는 누이를 미워하게 되고, 누이가 정성껏 만들어준 예쁜 각시인형마저 땅에 묻어버린다.

② 아이가 자기를 꺼리는 것을 눈치 챈 누이는 등에 업은 이복동생을 꼬집어주는 등 동생의 마음을 풀어주려 하나, 아이는 오히려 이를 역이용해 누이를 곤란하게 만든다. 아이는 자기를 어머니처럼 감싸주는 누이의 애정을 끝내 거부한다.

③ 아이는 옥수수를 좋아하는데, 누이가 어렵게 건네준 옥수수를 입에 대지도 않고 뜨물 항아리에 버린다.

④ 아이는 옆집 애와 땅따먹기 놀이를 하면서 무지개 같은 동그라미를 그리려고 하나 뜻대로 되지 않자 화를 낸다. 그때 누이가 와서 아이를 거들지만 더 크게 화를 낸다.

⑤ 아이는 누이가 뒷집의 예쁜 계집애와 싸우게 되었을 때 그 전후사정을 알고 있으면서도 누이의 편을 들지 않는다.

⑥ 아이는 열네 살이 되어 뒷집 계집애보다 더 예쁜 여자애를 만나 모란봉에 놀러가지만, 여자애가 이끈 입맞춤을 경험하고 그 여자애 역시 어머니가 아니라는 생각에 돌아서고 만다.

⑦ 누이가 동무의 오빠와 연애사건을 일으켰을 때, 아이는 누이가 죽은 어머니까지 욕되게 한다는 생각을 하면서 분노한다.

⑧ 아이는 누이를 대동강으로 산책을 가자며 데리고 가서는 아버지가 누이에게 엄포로 했던 "치마로 묶어서 강물에 집어넣고 말겠다"는 말을 실현하려고 한다. 누이가 죽은 어머니 같은 애정으로 이에 따르자 아이는 누이가 결코 어머니 같아서는 안 된다며 행위를 중단하고 누이를 남겨둔 채 돌아오고 만다.

⑨ 누이는 부모의 뜻에 따라 시내 어떤 실업가의 아들에게 내키지 않는 시집을 간다. 얼마 후 누이의 부고를 받은 아이는 지난 날 땅에 묻었던 각시인형을 파내 보지만 이미 썩어버렸다. 아이는 그제야 비로소 눈물을 흘린다. 하지만 천상의 누이가 어머니와 같은 아름다운 별이 되어서는 안 된다는 생각은 변함이 없다.

— 〈별〉, 《황순원전집 1》, 161~173쪽 참고

위의 전개과정에서 볼 수 있듯이 누이의 아이에 대한 애정은 변함이 없으나, 아이의 누이에 대한 미움은 점점 극을 향해 치닫는다. ①에서 누이가 만들어준 각시인형을 땅에 묻는 아이의 행위는 샤머니즘적 저주의 비방을 연상시킨다. 저주의 비방에서는 흔히 그 대상이 지니던 물건이나 마음이 담긴 물건, 신체의 일부 또는 대상을 닮은 인형을 매장하는 방법이 쓰인다. 이는 그것들에 대상의 영혼이 깃들어 있다고 믿는 샤머니즘적 영혼관에서 기인하는 것이며, 이때 그것들은 대상과 동일시의 상징물이 된다.

이 소설에서 누이가 만들어준 각시인형은 누이의 애정이 담긴 물건이며, 이것은 아이가 책가방에 넣어 늘 지니고 다녔던 누이와 동일시된 상징물이다. 죽은 어머니의 지고한 아름다움을 훼손하는 누이에 대한 미움은 급기야 누이가 만들어준 각시인형을 매장하는 살해충동으로 이어지고, 이 상징적 저주의식은 ⑧에서처럼 실제 살해의 시도로까지 발전한다.

이토록 강한 아이의 어머니에 대한 집착은 ⑥에서와 같이 또래 소녀의 현실적인 아름다움과 성적 유혹을 뛰어넘어 이상의 세계로 향하게 한다. 이는 아이의 어머니가 망모(亡母)이기 때문이 아니었을까. 정상적인 모성의 수혜가 불가했기에 정상으로부터의 일탈에서 그 회구의 감정이 이토록 강렬하게[16] 드러난 것인지도 모른다. 그래서 지상에 존재할 수 없는 아이의 어머니는 천상의 별과 나란히 위치한다.

> 아이는 전에 땅 위의 이슬 같이만 느껴지던 별이 오늘밤엔 그 하나가 꼭 어머니일 것 같은 생각이 들어, 수많은 별을 뒤지고 있었다.
>
> ― 〈별〉, 《황순원전집 1》, 170쪽

아이의 누이에 대한 미움은 그녀의 죽음으로 막을 내린다. 내면에 도사렸던 누이의 죽음에 대한 소망이 현실로 확인되는 순간, 내면의 다른 한구석에 잠자고 있던 그리움과 애정이 되살아난 것이다. 이미 썩어서 형체를 알아볼 수 없게 되었지만 누이가 비단조각을 모아 만든 그 인형에 담긴 애정은 썩지 않고 아이의 가슴에서 부활한다.

끝끝내 어머니의 지고한 아름다움과 동렬에 놓을 수는 없지만, 아이는 천상의 별로 존재하는 어머니를 영원히 간직한 채, 지상에서 그 어머니를 대신했던 누이의 순수한 사랑을 비로소 깨닫는 것이다.

〈산골아이〉(1940. 가을)는 '도토리'와 '크는 아이'라는 부제가 붙은 두 개의 삽화로 연결된 단편이다. '도토리'는 꽃같이 예쁜 색시가 나타나 서당 총각을 홀린다는 여우고개 전설을, '크는 아이'는 호랑이

---

16) 황효일, "황순원 소설 연구"(국민대학교 박사학위 논문, 1996), 34쪽.

굴에서 아들을 구해낸 반수할아버지의 무용담을 각각 서사구조의 근간으로 삼고 있다.

'도토리'에서 가난한 산골 소년은 도토리를 실에 꿰어 눈 속에 묻었다 꺼내 먹으며 할머니를 졸라 여러 번 들은 옛이야기를 또 듣는 게 큰 즐거움이다. 총명한 서당 총각은 여우고개에서 꽃 같은 색시를 만나 입맞춤을 당하는데, 색시는 총각의 입에 알록달록한 구슬을 넣었다 뺐다 하기를 날마다 되풀이한다. 총각은 나날이 수척해져가고, 이를 의아히 여긴 훈장이 총각을 뒤따라가 현장을 목격하고는 구슬을 삼키라고 이른다. 몇 번의 시도 끝에 구슬을 삼키니 색시는 큰 여우로 변해 죽는다.

구슬을 삼킴으로써 총각이 위기를 극복한다는 이 이야기를 아이는 꿈을 통해 재연한다. 즉, 할머니가 들려준 여우고개 전설은 단순히 긴 겨울밤의 지루함을 달래기 위한 재밋거리를 넘어, 삶을 살아가는 데 필요한 교훈의 메시지를 담고 있는 것이다.

'크는 아이'에서 반수할아버지는 호미 하나만 들고 용감하게 호랑이 굴로 들어가 빼앗긴 아들을 되찾아온다. 이 이야기는 실제로 반수할아버지가 겪었다는 무용담이다. 이 이야기 역시 장에 갔다가 귀가가 늦어지는 아버지를 불안하게 기다리던 아이의 꿈속에서 재연됨으로써, 맹수의 위협이 도사린 산골에서 가족을 지키며 살아가기 위한 용기와 지혜를 일깨워준다. 따라서 순박한 아이에게 할머니가 들려주는 이 이야기들은 재미와 가르침이 미분화 상태로 맺어져 있는 전설이자 철학적·실제적 우화17)가 된다.

이상에서 볼 수 있듯 〈산골아이〉는 깊은 산골에 살면서 합리적 논리와 물질적 세례에 잠식되지 않은 어린이에게서 인간 정신의 긍정적 원형을 찾아내고[18] 있으며, 미색(美色)을 경계하라는 여우고개 전설과 혈육애를 강조하는 반수할아버지의 무용담을 통해, 각각 인간의 내적 욕망을 다스리는 방법과 공동체에서의 역할수행에 대한 지혜를 계승하고 있다. [19]

이렇게 볼 때 〈산골아이〉는 주인공 소년이 앞으로 부닥쳐야 할 어려운 삶의 현실을 그 속에 담고 있는 '살아 있는 이야기'로서, 자연주의적 삶의 구조에 대한 '입사의식'(入社儀式)을 민간전승의 신화를 통해 보편화한[20] 소설이라 할 수 있다.

〈소나기〉는 에로스와 이성의 존재에 눈떠가는 사춘기 소년소녀의 아름답고 슬픈 첫사랑의 경험을 통해, 삶과 성과 죽음에 입문하는 초입에서 보편적으로 겪게 마련인 아픔과 정서적인 손상을 시적인 밀도로 제시[21]한 황순원 단편문학의 백미다.

이 소설에서 '조약돌'이 소년과 소녀의 만남을 매개하고, 그리움과 재회에의 갈망을 표상하는 것이라면, 소녀가 죽으면 꼭 입은 그대로 묻어달라고 했다는, 소년에게 업혔을 때 그의 등에서 흙물이 든 '분홍 스웨터'는 죽어서도 소년과 함께하고 싶은 소녀의 간절한 염원을 상징한다.

---

17) 유종호, "겨레의 기억", 김종회 편, 《황순원》, 새미, 1998, 124쪽.
18) 황효일, 앞의 논문, 30쪽.
19) 서재원, 《김동리와 황순원 소설의 낭만성과 역사성》, 도서출판 월인, 2005, 62쪽.
20) 이태동, "실존적 현실과 미학적 현현", 김종회 편, 《황순원》, 새미, 1998, 75~76쪽.
21) 이재선, 《우리 문학은 어디에서 왔는가》, 소설문학사, 1986, 307~308쪽.

'조약돌'은 소년이 개울가에서 처음 본 소녀에게 관심을 가지고 이튿날 다시 보았을 때 소녀가 '바보'라고 외치며 던진 것이다. 소년은 그 조약돌을 주워 간직하고, 소녀가 보이지 않거나 그리울 때마다 주무르는 버릇이 생긴다. 소녀와 벌 끝으로 놀러가서 소나기를 만나고 헤어진 후 소녀가 병이 나서 한동안 볼 수 없게 된다. 소년은 소녀와의 재회를 갈망하며 주머니 속의 조약돌을 만지작거린다. 마치 조약돌이 소녀를 부르기라도 한 것처럼 소년은 소녀와 다시 만나게 된다.

> 학교에서 쉬는 시간에 운동장을 살피기도 했다. 남몰래 오학년 여자반을 엿보기도 했다. 그러나 뵈지 않았다.
> 그날도 소년은 주머니 속 흰 조약돌만 만지작거리며 개울가로 나왔다. 그랬더니 이쪽 개울둑에 소녀가 앉아 있는 게 아닌가.
> — 〈소나기〉, 《황순원전집 3》, 18쪽

이 흰 '조약돌'은 소년과 소녀 둘을 연결하는 하나의 상징적 기호[22]이자, 샤머니즘의 한 요소이기도 한 주물(呪物) 또는 페티시(fetish)의 일종이다. 소년과 소녀의 마음을 이어주고 만남을 실현시키는 '애정의 부적'[23]으로서 플롯의 발전에 핵심적인 기능을 담당한다.

소년과 소녀의 짧은 풋사랑은 소녀의 죽음으로 안타깝고도 허무하게 막을 내린다. 그들이 남긴 사랑의 유물은 이 조약돌과 소녀가 죽어

---

22) 임채욱, "황순원 소설의 서정성 연구"(전남대학교 박사학위 논문, 2002), 80쪽.
23) 양선규, 앞의 책, 107쪽.

서도 입고 가기를 바랐던 그들의 낙원의 흔적인 흙물 든 스웨터다. '조약돌'이 이승에서의 사랑의 주물이요 부적이었다면, '스웨터'는 이 승에서 이루지 못한 사랑이 저승에서라도 완성되기를 희구하는 재생의 신표(信標)라고 할 수 있다.

사랑에 대한 원초적 깨달음과 영혼불멸의 세계관을 품어낸 이들 샤머니즘 요소들의 작용으로 하여, 순수한 첫사랑의 아름다움과 그 상실의 아픔에 바치는 〈소나기〉의 헌사는 더욱 극적으로 빛나게 된다.

3) 시대현실을 담은 삽화 : 〈세레나데〉

단편 〈세레나데〉(1942. 봄)는 주인공 '그'가 과거에 보고 느꼈던 무당에 관한 이야기를 다섯 편의 삽화로 제시하고, 이를 현재 자신이 처한 서글픈 현실에 비추어보는 이야기다. 삽화의 내용을 요약해보면 다음과 같다.

① 어릴 때 얼굴은 예쁘지 않으나 눈이 별나게 크고 시원하게 생긴 그 또래의 계집애가 있었다. 그는 이 계집애의 눈에 티가 들어가면 혀끝으로 핥아주곤 할 정도로 친하게 지냈다. 그러나 이 계집애는 그가 싫어하는 버릇이 있었는데, 하루에도 몇 번씩 눈을 하늘로 치뜨고 두 손을 쳐들어 춤추는 시늉을 하는 것이었다. 어른들은 이를 무당의 짓이라고 했다. 이 짓을 하다가 눈에 티가 들어갈 때는 절대 핥아주지 않았다.

② 동네 애가 대동강에 빠져 죽었을 때 그 애 집에서 굿을 했다. 그

때 베를 가르며 눈물에 젖은 젊은 무당의 얼굴이 여간 아름다운
게 아니었다. 여인이 힘겹게 가슴으로 베를 가르는 모습은 한껏
애처롭게 보였다. 젊은 무당의 그 아름답고 애처로운 모습이 언
제나 또렷이 가슴에 남아 있다.

③ 그는 평천리로 이사 가서 열대여섯 살의 애처로운 소경 처녀애
를 보게 되었다. 이 처녀는 무당이 내리면서 눈이 멀었다고 하는
데, 혹 전에 눈이 크던 계집애도 무당이 내려 눈이 멀지 않았을
까 하는 생각을 한다. 그는 소경 처녀애가 홀로 집을 잘 찾아가
는 것을 보고 흉내를 내본다. 그러다가 자전거에 부딪혀 머리에
상처를 입는다. 그 후 소경 처녀는 죽고 말았다.

④ 소학 오학년 때 시골로 놀러 갔다가 그 동네 애 하나가 물에 빠져
죽어서 푸닥거리하는 것을 보았다. 허름한 중년 무당이 주재하
는 굿의 과정, 애의 넋을 건지는 광경 등이 우스꽝스럽기도 했
다. 굿의 막판에 산 닭의 발에 부적을 매달아 물에 가라앉혔는
데, 굿이 끝나자 동네 청년들이 이를 건져서 술안주로 먹겠다는
것을 보고 몹쓸 병이라도 걸리면 어쩌나 하는 생각을 하였다.

⑤ 얼마 전 경상리로 이사 와서 동네 한 여인이 갑자기 무당이 내려
내림굿 하는 광경을 보았다. 그는 이 색시무당이 '엑엑' 하고 이
상한 소리를 지르고 광적으로 춤추는 모습에 놀란다. 구경 온 사
람들도, 이 색시무당의 가족도, 작두를 타는 색시무당 자신도
모두 "무슨 팔자를 타고 나서 무당이 내렸을꼬" 하고 탄식한다.

— 〈세레나데〉, 《황순원전집 1》, 251~254쪽 참고

이 다섯 편의 삽화 어디에서도 긍정적인 비전은 찾아볼 수 없다. 그 것은 등장인물이 무당과 연관될 때 더욱 확연해진다. ①에서 그가 친 하게 지낸 이유였던 계집애의 시원스런 눈은 '무당의 짓'을 하면서 혐 오의 대상으로 바뀐다. ②에서도 아름다운 젊은 무당은 애처로운 연 민의 대상이다. ③의 소경 처녀는 신이 내리는 과정에서 눈이 먼 것이 고, 어렸을 때 옆집 계집애도 그렇게 신이 내려서 눈이 멀지나 않았을 까 하는 연상을 일으킨다. 더욱이 연민과 호기심에서 비롯한 소경 처 녀의 집을 찾는 흉내는 사고를 불러 머리를 다치게 한다. ④에서 익사 한 아이를 위한 푸닥거리 광경은 기이하고 우스꽝스러우며, 제물로 바친 닭을 건져서 술안주로 쓰겠다는 청년들의 모습은 야만적이고 굿 의 신성성을 모독하는 행위로 보인다. ⑤에서 색시무당의 내림굿 모 습은 광적으로 보일 뿐 아니라, 굿에 참여하는 모든 이가 신 내림을 축복이 아닌 천형쯤으로 여긴다.

요컨대 이 다섯 편의 삽화 속에서 '그'가 바라보는 무당 또는 무속의 행위는 결코 아름답지 않으며 밝은 미래의 전망과도 연결되지 않는 다. 혐오스럽고, 기이하고, 우스꽝스러우며, 사고를 불러올 뿐인 답 답한 현실이다. ②에서처럼 젊은 무당이 아름다운 모습으로 가슴에 남게 되나 그것도 애처로운 연민과 혼합돼서이다.

이 작품은 샤머니즘을 수용한 황순원의 여타 단편들에 비해 월등히 풍부한 샤머니즘 요소들을 포함하고 있다. 이를테면 입무(入巫) 과정 의 신병(神病)을 연상시키는 계집애의 독특한 행위(①), ②와 ④에서 볼 수 있는 베 가르기, 넋 건지기, 닭 제물과 부적의 사용 등 굿의 제 의 과정, 실명에 이를 만큼 극심한 고통이 수반되는 ③의 신병 암시,

신 내림 굿에서 볼 수 있는 광기와 무무(巫舞), 작두타기 등이 전문자료가 뒷받침되었음을 짐작케 할 만큼 구체적으로 그려지고 있다.

그러나 앞에서 살펴본 〈닭제〉, 〈청산가리〉, 〈산골아이〉, 〈소나기〉 등에서 볼 수 있듯, 이들 중 어떤 특정 요소가 작품의 주제와 관련된 모티프나 상징적 기능으로 작용하지 않는다. 단지 작중 화자의 눈에 비친 전래 무속풍습 또는 일반적인 샤머니즘 현상 전체가 포괄적으로 '기이하고', '서글프며', '전망이 없는 것'으로 제시될 뿐이다.

삽화들에 이어지는 '그'가 처한 현실의 이야기에서 그 이유가 드러난다. 그는 만주로 떠나는 친구에게 이끌려 손금쟁이를 찾아가 장난삼아 손금을 본다. 손금쟁이의 과거 판단과 미래 예언은 그에게 어떤 긍정적 비전도 주지 못하는 들으나마나 한 얘기다. 그리고 그는 지난 삽화들을 떠올리며 소경처녀와 눈이 시원하던 이웃집 계집애와 젊은 무당과 색시무당을 차례로 기억에서 되살린다. 마침내 그는 이웃집 계집애가 '오, 오늘이야!' 하며 치뜨던 눈보다 더 흉한 오늘의 자신과, 소경처녀를 흉내 내 걸을 때보다 더 어둡고 난감한 자신의 앞길을 새삼 깨닫는다. 따라서 다섯 편의 삽화는 '그'가 처한 서글프고 힘겹고 전망 없는 현실을 말하는 것이며, 이 삽화들로 포괄되는 '샤머니즘'은 당대 우리 민족이 처한 현실의 메타포가 된다.

그러나 작가는 여기서 작품을 끝내지 않는다. 이 작품이 쓰인 1940년대 초반의 현실은 일제가 제2차 세계대전에 뛰어들어 수탈이 도를 더해가던 강점기의 혹독한 것이었다. 그런 현실 상황에서 헤쳐 나가야 할 우리 민족의 삶은 소경처녀나 색시무당이 타야 할 '작두날'과 같은 것이었다. '그'는 이러한 암담한 절망의 늪에서도 포기하지 않고,

필연적으로 걸어가야만 하는 길로서, 의연히 그 고통의 길을 걷겠다고 결심한다.[24]

도시 지난날 그 소경 처녀애를 본떠 걸을 때만큼도 걸어지지 않았다. 술 때문만이 아니었다. 앞에 놓인 길이 지난 날 젊은 여인의 가느다란 가슴이 갈라내던 베필처럼 펼쳐져 있는 때문이었다. 그리고 얼마 전 색시무당이 탔던 작듯날인 양 놓여 있는 때문이었다. 그러나 그렇다고 버릴 수는 없는 길이었다. 어떻게 해서든지 걸어야만 할 길이었다. 눈물도 없이.

— 〈세레나데〉, 앞의 책, 256쪽

4) 금기의 미학적 변주 :
〈어둠속에 찍힌 판화〉 · 〈두메〉 · 〈잃어버린 사람들〉

우리나라의 민속 현장에서 금기(taboo, tabu)는 흔히 '가리는 일', '금하는 일', '꼭 해야 할 일을 지키는 일'로 불린다. 이는 다시 말해, 해서는 안 될 일을 가려서 그것을 하지 않도록 하거나 하지 않게 지키는 일임을 알 수 있다.

금기의 대상은 민중의 생활 전반에 걸쳐 다양하다. 예로부터 종교적 제의나 조상에 대한 제사 같은 신성한 의식에 앞서 목욕재계하는 것은 평소 몸과 마음에 쌓인 더러움을 씻어내 청정한 상태를 유지해

---

24) 장현숙, "황순원, '민족 현실과 이상과의 괴리'", 《황순원전집 12 - 황순원 연구》, 문학과지성사, 2000, 202쪽.

야 한다는 것을 강조하는 것이며, 이는 제의나 제사의 신성성을 오염시키지 않으려는 배려이다.

또한 처음부터 거룩한 것을 거룩한 채로 머물러 있게 하기 위한 금기의 대상으로 신화적 인물이나 신앙의 대상이 되는 높은 산, 오래된 나무, 거대한 바위 등이 포함되며, 사람들은 이들의 신성성을 더럽히는 행위를 해서는 안 된다. 왼손잡이나 소경과의 접촉, 고양이, 뱀, 밤에 나타나는 거미, 까마귀 등은 단순히 혐오감을 부른다는 이유와 이질적이고 낯선 것을 경계하고자 하는 의미로 금기의 대상이 된다.

공간과 시간 또한 금기의 대상이 된다. 민간 풍습에서는 흔히 이사나 결혼같이 집안에 중요한 행사가 있을 때 특정 날짜를 피해 길일을 택하며, 좋은 위치를 정하고자 '방위 가림'을 한다.

식생활에서 여러 가지 해로움을 미연에 방지하기 위한 식품금기도 있다. 금기식품은 종교적인 영향, 또는 오랜 경험에 의해 체득한 지혜를 반영하는 것이겠지만, 일상적 금기식품 중에 생선의 골, 닭의 간, 비둘기 고기, 사슴의 비위 등이 포함되는 것처럼 오늘날의 관점에서 볼 때 과학적 근거가 희박한 경우도 많다.

특히 임산부가 토끼고기를 먹으면 언청이를 낳는다거나 게를 먹으면 분만 시 아기가 옆으로 나온다는 등의 속설이 있는데, 이런 금기식품은 원료가 되는 생물의 형태·생태를 그대로 산아에 적용시킨 예라고 할 수 있다. 또 임산부가 개고기, 노루고기를 먹으면 부정을 탄다는 속설도 그 짐승들이 인간과 친화적 관계에 있는 동물로서 이들을 해칠 경우 귀한 자녀의 생산에 화가 미칠 것을 염려한 결과이다. [25]

이러한 금기에는 이를 범했을 경우 재수가 없다거나 일이 꼬이는 등 화를 당하게 된다고 믿도록 공포의 장치를 마련하고 있는데, 이는 금기들이 일상생활 속에서 지속적이고 당연하게 지켜지도록 유도하기 위한 심리적 방편이라고 할 수 있다.

한편 프로이트에 의하면 금기란 "무엇으로도 막을 수 없을 것 같은 강렬한 원초적 욕망의 실현을 불가능하게 하기 위해 아무 이유도 없이 그 행위를 금지시키는 것"[26]으로 정의되며, 그 대표적인 예로서 인류 보편적 현상의 하나인 근친상간에 대한 금기를 들 수 있을 것이다.

이상에서 살펴본 다양한 금기들은 인류사와 더불어 민중의 생활 속에 깊이 뿌리를 박았으며, 신화와 전설, 민간 설화 속에 반영되어 오늘날의 문학·예술에서 중요한 모티프로 작용하고 있다.

황순원의 소설에서도 전통 설화에 반영된 금기 모티프나 인류 보편적 금기를 소재로 한 작품들을 많이 볼 수 있다. 본 장에서는 이중 샤머니즘 요소와 관련이 있는 작품들, 즉 식품금기 모티프를 전쟁 상황과 연계시킨 작품(〈어둠 속에 찍힌 판화〉), 살인 금지의 인류 보편적 금기를 모티프로 한 작품(〈두메〉), 거룩한 것 또는 근친상간에 대한 금기를 다룬 작품(〈잃어버린 사람들〉) 등 세 편의 단편을 살펴보고자 한다.

〈어둠 속에 찍힌 판화〉(1951. 2.)는 사냥을 유달리 좋아하던 한 사내가 어떻게 그 사냥을 못하게 되는지에 관한 이야기이다. '나'가 피

---

25) 《민족문화대백과사전》권4, 정신문화연구원, 1991, 198~200쪽 참조.
26) 한국문학평론가협회 편, 《문학비평용어사전》하, 국학자료원, 2006, 997쪽.

난지에서 새로 이사 간 집의 주인 사내는 10여 년 만에 아내가 임신을 하자 태아와 산모에게 좋다는 노루피를 먹인다. 아내를 사냥에 데리고 가서 금방 잡은 노루의 가슴에 참대롱을 꽂고 생피를 빨아 먹게 하는 것이다. 피를 빨고 난 노루의 고기는 몰이꾼들의 술안줏감이 되는데, 이 노루의 배 안에서 새끼가 발견된다. 사람들은 안줏감이 더 생겼다고 좋아하지만, 이 얘기를 들은 아내는 피를 토한 끝에 유산을 하고 만다.

이후에도 아내는 임신할 때마다 5~6개월 만에 유산을 한다. 첫 유산 후 아내는 사내에게 사냥을 못 하도록 한다. 이렇게 해서 사내는 사냥을 않게 되지만 사냥에 대한 열망만은 꺼뜨리지 못한다. 아내 몰래 감춰두고 애지중지해온 총알을 '나'에게 보여줄 때 이 사내의 눈은 기쁨과 생기로 빛난다. 사냥을 다닐 때는 잘 풀리던 사업이 사냥을 그만두고 나서 왠지 형편이 없어졌다는 그에게 유일한 낙은 틈틈이 이 총알을 꺼내보는 것이다. 물론 아내도 이런 눈치를 이미 채고 있으나 사냥에 나서지 않는 한 눈감아주고 있을 뿐.

민간습속에서 임산부에게 노루 고기는 금기식품이다. 이는 임산부와 태아의 안전을 위해 감염의 우려가 있는 야생 짐승의 고기를 조심하라는 생활의 지혜에서 비롯된 것일 수 있다. 상식적으로 매사에 조심해야 할 임산부에게 노루의 생피를 빨게 하는 행위는 바람직하지 않아 보인다. 어쨌든 사내 부부는 자신들의 자식에 대한 욕망 때문에 금기를 깬 것이 되고 그 결과 아내의 토혈과 유산이라는 화를 당한다.

희생된 노루가 임신 중이었다는 사실은 인간의 이기적 욕망과 잔인성을 부각하면서 이 금기 파괴의 결과인 상습 유산의 정당성을 획득한다. 마침내 아내는 사냥 자체를 금기시하게 되고 사내는 억압된 사냥 욕망을 은밀한 총알 유희로 대체한다.

이 이야기가 내포하고 있는 금기 구조를 통해 노루 새끼의 생명과 인간의 태아를 동일시하는 애니미즘적 사고를 엿볼 수 있다. 다시 말해 앞서 살펴본 〈닭제〉, 〈청산가리〉에서도 드러났듯이 '인간과 동물이 동등하게 소중한 가치를 지니고 있다'[27] 는 모든 생명에 대한 외경의식을 읽을 수 있다.

이러한 의식은 결국 그 실천의 혜택 또는 파괴로 인한 화를 직접 입게 되는 인간의 문제로 수렴된다. 이를 인간의 생사, 화복, 흥망 일체가 신의 뜻에 달려 있다고 보는 샤머니즘의 신과 인간 사이의 윤리적 관계에 비추어 보더라도 인간 자체를 중심으로 하는 인본주의적 입장, 자신의 영화보다 가족을 위한 인륜성에[28] 보다 가까이 놓이게 된다.

따라서 금기 파괴로 인한 재앙을 줄거리로 하는 이 작품의 결말도 '나'의 인간으로서의 현실적인 조건에 대한 관심으로 귀결된다. '나'는 사내의 모습에서 자기 자신과 모든 어른들의 자화상을 발견한다. 총알이 든 상자를 감추려고 어둠 속에서 이리저리 헤매고 있을 사내의 모습을 한 장의 판화로 떠올리던 '나'는 그 판화 속 사내가 돌아오기 전에 어서 자기 방으로 돌아가고자 한다.

---

27) 곽경숙, "한국 현대소설의 생태학적 연구"(전남대학교 대학원 박사학위 논문, 2001), 153쪽.
28) 김태곤, 앞의 책, 287쪽.

나는 이 판화 속 사내가 들어오기를 기다릴 것이 아니라 어서 뜰아래 우리 방으로 돌아가고만 싶었다. 돌아가 이날 밤도 같은 어둠 속을 몇 장의 신문을 안고 헤매다 돌아온 우리 두 어린 것의 이불자락이라도 여며주고만 싶었다.

— 〈어둠 속에 찍힌 판화〉, 《황순원전집 1》, 196쪽

자신의 아내와 아이를 위해 새끼 밴 노루를 죽인 사내의 이기심과 사냥에 탐닉하는 본능적 성향은 전쟁의 비극을 초래한 어른들 모두의 부끄러운 자화상에 다름 아니다. 이런 자각으로 나는 어서 자기 방으로 돌아가 아이들의 이부자리나마 여며주고자 한다. 이는 자녀들에 대한 안쓰러움과 미안함의 표현이자, 그들이 겪는 고통에 대한 사죄의 마음으로 이해된다. 29)

단편 〈두메〉(1952. 9.)는 불륜과 남편 살해라는 윤리적 금기를 다루는 작품이다. 두메산골의 '칠성네'는 사냥꾼 '평양손님'을 따라 대처로 나가기 위해 남편인 '작대영감'을 살해한다. 칠성네는 급사로 위장하고, 눈이 많이 쌓여 작대영감의 시신은 가매장을 치른다. 장사를 지낸 며칠 후, 마을 사람들은 한 남자의 시체를 발견하고 주재소에 알리러 사람을 보낸다. 그런데 시체를 지키던 사람들이 졸고 있는 사이 시체가 감쪽같이 사라진다. 순사의 질책을 두려워한 마을 사람들은 가

---

29) 박진, "황순원소설의 서정적 구조 연구"(고려대학교 박사학위 논문, 2002), 43~
44쪽.

매장한 작대영감의 시신을 대신 갖다 놓는다.

이윽고 도착한 순사가 시체를 살펴보던 중 정수리에 박힌 대못을 발견한다. 이로써 칠성네의 남편 살해는 백일하에 드러나고, 두메를 벗어나려던 그녀의 계획도 눈길을 맴돌다가 제자리로 돌아옴으로써 수포로 돌아간다. 그 후 사라졌던 시체의 주인공이 찾아와 사연을 전한다. 그는 오가릿골에 사는 작대영감의 친구로, 작대영감이 제사상을 받고 있는 듯한 꿈을 꾸고 안부가 궁금해서 찾아 나섰는데 눈 속에서 길을 잃고 헤매다가 정신을 잃었다는 것이었다.

칠성네가 벗어나고자 하는 두메는 그녀에게 있어 운명적 굴레다. 한 남자의 아내라는 혼인관계의 제약은 그녀에게 절대적 장애가 될 수 없다. 그녀의 대처 바람은 평양손님과의 불륜이 계기가 되었지만, 이를 구체적인 실행으로 이끌어간 것은 보다 원초적인 욕망이다. 그녀는 지난해 가을 평양손님이 주고 간 손거울 속에서 두메에 갇힌 비참한 자신을 발견한다. 그리고 이 비참함의 감정은 자신을 가두고 있는 현실로부터 벗어나고자 하는 강렬한 욕망을 솟구쳐 올린다.

그러나 그녀의 욕망에 충실한 실천은 그녀를 운명적 굴레, 곧 '숯귀신'의 손길에서 끝내 해방시켜주지 못한다. 남편을 살해한 후 정부를 이끌고 떠난 길의 끝은 그녀가 그토록 열망했던 평양으로 가는 정거장이 아니라, 이젠 정말 숯귀신이 되었을 남편과 숯섬을 나르면서 쉬곤 했던 홰나무고개였던 것이다. 그래서 칠성네가 두메를 벗어나는 일은 실현될 수 없는 금기가 된다. 이는 범행을 자백하는 그녀의 절망적 탄식을 통해 확인된다.

별안간 칠성네가, 아, 하고 소리를 질렀다. 지금 자기네는 어떤 고개 위에 와 있는 것이었다. 그것은 다른 고개 아닌 바로 남편 되는 작대영감과 함께 숯섬을 나르면서 다리쉼을 하곤 하던 홰나무고개였다.

… 칠성네는 여기까지 이야기하고 나서, 잠깐 그늘진 눈을 내리깔았다 들며, "그넘의 숯귀신 때문이야요, 아무리 벗어날라구 해두 벌써 내 몸속에 그넘의 숯귀신이 들어앉았이요. 그르나 돟아요. 이대루 살아선 멀 해요."

— 〈두메〉, 《황순원전집 3》, 122쪽

결국 남편 살해의 윤리적 금기까지 파괴해가며 결행했던 칠성네의 두메 탈출은 넘을 수 없는 벽이 되고 만다. 이 비극적 결말로 이끈 것은 친구의 불가사의한 예언적 꿈을 통해 자신의 억울한 죽음을 알린 작대영감의 영혼, 칠성네의 발목에 채워진 운명의 족쇄였다. 칠성네는 이 족쇄를 벗어버리고자 했지만 그 방법은 인간으로서 해서는 안 될 생명윤리의 선을 파괴하는 것이었다. 이로써 '인간의 생명을 제물로 바칠 만큼 가치 있는 욕망은 있을 수 없다'는 이 작품의 주제는 완성된다.

단편 〈잃어버린 사람들〉(1955. 1.)은 신분과 전통 윤리의 장애를 뛰어넘고 도피한 두 남녀가 온갖 시련 속에서 죽음에 이르기까지 힘겹게 사랑을 이어나가는 이야기다.

양반집 도령 '석이'와 그 집 소작인의 딸 '순이'는 서로 사랑하는 사이다. 순이가 석이의 스승인 '박참봉'의 소실로 팔려간 후 석이는 순이를 그리워하며 괴로운 나날을 보낸다. 시간이 지나면서 자신의 사랑이 진실임을 깨달은 석이는 어느 날 근친을 온 순이를 데리고 마을에서 도망친다. 부모를 배반하고 스승의 아내를 빼앗는 패륜을 저지른 것이다.

도망자들인 이들의 삶이 순탄할 리 없다. 농촌에서 산속으로, 다시 바닷가로 전전하며 사람들의 눈을 피해 힘겹게 살아간다. 그러던 중 상복을 입은 박참봉 아들이 찾아와 삼강오륜을 범한 패륜의 대가라며 석이의 귀를 자른다. 어렵게 연락이 닿아 어머니의 부고를 들으나, 아버지는 집안에 들이기를 거부하고 자식과의 연을 끊는다. 숨다시피 들어간 산속에서는 자식마저 늑대에게 빼앗긴다.

그들은 그들이 이룬 사랑의 값으로 혈육과 친지 모두를 잃는 것이다. 기진하여 산을 내려온 그들은 해변에 자리를 잡는다. 거기서 석이는 고깃배를 타지만 풍랑을 만나 바다에 빠져 죽는다. 순이도 배를 타고 나가 바다에 몸을 던진다.

'군사부일체'(君師父一體)라는 유교윤리적 관점에서 볼 때 이들은 근친상간에 해당하는 금기를 파괴한 것이 된다. 인습과 권위의 세계에 의한 간섭에서 벗어나 사랑의 욕망에 충실했던 그들은 자신들이 살아온 세상이 아닌 곳, 다른 세상을 찾아갈 수밖에 없는 떠돌이가 된다.[30]

그렇다면 이들이 금기를 깨뜨리고 자신들의 기존 터전을 모두 잃어

---

30) 이동하, "주제의 보편성과 기법의 탁월성", 《정통문학》 제1집, 1986, 295~297쪽 참조.

가며 이루어낸 사랑의 가치는 무엇일까. 그것은 세속적 금기의 차원
은 말할 것도 없고 시공을 초월한 죽음의 세계에까지 닿는 '사랑의 절
대성에 대한 희구'에 있다고 할 수 있다. 남녀의 순수한 사랑은 인류
의 생존본능이요 영속을 위한 원초적 생명력의 작용에 다름 아니다.

그런데 언제부턴가 이들이 보여주는 절대적 사랑은 숱한 제도적 권
위와 윤리의 장벽에 갇히게 되었다. 석이와 순이에게 이런 세속적 조
건들은 견디기 어려운 횡포이며 저주이다. 이것이 바로 이들의 사랑
의 결말이 비극적이고 허무하기까지 한 이유이다.

이 작품은 통영의 '고해평열녀기실비'(古海坪烈女紀實碑)에 전하는
다음과 같은 전설로 끝을 맺는다.

옛 해평나루터에 어디서 떠돌아왔는지 모를 부부가 살았는데, 성씨와 나
이도 분명치 않고 이웃과 별로 사귀는 일도 없이 그저 양주의 의만이 자
별나게 좋던 중, 하루는 생계를 위하여 남편 되는 사람이 어선을 따라 바
다로 나갔다가 배가 깨어졌다. 이를 안 아내 되는 사람이 남편이 빠진 곳
을 찾아나가 물에 몸을 던졌더니, 이튿날 이곳을 지나는 배가 있어, 물
위에 떠 있는 시체 둘을 발견했다. 남편의 시체를 안고 있는 여인의 시체
였다.

— 〈잃어버린 사람들〉, 《황순원전집 3》, 194쪽

5) 변신과 순환의 세계관: 〈비늘〉·〈탈〉

변신(變身, *Metamorphosis*)이란 본체를 떠나 변모된 모습, 즉 변화, 변전, 전환, 변태, 둔갑, 변신이라는 용어를 포괄하는 명칭이다. 변신은 인간이 다른 인간 내지 초자연적인 것, 또는 동식물이나 광물로 형태가 바뀌는 경우 혹은 그 반대의 경우를 의미한다.

변신은 섀퍼(A. Schaefer)가 그의 《변신론》에서 지적하듯이 "인간의 보편적인 신앙 표상의 바닥"에 있는 것이고, 동시에 환상을 즐기려는 놀이 본능과 결부되어 있는 것이다. 변신은 인류의 역사와 함께 시작된다. 제의는 변신의 관문이고, 주술은 변신의 한 기술이 되기 때문이다. 계절에 따라 풍년을 비는 풍요제의와 출산, 장례식과 같은 통과의례, 신이 내려 무당이 되는 입무식 같은 절차에는 언제나 변신의 요소와 절차가 있었던 것이다.[31]

우리나라에서도 변신 모티프는 신화와 전설을 통해 풍부하게 나타난다. 웅녀의 변신과 환웅의 변신이 등장하는 단군신화가 그 대표적인 예라고 할 수 있으며, 뱀, 여우, 호랑이, 물고기 등으로 변신하는 내용의 숱한 변신설화가 전해진다. 변신설화를 통해 전승자들은 현실에서 좌절되는 꿈을 실현시켜 보려 하였고, 변신이라는 초월적 능력을 빌려 인간 능력의 한계를 뛰어넘어 보려고 하였다. 변신설화는 그 속에 등장하는 동물 또는 식물과 교감하려는 원초적 자연친화의 의식을 반영하는 것이며, 그것은 민간신앙의 형태로 전승되었다. 그

---

31) 한국문학평론가협회편, 《문학비평용어사전》상, 국학자료원, 2006, 801쪽.

민간신앙의 서사적 양식으로 남은 것이 변신설화의 신화적 세계이다. 따라서 그 세계에서는 논리 이전에 모든 것이 가능해진다. [32]

변신설화에서는 사람에서 동물로, 동물에서 사람으로, 또는 이승에서 저승으로, 저승에서 이승으로의 이동이나 환생이 자유롭게 이루어진다. 이는 인간과 자연물에 대한 순환적 사고요, 몸은 죽어도 영혼은 살아남아 영원하다는 영혼불멸의 사고를 반영하는 것이다. 영혼이 세상에 다시 사람으로 태어난다는 것은 현세적 생의 불멸을 염원하는 영생의 갈망을 뜻한다. 사람이 영혼으로 남아 불멸하고 그 영혼이 다시 사람으로 태어난다는 환생은 제한된 현세의 공간과 시간을 초월해 역시 영생의 영원존재가 되려는[33] 인간의 원초적 욕구로 볼 수 있다.

인간이 근원적으로 변신에 대한 원망을 지니는 것은, 바로 이 변신을 통해 폐색(閉塞)된 현실적인 삶의 지양과 초월이 가능하다고 믿기 때문이다. [34] 인간의 원초적 욕망을 담고 있는 신화와 전설 속에서는 말할 것도 없고, 이를 전승하여 발전한 현대의 문학작품 속에서도 이 변신 모티프를 흔히 발견할 수 있는 이유가 여기에 있다.

황순원의 단편소설 중에서도 〈닭제〉, 〈산골아이〉, 〈비늘〉, 〈탈〉, 〈땅울림〉 등이 변신의 소재를 깊이 있게 다루고 있음을 볼 수 있다. 여기서는 이중 그 수용의 밀도가 높은 〈비늘〉과 〈탈〉을 중심으로 살펴보고자 한다.

---

32) 《민족문화대백과사전》권9, 정신문화연구원, 1991, 669쪽 참조.
33) 김태곤, 앞의 책, 473쪽.
34) 이재선, 《우리문학은 어디에서 왔는가》, 소설문학사, 1987, 65쪽.

단편 〈비늘〉(1963. 7.) 은《고려사》〈악지〉〈고구려 속악부〉에 소개된 '명주가'의 유래(근원설화)를 바탕으로 하여 쓰인 소설이다. 이 소설은 명주가 근원설화의 이야기 구조와 메시지를 거의 그대로 재현하고 있는데, 이 과정에서 '잉어' 변신 모티프가 핵심적인 역할을 한다. 우선 명주가 근원설화의 내용을 살펴보자.

한 서생이 명주(지금의 강릉)에 공부하러 왔다가 어느 낭자의 용모에 반해 여러 차례 만남을 시도한다. 낭자는 서생이 과거에 급제하고 부모의 허락을 받아오면 허락하겠다고 한다. 서생은 서울로 돌아가 공부에 전념한다. 그러는 동안 낭자는 부모의 뜻에 따라 혼례를 치르게 된다. 혼례식이 있기 며칠 전 서생을 못 잊은 낭자는 이런 사연을 적어 '너만은 내 심정을 알리라' 하고 자신이 기르던 연못의 잉어에게 던져준다. 잉어는 물 위로 뛰어올라 편지를 물고 어디론가 사라진다. 한편 서울 서생의 집에서 찬거리로 산 잉어의 배를 갈라보니 낭자의 편지가 나온다. 이 편지를 본 서생은 부친에게 자초지종을 고하고 승낙을 받은 후 명주로 달려간다. 혼례식 직전에 서생이 이 편지와 청혼서를 낭자의 부모에게 전하자 '이는 하늘이 하는 일'이라 하며 서생을 사위로 맞는다.

— 〈비늘〉,《황순원전집 4》, 169쪽 요약

이 설화에서 서생과 낭자의 극적인 재회를 매개하는 것은 '잉어'이다. 유교윤리가 지배하는 사회에서 양가 규수가 타관 출신의 서생과 은밀히 장래에 관한 약속을 하고, 더구나 인륜지대사인 혼사 문제에 대해 부모의 뜻을 거역한다는 것은 상상하기 어렵다. 이 경우 낭자에게 닥친 혼사문제는 현실적으로 넘을 수 없는 장벽이다.

이 장벽, 현실의 한계를 뛰어넘게 해주는 것이 바로 낭자의 잉어로의 변신이다. 물론 설화에서는 낭자가 직접 잉어로 변신하지는 않는다. 하지만 '너만은 내 심정을 알리라'라고 하는 낭자의 절박한 심정에 화답하여 물 위로 뛰어오른 잉어를 볼 때 둘 사이의 교감은 의심할 수 없는 사실이다. 낭자는 자신의 원망을 잉어에게 투사함으로써 잉어와 동화된다. 사회 제도의 틀에 억압된 자신과는 달리 물길을 따라 자유롭게 헤엄칠 수 있는 잉어를 통해 낭자는 원하지 않는 남자와 혼례를 치러야 하는 위기를 극복하고 서생과의 재회를 실현하는 것이다. 다시 말해 낭자는 잉어로의 상징적 변신을 꾀한 것이며, 이때 잉어는 낭자의 소망 실현의 대행자가 된다.

이 설화는 인간과 잉어의 교감, 나아가 잉어에 의한 소망의 실현을 보여줌으로써 만물에 영혼이 깃들어 있다는 애니미즘 사상과 함께, 남녀의 순수한 사랑은 어떤 세속적 제약으로도 막을 수 없다는 원초적 깨달음을 바탕에 깔고 있다. 또한 이 원초적 깨달음에는 남녀의 사랑뿐만 아니라 삶 전체가 인간 존재의 근원인 대자연의 섭리에 순응해야 한다는, 자연숭배 내지 친화의 의식이 내포돼 있다. 이는 '하늘이 하는 일을 사람이 좇지 않을 수 없다'는 낭자 부모의 선언을 통해 확인된다. 낭자 부모의 이 같은 결단은 그들 남녀의 사랑에 대한 연민의 정을 넘어, 신이한 자초지종을 듣고 깨닫게 된 섭리에 대한 경외의 표현이라고 할 수 있을 것이다.

한편 김태곤의 원본사고 이론에 의하면 현실세계에서 가난, 사별, 생이별, 불화, 애정의 파탄 등 성취하지 못한 욕망의 결핍이 '원한'

(怨恨)을 낳으며, 이 원한이 현실세계에서 존재지속의 조건이 된다. 그리고 이 존재지속에 대한 희구, 곧 결핍을 해소하고자 신께 기원하는 제의는 존재의 근원을 상징하는 카오스 상황에서 행해진다. [35)]

이러한 견해를 위 명주가 근원설화에 적용해볼 때, 낭자는 서생과의 이별과 부모의 뜻에 따라 원치 않는 결혼을 해야 하는 절박한 상황으로 인해 애정에 대한 결핍상태에 놓여 있다. 그리고 낭자는 이 결핍상태를 해소하고 서생과의 사랑을 이루겠다는 존재지속의 염원에 따라 잉어를 매개로 한 일종의 제의를 행한다. 이때 낭자가 잉어와 대화하며 자신의 뜻을 전달하고 잉어가 화답하여 편지를 물고 가는 상황은 낭자가 확신하는 존재의 근원인 카오스 상황이라고 할 수 있다. 낭자에게 있어 서생이 급제하여 부모의 허락을 받아 사랑의 결실을 맺겠다고 한 약속이야말로 그녀가 믿음으로 세운 그들 사랑의 존재의 근원이 되기 때문이다.

결국 낭자는 윤리적 제약과 공간적 한계를 지닌 '코스모스' 상태를 뛰어넘어 영원히 지속하고 싶은 희구의 세계, 존재의 근원 세계인 '카오스'로의 회귀를 성취한다. 여기서 자유를 소중히 여기며 자유롭게 되기를 염원하는 인간의 보편적 심성을 엿볼 수 있다. [36)]

이 소설에서 화자인 '나'는 낚시로 큰 잉어를 잡아 요리를 해 먹은 후, 작년 8월 강릉 경포마을에서 만났던 민박집 딸 '은영'의 편지를 받는다. 작년 그때 나흘간 은영의 집에 머무는 동안 '나'와 은영 사이에

---

35) 김태곤, 앞의 책, 171~172쪽.
36) 김태곤, 앞의 책, 520쪽.

는 두 가지의 화두가 교환된다. 그 하나는 '나'가 은영에게 던진 화두로, 갇힌 물고기들이 애처로워 호수를 싫어한다는 은영에게 "가까이 지닌 것이니 미워하지 말고 친해지라"고 한 충고이며, 다른 하나는 은영이 나에게 던진 화두로, '나'가 죽은 아버지를 닮아 애틋한 감정이 느껴지고 끌린다는 것이었다. 일상에 묻혀 잊고 있던 이 화두를 은영의 편지가 새삼 되살려준다.

은영은 편지에서 꿈 얘기를 한다. 자신이 꿈에서 잉어가 되어 호수를 자유롭게 헤엄치다가 낚시질하는 '나'를 발견하고 반가운 마음에 자기를 알리고자 그 낚시를 물었노라는 것이다. 그러고 나서 자신은 어머니의 뜻을 좇아 주문진의 고기잡이집 아들과 정혼을 했다는 얘기, 이제는 호수와 친해진 정도가 아니라 호수와 얘기를 주고받기까지 하게 되었다는 얘기, 꿈에서나마 마음대로 헤엄쳐 다닌 것은 자신의 헌 비늘을 털어버리기 위해서였는지도 모르겠다는 얘기들을 곳곳에 체념의 심정을 곁들여가며 들려준다.

은영이 꿈에서 잉어로 변신하는 것은 명주가 근원설화의 낭자가 잉어로의 상징적 변신을 하는 것과 질적으로 상사를 이룬다. 은영이 호숫가에서 '나'에게 했던 말들, "전 물을 튀기면서 힘차게 솟아오르는 고길 볼 때마다 왠지 눈물이 나서 견딜 수가 없었어요", "그 고기들이 이 호수를 벗어나려구 몸부림치는 것 같이만 보였거든요", "전 이 호수가 싫어요. 아무리 친해지려구 해두 안 돼요", 그리고 편지에서 뒤늦게 밝힌 꿈에 대한 회한, "전들 서울로 공부하러 가기 싫었겠어요"라는 진술은 호수로 상징되는 현재의 닫힌 세계로부터 서울로 상징되는 열린 새로운 세계로의 염원을 암시한다. 은영의 이 염원은 편지에서 고백하듯 딸을 바다에 기대어 사는 것이 아닌 '딴 생활 속에서 키우고 싶어 한' 아버지의 소망이기도 했다.

은영은 이 소망을 '나'를 통해 이루고자 기대했는지도 모른다. '나'가 외형적으로 아버지를 닮아서 끌리는 점도 있지만 자신이 꿈꾸던 새로운 세계, 즉 서울에서 온 손님이었기 때문일 것이다. 은영의 '나'를 향한, 엄격히 말해 '나'가 살고 있는 새로운 세계를 향한 동경은 '나'와 작별하는 장면에서 '나'의 시선을 통해 여실히 드러난다.

버스에 오르며 고개를 돌리니 집 앞에 은영이 이쪽을 향해 서 있는 게 보였다. 차가 움직여 달리는 뒷 유리창 밖 뿌연 먼지 저쪽에 그네는 그냥 이쪽을 향해 꼼짝 않고 서 있는 것이었다.

— 〈비늘〉, 앞의 책, 190쪽

이런 은영의 속을 모른 채 무심코 던진 '나'의 말로 인해 그녀는 '나'에게 현실적으로 다가오기를 멈춘다.

"전 이 호수가 싫어요. 아무리 친해지려구 해두 안 돼요."
그네의 어세가 지금까지와는 달리 약간 높아져 있었다.
호숫가를 떠났다.
"그렇지만, 가까이 지닌 것을 그렇게 미워해서 될까. 친해지두룩 해야지."
"정말 그렇게 생각하세요?"
"그럼. 은영이가 미워하면 이 호수가 더 가엾지 않어?"

좀 장난기를 섞어 한 이 말에 그네는 웃으면서 무슨 대꾸라도 있을 줄 알았는데 낯을 굳히며 입을 다물어버렸다.

— 〈비늘〉, 앞의 책, 188쪽

그러나 '나'의 사려 깊지 못한 태도 앞에서 좌절됐던 은영의 소망은 결국 꿈을 통해 실현된다. 그녀가 잉어로 변신하고 '나'는 낚시를 하는 두 설정이 불가사의한 우연으로 결합되는 장치를 통해 그녀는 '나'에게 오는 것이다. 비록 지속성을 가진 물리적 현실에서의 실현은 아닐지라도 이 상징적 장치는 은영의 억압된 욕망을 해소하는 계기가 되는 것이며, 이것이 바로 은영의 편지가 갖는 의미인 것이다.

그렇다면 은영은 왜 경포에 남기로 마음먹은 것일까. 이는 앞서 제시한 두 가지 화두 '호수에 친해지라'는 나의 충고와 '아버지 같은 나에게 끌린다'는 은영의 고백이 결합되는 지점으로서, 명주가 근원설화의 주제인 '섭리에의 순응'을 반복한 것에 다름 아니다. 결국 은영은 유한한 세속적 욕망의 세계인 '코스모스'로부터 대자연의 섭리에 순응하는 자연친화의 삶, 곧 영구지속의 세계인 '카오스'로의 회귀를 선택한 것으로 볼 수 있다.

은영은 새로운 세계로 향한 자신의 욕망이 해소된 자리에서 단순히 나에 대한 애틋한 끌림으로 시작됐던 아버지의 실상을 찾으며, 그 아버지가 던진 충고의 참뜻을 깨닫게 된다. "하늘이 하는 일을 사람이 좇지 않을 수 없다"는 명주가 근원설화 속의 낭자 부모가 한 말을 오늘의 아버지가 다시 하고 있었던 것이다. 이런 의미에서 명주가 근원설화와 황순원의 소설 〈비늘〉은 변신을 모티프로 한 형식과 주제 양면에서 동일한 순환구조 속에 놓여 있다고 하겠다.

　다소 당황하는 기색으로 반성적 회한과 더불어 편지글을 되새기는 '나'의 모습이 은영의 결연한 의지를 부각한다. 이러한 결말은 주제의식에 투철하면서도, 그 무게에 함몰되지 않고자 그로부터 일정한 거리두기를 잊지 않는 작가의 탁월한 서사전략을 읽을 수 있는 대목이기도 하다.

　검은 호숫가에서 은영이더러 이 호수와 친해져야 한다고 한 말은 안 할 말이 아니었을까. 이쪽의 그때의 기분만으로 한 말이 아니었던가. 그 무심하게 한 말이 은영이의 운명을 좌우해버린 것 같기만 했다. 며칠을 두고 하는 일이 도무지 손에 붙지가 않았다.
　… 지금은 아주 친해져서 호수와 곧잘 얘기를 주고받습니다. 사태로 해서 메꿔지면 메꿔지는 수밖에 없지 않겠습니까. 아무래도 자연에 맡기는 게 제 길 아닐까요. 그리고 메꿔지면 메꿔지는 대로 거기서 다시 시작되는 게 아닐까요. … 은영이의 말소리는 한결같이 낮고 잔잔했다. … 잉어이긴 했지만 마음대로 헤엄쳐다닌 것도 생각하면 제 헌 비늘을 털어버리기 위해서였는지도 모르지요. …

— 〈비늘〉, 앞의 책, 193쪽

　〈탈〉(1971. 9.)은 두 단락으로 구성된 200자 원고지 7장 정도 분량의 짧은 단편이지만, 전쟁의 참상과 자연의 순환법칙, 윤회전생을 방불케 하는 전변(轉變)을 거치면서도 끝내 꺼뜨리지 않는 불굴의 인간 의지를 밀도 높은 시적 긴장 속에 담아낸 수작이다.

첫 단락에서, 다리에 총탄을 맞고 쓰러진 '일병'은 뒤이어 날아든 적의 대검에 가슴을 찔려 절명한다. 가슴에서 흐른 피가 흙이 되고, 흙 속에 흩어진 생명은 억새의 뿌리에 빨려들어 억새로 재생한다. 억새는 다시 소의 먹이가 되어 소로 변신한다. 일생을 농부를 위해 희생한 소는 마침내 도수장으로 팔려가 푸줏간의 고기로 내걸린다. 그리고 이 고기의 한 조각이 처음에 일병을 찔렀던 사람, 지금은 식당 앞에서 음식 찌꺼기를 구걸하는 거지에게 먹히어 그 사나이와 한 몸이 된다.

우리에게 익숙한 황순원 소설의 리얼리티를 정면으로 무너뜨리면서 한편으로 당혹스럽기까지 한 이 작품의 스토리 구성은 작가의 정교한 지적 조작37)에 의해 고도의 상징적 세계로 재탄생한다. 그 세계는, "죽음이 하나의 종착점으로 끝나지 않고 새로운 차원의 삶의 의미를 지속시키는, 곧 삶과 죽음의 구분을 무화시키는 초월적인 공간"38) 이다.

일병이, 절명하는 순간 그의 눈동자에 '타듯이' 찍힌 살해자의 몸속에서 재생하기까지 흙에서 억새로, 황소로, 그리고 마침내 인간으로 환생하는 물리적 전변의 과정은 '대자연의 순환법칙' 속에서 가능하다. 또한 그칠 줄 모르는 전쟁의 폭력과 자연의 엄혹한 침윤작용, 그리고 힘겨운 노역의 세월 속에서도 끝내 꺼지지 않는 불굴의 인간의지는 그 순환법칙의 원동력인 '영혼불멸의 원리' 위에서 생명력을 얻는다.

---

37) 김종회, "삶과 죽음의 존재양식", 《황순원》, 새미, 1998, 143쪽.
38) 김종회, 앞의 책, 144쪽.

이러한 초월적인 공간에서 죽은 자와 찌른 자, 적과 나의 이분법적 의미는 무화된다. 그렇다면 일병과 일병을 죽인 사나이가 한 몸으로 전화(轉化) 되어 나타나는 새로운 차원의 정체성은 무엇일까. 한쪽 팔을 잃음으로써 선반공의 날개가 잘린 사나이가 동냥하던 깡통을 내동댕이치고, 총탄에 맞아 다리 하나가 불구인 일병의 불편한 걸음걸이일망정, 다시금 기운을 내어 걸어가는 모습, 이 장면은 또다시 굴러 떨어질 것을 알면서도 그 바위를 향해 의연히 나아가는 시시포스의 모습과 겹쳐진다.

한편 김태곤의 원본사고 이론에 의하면 신성(神聖)의 대상은 영원 존재이다. 존재의 무한성, 곧 영원한 것은 신성시되고, 영원하지 못한 것은 속(俗) 된 것이다. 성과 속의 기준을 영원성에 둔 것이다. 여기서 '카오스'로부터 분화된 '코스모스'는 영원성이 없어 속된 것이 되고, 미분화되어 카오스 쪽에 있는 것은 영원한 것으로 신성한 것이 된다.[39] 이런 관점에서 볼 때 죽음의 현실을 뛰어넘어 자연의 순환법칙과 윤회전생에 편입되고자 하는 병사의 불굴의 생명의지는 영원한 신성성을 획득한다.

이 신성한 '불굴의 인간의지'는 일병과 사나이 사이에 가로놓였던 원한과 화해의 과제를 뛰어넘는다. 아울러 그것은 사나이가 공장장에게 "다리 하나 총탄에 맞아 못쓴다고 선반 깎는 일 못 할 것 없잖아요?"라고 말하는, 이 모순된 발화(팔 한 쪽이 없으면 어떻게 선반 작업을 한단 말인가)와 그로테스크한 장면이 빚어내는 비극적 현실을 극복해

---

39) 김태곤, 앞의 책, 520쪽.

줄 희망일 것이다.

현실 세계에서는 진정으로 원한을 풀고 화해를 이루기가 쉽지 않다. 역사가 말해주듯이 이 과제를 현실에서 풀고자 했던 인간들은 또 다른 원한과 오해의 악순환만 키웠을 뿐이다. 작가 황순원은 태초의 순수한 사고, 어떠한 이념이나 이해관계와도 인연이 없는 절대의 세계를 들여다보고자 '탈'40) 을 가져왔다. 주술사가 악령을 퇴치하기 위해 탈을 쓰듯이, 황순원은 '탈'을 통해 이 참담한 현실 너머, 초월적 세계를 보고자 했으며, 거기에서 희망을 발견한 것이다.

---

40) 탈(mask) : 일반적으로는 얼굴을 가리거나 초자연적인 존재를 표현하기 위해 나무
· 흙 · 종이 따위로 사람 · 동물 등의 얼굴모양을 본떠 만든 조형물을 가리킨다. 탈
이 가지는 가장 오랜 기능 중 하나는 주술이며, 기본적으로는 은폐와 신비화의 기
능을 갖는다. 고대인들은 세상의 모든 현상은 악령과 선령의 싸움에서 발생한다고
생각하고 그러한 악령을 물리치기 위해 주술의 힘을 빌렸는데, 이 주술의 하나로
탈이 생기게 되었다. 탈은 일상생활에서는 볼 수 없는 세계, 또는 영계, 인간의 영
역과는 차원을 달리하는 자연계, 사자의 세계로부터 현 세계로 출현하여, 양자를
매개하는 가운데 눈으로 볼 수 없는 것을 형상화한다는 뜻을 가지고 있다(전경욱,
《한국 가면극, 그 역사와 원리》, 열화당, 1998, 49~50쪽 참조).

2. 근원적 고통을 넘는 길: 장편 《일월》

《일월》(《현대문학》, 1962. 1. ~1965. 1.) 은 "인간의 근원적 존재양식으로서의 고독의 문제"[41], "외로움과 그 극복의 문제"[42] 를 제시하고, 이와 관련된 "인물들의 고뇌를 조명하여 구원의 가능성을 어디에서 찾아야 할지에 대한 암시를 던"[43] 지는 소설이다.

이 소설에서 인간의 근원적 고독은 주인공 '인철'을 중심으로 그와 혈연관계에 있는 인물들이 백정의 후예라는 숙명적 조건에 반응하는 양상으로 나타난다. 그리고 그들의 허위적이며 이중적인 삶에서 비롯되는 사회적 자아와 실존적 자아의 괴리와 갈등은 단절된 현대사회의 인간관계의 은유[44] 로도 읽을 수 있는바, 온전한 소통과 해결의 실마리가 보이지 않는다는 점에서 비극성을 띤다.

이 작품의 서사구조는 인철의 고뇌로 수렴되는 숙명적 고독, 그것이 품고 있는 비극성의 근원을 찾아가는 과정이며, 어떻게 이를 해소할 것인가에 대한 물음의 과정이라고 할 수 있다. 이의 효과적인 구현을 위해 작품은 두 개 이야기의 병렬구조를 취하고 있다. 즉, 인철의 자아 찾기 및 문제해결 과정으로서의 중심 이야기와, 이야기 전개의 물리적 발전을 보여주는 집 짓기 및 이에 보조를 맞춰 진행되는 애정 이야기가 그것이다.

---

41) 김종회, 《한국소설의 낙원의식 연구》, 문학아카데미, 1990, 212쪽.
42) 김치수, "외로움과 그 극복의 문제", 《황순원전집 12 - 황순원 연구》, 103~108쪽.
43) 성민엽, "존재론적 고독의 성찰", 김종회 편, 《황순원》, 새미, 1998, 157쪽.
44) 김윤정, "황순원 소설 연구"(한양대 박사학위 논문, 1997), 129쪽.

《일월》은 크게 3부로 구성되어 있으며, 각 부는 5개, 7개, 5개의 장 등 모두 17개의 장으로 이루어져 있다. 제1부에서는 인철이 지 교수를 통해 본돌영감의 사진을 본 후 강한 피의 끌림을 느낀다. 이 느낌은 현실로 나타나 인철은 본돌영감이 자신의 백부요, 자신의 가문이 백정 후손이라는 내력을 알게 된다. 백정의 후손이라는 숙명적 굴레로 인해 발생했던 비극적인 가족사와 현재까지 이어지는 위선의 삶들이 드러난다. 이때부터 인철은 일상생활에서 좌절을 느끼며 존재론적 고뇌에 빠져든다. 그의 고뇌는 백정 자체에 대해서뿐 아니라, 자신이 관계 맺고 있는 사회로부터 스스로 멀어지는 데 대한 소외의식에서 비롯된다.

제2부에서는 백정의 후손이라는 보이지 않는 억압으로 인해 인철 가족 내 갈등이 심화되고, 이에 따라 평온했던 일상이 무너지는 양상을 보인다. 인철은 이러한 현실을 직시하면서 자신이 백정의 후손이라는 사실은 피할 수 없는 숙명적 조건임을 깨닫고 고뇌의 극복을 모색한다. 자의식 과잉상태로부터 벗어나 주변 인물들과의 정상적인 관계 유지에 노력하며, 소외의식은 자신만이 아닌 모든 이들이 가진 보편적 현상임을 알아간다.

제3부에서는 비극적 결말과 함께 해결의 전망이 제시된다. 백정의 후손이라는 숙명적 조건을 피하고자 혼신을 다했던 상진영감은 사회적 제약의 벽을 넘지 못한 채 자살로 생을 마감한다. 반면에 인철은 능동적인 실천을 통해 소외 극복의 본질적인 의미를 자각함으로써 구원의 가능성을 보여준다.

1) 숙명적 비극성 극복 의지와 우공태자 신화

이 같은 구성을 취하고 있는 《일월》은 원초적 사고체계인 샤머니즘 세계와 그 서사적 전승형태인 신화적 요소를 작품 내에 깊이 수용하고 있다.[45] 그것은 바로 이 작품의 주제형성에 절대적인 역할을 하는 백정에 관련된 이야기다. 백정 이야기는 작품 전체 구조의 큰 줄기를 이루면서 인물 간의 갈등과 사건의 긴장을 유발하는 데 중요한 기능을 하며, 샤머니즘적 신화와 긴밀하게 결합됨으로써 근원적 고독의 문제, 소외의 문제, 숙명적 비극성의 문제들에 대한 물음을 부각하고, 그 해답의 가능성을 드러내는 힘으로 작용한다. 따라서 《일월》의 주제를 분석하는 데 백정 이야기에 대한 이해는 필수적이라고 하겠다.

이 작품의 도입부에 해당하는 1부의 3장까지 지 교수의 연구 활동을 통해 복선과 암시의 형태로 제시되던 백정에 얽힌 인철 집안의 내력은 4장('작은 역사')에서 구체적으로 드러나고, 5장('오전 3시')에 이르러 인철은 자기 정체성에 대한 근원적인 고뇌에 빠져든다. 타인의 의지나 자신의 의도와는 상관없이 다혜로부터 멀어지는 쓸쓸한 감정, 지 교수와 전경훈의 백정 관련 자료에 대한 열띤 대화를 들으면서도

---

45) 이는 작품의 제목에서 이미 암시하는바, '日月'(해와 달)은 원초적 상황에 대한 유추를 가능케 하고, '해와 달'이라는 말에서 우리에게 익히 알려진 '해와 달이 된 오누이 이야기'를 떠올릴 수 있다. 이 설화는 우리나라와 중국, 일본에 널리 분포하고 있는 이야기로, 그 안에는 옛사람들이 지녔던 독창적 우주관인 '인간의 존재를 천상의 원리와 합치시키고자 하는 소망'이 들어 있다(이관일, "일월설화 연구", 국어국문학회 편, 《국어국문학》(71집), 서울대출판부, 1976. 5., 95~120쪽 참조).

아무런 반응을 할 수 없는 자신, 이런 인철의 심정은 "검은 돌이 하나하나 가슴속에 무겁게 쌓이는 것 같음"[46] 으로 표현된다.

이런 인철의 내면에서 일어나는 고뇌의 가열함은 자신이 백정의 후손이라는 숙명적 조건에 대해 확인한 후 꾸게 되는 네 가지의 꿈을 통해서도 그려진다. "꿈은 각성시의 정신활동에 포함시킬 수 있는 심리적인 형성물"[47] 이라고 볼 때, 고뇌하는 인철의 심리상태는 꿈에까지 연결될 만큼 심각함이 드러난다. 그리고 이 꿈들은 일련의 특징적인 상징을 산출[48] 함으로써 그 절박함을 부각한다.

첫 번째 꿈은 인철이 빨간 놀빛 속에 서서 타오르는 불꽃 같은 숨결을 내쉬는 내용이다. 여기서 세상을 온통 물들이고 있는 '빨간색'은 피요, 그와 연결된 백정을 상징한다. 타오르는 불꽃은 백정의 후손인 숙명적 조건의 엄연함에 대한 확신이자 이를 깨닫는 고통을 상징한다. 어릴 적 병이 날 때마다 꾸곤 했던 빨간 물감 꿈은 '백정의 자손이라는 혈통에 대한 무의식적 거부감이자 운명에 대한 개인의 의지적 저항의 표현',[49] 또는 나중에 밝혀질 자신이 백정의 후손이라는 사실에 대한 무의식적인 예측[50] 으로 볼 수 있다. 따라서 이 꿈은 인철 자

---

46) 《황순원전집 8 - 일월》, 106쪽.

47) 지그문트 프로이트, 김인순 역, 《꿈의 해석》, 열린책들, 1997, 25쪽.

48) 융에 의하면 인간은 꿈이라는 형태로 무의식적이며 자연발생적으로 상징을 산출한다. 다시 말해 어떤 사실의 무의식적인 면은 꿈에서 그 모습을 드러내는데, 그때 그 무의식적인 면은 합리적인 사고로서가 아니고 상징적인 이미지로 나타난다(칼 구스타브 융 편, 이부영 외 역, 《인간과 무의식의 상징》, 집문당, 2008, 17~18쪽).

49) 오연희, "황순원의 〈일월〉 연구"(충남대학교 박사학위 논문, 1996), 26쪽.

50) 융에 의하면 사람들은 어린 시절부터 노년에 이르기까지 같은 꿈을 꾸는 경우가 있는데, 이런 종류의 꿈은 보통 꿈꾼 사람의 생활 태도에 있는 특정한 결함을 보상하

신이 처한 숙명적 조건에 대한 가열한 깨달음을 말해준다.

두 번째 꿈은 계단만으로 이루어진, 자신이 설계한 음습한 집의 층계 끝에서 맑고 푸른 플라타너스 잎사귀와 그 위에 찍힌 소 발굽 자국을 발견하는 꿈이다. 여기서 꿈속의 계단은 '정신'과 '영혼'을 표상하는 것으로, 인철의 무의식의 세계, 황혼 무렵인지 동틀 무렵인지 분간할 수 없고 끝도 알 수 없는 불투명하고 혼란한 상태에서 인철이 느끼는 인간 조건에 대한 갈등을 반영한다.[51] 이 꿈이 상징하는 것은 자신의 혈통적 신분에 대한 끝없는 번민 속에서 한 가닥 희망의 빛을 발견하지만 거기에마저 백정의 후손이라는 낙인이 찍혀 있음을 발견하는 것이다. 이는 백정의 후손이라는 것이 벗어날 수 없는 숙명적 굴레임을 거듭 확인시키는 대목이다.

세 번째 꿈은 황톳벌에 세워진 T자 아래 가족과 친지들이 모여 있으며, 다들 인철을 외면하는 중에 약혼녀 다혜만이 그를 알아주지만, 그녀 앞에서 스스로 위축되는 자신을 발견하고 T자를 짊어진 채 황톳길을 걸어가는 꿈이다. 이 꿈에서는 모든 이로부터 소외된 자신, 유일하게 자신을 지켜주리라고 기대하는 다혜에게까지 떳떳할 수 없는 좌절을 읽을 수 있다. 여기서 인철이 구원의 상징인 T자를 짊어지고 홀로 걸어가는 것은 끝없는 허무와 절망의 세계에서 자신을 구원해줄 사랑을 갈망하는 것으로도 볼 수 있다.[52] 이는 타인과 자신 모두로부

기 위한 시도이거나 어떤 특정한 편견을 마음속에 남길 만한 심적인 상처를 받은 순간부터 생기는 수가 있으며, 때로는 미래의 중요한 일을 예측하고 있는 것일 수도 있다(칼 구스타브 융 편, 이부영 외 역, 《인간과 무의식의 상징》, 집문당, 51쪽).
51) 장현숙, 《황순원 문학 연구》, 푸른사상, 2005, 320쪽.

터 소외된 절대고독의 존재 인식이자, 이로 인해 감내해야 할 고통의 무게를 말해준다.

이어지는 네 번째 꿈은 인철이 어둠 속에 녹아버리고자 동굴에 들어갔다가 뒤에서 누군가 부르는 소리를 듣고 나와 보이지 않으나 바로 곁에 있는 목소리의 주인을 찾는 꿈이다. 이 꿈에서는 감내하기 어려울 정도로 깊고 무거운 고독의 고통으로 인해 차라리 절망 속에 함몰하려는 자아를 또 다른 자아가 불러 세워 이 존재론적 고독을 극복하라는 명령으로 읽을 수 있다.

특히 이 꿈에는 목소리를 통해 꿈꾸는 인철 자신이 개입됨으로써 적극적인 국면의 전환을 암시하고 있다.53) 이 꿈을 꾸고 나서 인철은 자신이 겪고 있는 것과 같은 고뇌의 아픔을 스스로 꿋꿋이 짊어지고 나아가는 사촌형 기룡을 찾아나서는 것이다.

인철의 꿈으로 상징화된 그의 존재론적 고뇌의 근원은 자신이 백정의 후손이라는 부정할 수 없는 사실의 깨달음에 있다. 그렇다면 백정은 무엇인가? 제 1부 5장 '오전 3시'는 이 물음을 던지고 답하는 것으로 시작된다. 그러나 그 물음과 답은 이 장에서 완결되지 않고 제 2부, 제 3부 전개의 추동력으로 작용하며 계속된다.

작품 전체의 흐름에서 긴장과 불안을 야기하며 독특한 분위기를 형

---

52) 장현숙, 앞의 책, 323쪽.

53) 야코비(Jolande Jacobi)는 융이 꿈에 목소리가 나타나는 것을 자기(self)가 개입하는 것과 같은 것으로 생각했음을 상기시키면서, 꿈속에서의 목소리의 중요성을 지적했다. 즉 꿈에서의 목소리를 통한 자기개입은 바른 지점을 향하는 새로운 방향 설정, 위험을 무릅쓰고 더 성숙하고 안정된 방향으로 나아가는 계기를 뜻한다고 보았다(칼 구스타브 융 편, 이부영 외 역, 위의 책, 290~291쪽 참조).

성하는 백정의 이야기를 전면에 내세운 제1부 5장의 표제 '오전 3시'는 무엇인가. 그것은 질서정연하고 희망에 차고 일과 애정 또한 원만하고 풍요롭던 정상적인 일상이 깨어지고, 그칠 줄 모르는 번민 속에서 뒤숭숭하고 갈피를 잡을 수 없는 꿈이 계속되며, 잠과 깨어남이 어지럽게 반복되는 혼돈의 시간이다. 그것은 백정으로 상징되는 인철의 고뇌의 뿌리가 놓인 원초의 시간이다. 백정의 이야기, 우공태자의 신화는 여기에서 시작된다. 이 신화는 인철과 그의 일가를 혼란에 빠뜨린 세계이면서 동시에 그 세계가 옛날처럼 다시 질서를 회복할 수 있는 가능성의 세계이기도 하다.

먼저 작품의 제1부 5장 '오전 3시'에 소개된 짤막한 설화의 줄거리와 백정들이 소를 잡을 때 명복을 빌며 외웠다는 염불 같은 소리를 참고하여 신화의 내용을 논리적 전개에 따라 정리해보면 다음과 같다.

• 우공태자 신화 •

① 천왕의 태자가 다른 일은 하지 않고 여색에만 빠져 있자, 천왕이 노하여 태자를 소로 변하게 해 하계로 내려보낸다(또는 태자가 천왕만이 먹는 금단의 복숭아를 몰래 따먹고 소로 변하자 하계로 내려보낸다). 이때 천왕은 태자가 하계에서 인간에게 고역을 당하다 죽으면 혼백만은 다시 천계로 올라오게 해주겠다고 한다.

② 하계에 내려온 태자는 인간을 위해 땀 흘려 고역을 치른 후 인간의 손에 죽는다.

③ 천왕이 이를 가상히 여기고 약속대로 천계로 불러올려 기쁘게

맞는다. 천계에서 태자는 억만 년 만강을 누리며 속세를 제도하고 인간의 악귀를 굴복시킨다.

—《일월》, 98~100쪽에서 발췌 정리

• 소 잡을 때 염불처럼 외던 소리 •

봄에는
봄철에 눈이 녹아 만산에 꽃이 피니
풀 뜯던 우공태자 극락에 가는구나
저리고 아픈 고역 속세 인간 위해 바쳐
극락에 계신 천왕님 그대를 가상타 하리
관세음보살 하감하소서 나무아미타불
여름에는
시냇가에 있는 풀이 푸르고 또 푸르다
극락에 있는 풀은 태자의 것이로다
하늘에 계신 천왕님 그대를 맞으리니
금빛 옷에 큰 잔치가 그대를 위로하리
관세음보살 하감하소서 나무아미타불
가을에는
하늘나라에 가을은 곡식이 많으리라
땀 흘려 애쓴 고역 하늘에서 쉼이 있으리
열반 곡창이 태자의 것이 되니
억만년 살고지고 태자 만강하리로다
관세음보살 하감하소서 나무아미타불

겨울에는

눈꽃이 열반에 산이 되어 날으니

태자도 좋을시고 기뻐하여 맞으리라

천왕님 팔에 쉬어 속세를 가르키니

인간의 악귀가 그대 앞에 굴복하리

관세음보살 하감하소서 나무아미타불

— 《일월》, 99~100쪽

    이 신화의 경우, 신화와 연결된 염불처럼 외는 소리를 보면 '염불', '관세음보살', '나무아미타불', '극락', '열반' 등과 같은 불교적 습합의 흔적이 뚜렷한데, 이는 현생에서 쌓은 선업이 극락왕생의 조건이 된 다는 불교 신앙에 의지하여 소를 신성화함으로써 자신들의 도우업(屠 牛業)을 합리화하려는 백정사회의 특수한 의도가 반영[54] 된 것으로도 볼 수 있겠으나, 그 근원은 보다 보편적인 인간 경험과 사고세계에 닿 아 있다. 신화는 본질적으로 '신성시되는 이야기'이며, 그 신성성은 '위대하거나 숭고한 행위'로써 성립한다[55] 고 할 때 위의 우공태자 신 화 역시 이 견해에 부합한다. 이때의 위대하거나 숭고한 행위는 결국 그 신화를 필요로 했던 인간들의 보편적인 경험과 사고를 반영하는 것이다.

    농업을 삶의 기반으로 삼았던 고대인들의 관점에서 농업 생산에 지

---

54) 《민족문화대백과사전》 권9, 정신문화연구원, 1991, 441~442쪽 참조.
55) 김태곤 외 편, 《한국의 신화》, 시인사, 1988, 9쪽.

대한 역할을 할 뿐만 아니라 죽어서도 고기와 가죽으로 인간의 삶을 윤택하게 했던 소는 특정 종교의 영향 이전에 자연스럽게 숭상의 대상이 되었을 것으로 추측할 수 있으며, 이는 신화를 "자연에 대한 인류의 투쟁과 광범위한 사회생활을 개괄적으로 반영한 것"[56] 이라고 보는 견해와도 일맥상통한다.

'견우와 직녀' 설화의 경우, 견우가 천제의 손녀인 직녀와 맺어지는 데 결정적인 역할을 하는 것이 그가 키우는 소이다. 견우의 소는 직녀가 지상의 은하에 와서 목욕할 때 옷을 감추라고 비법을 알려주며, 직녀가 하늘나라로 떠났을 때는 자신의 가죽을 벗겨 입고 승천하도록 하여 직녀와 재회할 수 있도록 견우를 돕는다.[57] 우리나라의 '나무꾼과 선녀' 설화의 근원설화이기도 한 이 설화에서 초자연적인 능력으로 인간을 위해 기여하고, 종국에는 온몸을 던져 희생하는 소의 신이한 모습을 볼 수 있으며, 이는 소에 대해 보편적으로 신성시하는 동양적 태도의 한 원형을 보여준다.

한편 작가 황순원은 우공태자 신화 외에도 소의 신성성을 뒷받침하는 설화나 샤머니즘적 요소들을 다양한 역사적·민속학적 자료의 수용을 통해 작품 도처에 장치하고 있는바, 그 대표적인 예를 제3부 3장('고양이의 무게')에서 제시하고 있다. 인철이 지 교수의 서재에서 우연히 보게 된 연구노트의 관련 내용을 요약해보면 이러하다.

• 한자의 牛는 소뿔을 상형한 것 같음. 모든 길짐승의 수컷과 암컷

---

56) 袁珂, 정석원 역, 《중국의 고대신화》, 문예출판사, 1988, 9쪽.
57) 袁珂, 정석원 역, 앞의 책, 141~145쪽.

을 나타낼 때 牛변을 썼음: 모빈(牡牝). 세상 온갖 물건을 가리
킬 때의 물(物) 자도 牛변.

- 중국 고대 전설상의 제왕 신농씨는 머리는 소머리, 몸은 사람.
소를 신성시한 데서 비롯한 증거.

- 우리나라 신라시대의 벼슬 이름 각간(角干), 각찬(角粲) 등 소뿔
을 관직명에 붙인 것으로 미루어 우리 민족도 소를 숭배했던 것
같음.

- 구약성서 출애굽기에 금송아지를 만들어 경배했다는 기록 있음.

- 백정들이 소를 일컫는 말: 어사나리, 황태자, 신령댁이, 산영
감, 황옥마마 등.

— 《일월》에서 발췌 요약

따라서 우공태자 신화는 소를 신성시했던 고대인들의 보편적 사고
를 근원으로 하고 있으며, 이것이 백정들의 세계에 전승되어 그 세계
의 사고와 신념을 담은 독특한 서사체계를 갖추게 되고, 나아가 일종
의 신앙 내지 샤머니즘적 제의의 기능까지 포함하는 양식으로 전화된
것이라고 할 수 있다.

이 우공태자 신화는 영웅의 '떠남-시련-복귀'의 유형을 기본구조로
하는 '원질신화'(monomyth)[58]의 성격을 띠고 있다. 천왕의 아들로 천
상세계의 질서 안에서 살고 있던 우공태자는 그 '고귀한 신분'으로 볼
때 모든 원질신화의 주인공인 '영웅'과 유사한 존재이며, 그가 천상의

---

58) 조셉 캠벨, 이윤기 역, 《천의 얼굴을 가진 영웅》, 민음사, 2007, 44~55쪽 참조.

질서를 깬 벌로 '인간에게 고역을 치르러' 하계로 내려오는 것은 영웅이 '위대한 사명'을 띠고 그 사명을 달성하기 위해 모험에 나서는 것과 동일한 성격을 띤다. 또한 그가 인간을 위해 노역과 생명을 바치고 천계에 복귀하는 것은 영웅이 시련 끝에 과업을 달성하고 돌아오는 과정과 쌍을 이룬다.

특히 우공태자 신화에서는 천계에 복귀한 우공태자가 영생(억만 년 만강을 누림)을 얻어 인간세계를 제도하고 인간을 괴롭히는 악귀를 쫓는 신적 존재가 되는데, 이는 도우업을 단순한 도살이 아닌 신성한 제의로 승화시키려는 백정세계의 이념을 반영하는 것이라고 할 수 있다. 또한 이 부분은 부왕의 병을 고치기 위해 약수를 구해오는 과업을 완수한 후 무신(巫神)이 되어 한국 무가(巫家)의 원조가 되는 바리공주 신화와 맥을 잇는 대목이라고 할 수 있다. 이는《일월》의 문제적 인물인 '본돌영감'이 소에 대해 신성시하는 신념과 강한 샤머니즘적 삶을 통해 여실히 드러난다.

그렇다면 이 신화의 서사체계와 작품《일월》의 서사구조는 어떤 관계가 있는가. 우공태자 신화의 서사체계는 본질적으로 소설《일월》의 구조적 모티프로 작용한다. 제1부에서 질서 있고 안정된 일상을 유지하던 인철은 자신이 백정의 후손이라는 사실을 알게 되어 그로 인한 근원적 고뇌에 빠지고, 이 문제 해결을 위한 정신적 여정을 준비한다. 이는 우공태자가 천계의 금기를 범함으로써 하계로 추방될 운명에 처한 것과 대비된다.

제2부에서 인철은 문제 해결을 위해 고뇌와 방황을 동반한 사유의 편력을 계속하며 한편으로는 해체에 가까운 가족 내 갈등을 겪는다.

이는 우공태자가 금기파괴의 벌로 인간계로 추방되어 인간을 위해 노역과 생명을 바치는 과정에 비유된다. 제3부에서는 인철이 아버지 상진영감의 자살이라는 비극적 상황을 딛고 주변과의 새로운 관계설정에 나섬으로써 또 다른 시작의 가능성을 암시하는데, 이는 우공태자가 천계로 복귀해 원래의 질서와 안정을 되찾고 영원히 인간을 지켜준다는 내용과 질적인 유사성을 보여준다.

이상에서 살펴본 바와 같이 소설《일월》의 중심 서사구조는 우공태자 신화의 서사체계를 모티프로 하여 전개되고 있음을 알 수 있다. 그렇다면 이 서사구조에 역동성을 불어넣고 주제 형성에 직접 관련된 본돌영감, 인철, 기룡의 행동에 필연성을 부여하는 것은 무엇일까. 그것은 바로 소의 도살을 신성시하는 본돌영감이 지닌 '칼'의 상징에서 찾을 수 있을 것이다.

2) 칼의 샤머니즘적 상징

사전적 의미의 칼은 사람·짐승 등 생물을 찔러서 살상하거나 물건을 베고 썰고 깎는 데 쓰이는 연장이다. 인류가 날카로운 돌을 칼로서 쓰기 시작한 것은 50만 년 전인 구석기시대 전기까지 거슬러 올라갈 것으로 추측된다. 칼이 샤머니즘과 관련된 의식용으로 쓰이기 시작한 것은 대체로 청동기시대부터이다. 지금도 무당이 굿을 할 때 칼을 허리에 차거나 손에 들고 춤을 추는 것은 여기서 기원한 것이다. [59]

---

59)《민족문화대백과사전》권22, 정신문화연구원, 1991, 819~824쪽 참조.

신화 속에서 칼은 신표로 쓰였다. 동명성왕이 부여에서 졸본으로 망명할 때 장자가 태어나면 일곱모가 난 돌 위의 소나무 아래에 있는 유물을 가져오면 아들로 맞겠다 하고 칼을 둘로 끊어 한 토막은 소나무 아래 숨기고 나머지 토막은 자신이 가지고 갔다가 나중에 유리태자가 찾아와서 두 토막의 칼을 맞춰보고 아들임을 확인했다는 동명왕 신화[60]가 이를 말해준다.

또한 칼은 작두와 함께 무속에서 제의의 필수적인 도구로 쓰인다. 새남굿의 말미거리에서 불리는 서사무가 '바리공주 신가'에는 만신이 상제들이 든 돗자리 너머로 신칼을 던진 뒤 돗자리 밑에서 팔(八) 자를 그리며 춤추는 춤도령 대목[61]이 있으며, 베가르기를 할 때도 만신이 신칼을 들고 제의를 진행한다.[62]

희생제의 때 칼로 산짐승을 찌르기도 하는데, 그때 나오는 피는 죽음을 상징한다. 생명을 가진 동물의 죽음은 그 육체의 공간적 유형존재가 시간적으로 지속되다가 멈춘 유형존재의 종말이요, 유형존재의 종말은 현실적 공간의 소거,[63] 초월적인 신의 세계와의 소통을 의미한다. 고대 서양에서도 잔, 창과 함께 칼이 풍요의식에서 재생과 부활을 상징하는 제의도구로 사용되었다.[64]

이상의 내용을 종합해볼 때, 인류와 더불어 장구한 역사를 지닌 칼

---

60) 김태곤 외 편, 앞의 책, 58~59쪽.
61) 조흥윤, 《한국의 샤머니즘》, 서울대출판부, 2002, 177쪽.
62) 조흥윤, 앞의 책, 186쪽.
63) 김태곤, 《한국무속연구》, 집문당, 1995, 416쪽.
64) J. 웨스틴, 정덕애 역, 《제식으로부터 로망스로》, 문학과지성사, 1988, 114~115쪽 참조.

은 살상의 도구요, 물건을 자르거나 베는 연장의 기능 외에 진실을 밝히는 신표이자 샤머니즘 제의의 필수도구로 신성시되었음을 알 수 있다. 이것은 칼이 지닌 가장 기본적인 기능, 생명을 단절하고 사물을 분리하는 기능이 형이상학적 상상을 통해 이승과 저승, 삶과 죽음을 가르는 초월적 상징물로 발전한 것으로 볼 수 있다.

소설 《일월》에서 본돌영감이 신성시하는 '칼'의 의미도 이와 같은 맥락에서 이해할 수 있을 것이다. 본돌영감은 소를 잡고 남은 부산물인 소뿔이나 소 꼬리털을 온갖 사회적 천대와 멸시 속에서 자신을 지켜줄 부적으로 신성시했듯이, 소를 잡는 칼 역시 신성시했다. 우공태자 신화에서 살펴보았듯이 소를 잡는 행위는 그 혼백을 천계로 올려보내는 신성한 의식에 해당한다. 그러므로 그 칼 역시 신성한 것이지 않으면 안 되는 것이다. 소를 잡기 위해 도수장에서 칼을 놓고 벌이는 본돌영감의 정성스런 의식이며, 각종 금기를 철저하게 지키는 삶, 신내린 무당을 방불케 하는 칼춤 등에서 사제요 무당의 모습을 보게 된다.

본돌영감에게 있어 이 칼의 신성성은 소의 세계에만 한정되지 않는다. 6·25전쟁 때 기룡이 자신의 형과 조카를 죽게 한 자의 아비를 소 잡는 칼로 찔러 죽인 후 본돌영감의 칼 신성시의 도는 더욱 깊어진다. 사람을 찌른 칼을 영검한 물건으로 받들며 마을사람들의 병을 고친다거나 말 못하는 아이의 말문을 트겠다고 나서는 등 광적인 행태를 보이게 된다. 심지어 그 칼에 찔려 죽은 사람이 극락에 갔을 것이라고까지 한다.

본돌영감의 이런 극단적 행태는 살인에 대한 자식의 죄의식을 조금이라도 덜어주려는 속 깊은 배려였음이 기룡에 의해 진술된다. 여기서 엄연한 현실세계에서의 인간적 허물을 샤머니즘의 신비주의에 의탁하여 상쇄하려는 자기 합리화의 발상, 또는 지나친 샤머니즘에의 집착이 불러올 수 있는 윤리적, 현실적 딜레마에 대한 작가의 비판적 지적을 엿볼 수 있다. 이는 다음의 대사에서 읽을 수 있듯이 기룡이 아버지 본돌영감을 바라보는 냉정한 시선을 통해 확인된다.

"아버님은 이걸 신성시했습니다. 내가 저걸루 사람을 죽인 뒤루는 다시 없는 영검한 물건으루 받들어 모시는 광신자가 되구 말았죠. 별일이 시굴선 다 있었어요. 말 못하던 애가 저걸 입에다 댄 후부터 입을 뗐다기두 하구, 또 누구 병을 고쳤다기두 하구요. 우습지 않습니까. 어린앨 억지루 저것에다 입을 대게 했으니 안 놀랬겠어요. 무서워서 이상한 소릴 지를 밖에요. 말을 늦게 하는 애두 있으니까 그게 그렇게 일치됐겠죠. 동네사람들두 저게 영검하다구 믿구 있는 모양입니다. 사람이란 자기가 신기한 걸 봤다는 자랑을 갖기 위해 사실을 분식하구 과장하는 본능이 있지 않아요, 왜. 하여튼 아버진 저것에 찔려 죽은 사람이 극락에 갔을 거라구까지 말했습니다. 아버지가 그처럼 이걸 신성시하구 신통력을 가진 걸루 점점 더 받들어 모시게 된 건 결국 나한테서 사람을 죽였다는 죄의식을 조금이라두 덜게 하려는 심정에서였다는 걸 압니다. 그런데 문젠 아버님이 내 죄의식을 덜려구 노력하면 노력하실수록 내겐 그 피가 확대되어왔어요. 사실 내가 한 일 자체엔 별루 죄의식을 느끼지 않구 있었는데 말이죠."

— 《일월》, 255~256쪽

기룡에게 이 칼의 신통력은 무의미한 것이며, 본돌영감 역시 이 사실을 알고 있지 않았을까. 결국 현실적 구원의 통로가 될 수 없는 본돌영감의 칼은 기룡에 의해 대장간의 화덕에 던져진다. 이로써 누대에 걸쳐 인철의 집안에 드리웠던 백정의 암운은 코크스 불꽃 속에 사라진다. 여기서 기룡이 꺾쇠를 만들어 달라며 칼을 대장간에 맡기는 것은 집안에 비극이 찾아오기 이전의 상태로 돌아가기를 희구하는 일종의 제의적 행위에 해당하는 것으로 볼 수 있다.

김태곤의 원본사고 이론에 의하면 존재는 카오스와 코스모스의 순환에 의해 영구지속되는 것이다. 이때 카오스는 시공을 초월한 불가시적 상태로서 존재의 근원을 뜻하며, 코스모스는 시공의 조건 위에 있는 가시적 세계를 말한다.[65] 제의의 목적은 인간 존재의 영구지속을 희구하는 것이다. 따라서 제의는 시공의 제약을 받는 유형존재로서 길흉화복으로 노정된 현실, 즉 코스모스 세계에서 흥과 화, 액운이 없는 세계, 곧 시공을 초월한 존재의 근원인 카오스 세계로 돌아가기 위한 일련의 의식절차인 것이다.[66]

제2부의 결구가 되는 이 장면은 인철의 집안에서 가족 간의 관계를 난도질하고 의식을 분열시킨 신성의 칼이 허망하게 사라진 세계의 시작을 암시한다. 이는 다시 말해 인철의 집안에 불어닥친 혈육 간의 갈등과 반목의 근원으로서, 이미 시대의 저편에 화석으로 남은 백정을 끝까지 고집했던 본돌영감의 집착과, 이로 인해 뒤틀린 현실세계(코

---

[65] 김태곤, 앞의 책, 158~159쪽.
[66] 김태곤, 앞의 책, 162~163쪽.

146   제1부 – 황순원 소설의 샤머니즘 수용양상

스모스)가 해체되는 순간이요, 인철에게는 자기 정체성에 대한 근원적 고뇌의 마무리(카오스)를 의미한다.

3) 영웅신화의 소설적 가능성

"소설의 근본적인 양상은 이야기(스토리)"요, "이야기는 시간 순서에 따라 배열된 사건의 진술"[67]이라고 할 때, 그 이야기는 인간의 이야기일 수밖에 없다. 초월적인 신의 이야기를 다룬 신화나 동·식물 또는 광물을 주인공으로 내세운 이야기라 할지라도 그 이야기는 "인간에 의해 향유되고 인간의 의식이 투영된 산물"[68]이라는 점에서 결국 인간의 관심범위로 수렴되기 때문이다.

소설에서 이야기란 등장인물들이 엮어나가는 사건들의 짜임으로 이루어진다. 따라서 그 소설을 이해한다는 것은 사건들을 이루어가는 등장인물들의 성격을 이해하는 것이라고 할 수 있다. 이는 결국 '그 소설이 말하려고 하는 것은 무엇인가'에 대한 해답, 곧 그 소설의 사건들에 대한 해석이자, 나아가 작품 전체를 통해 형성되는 삶의 보편·통합적인 견해[69]인 주제를 이해하는 것이 된다.

앞에서 살펴보았듯이 원질신화의 한 유형인 우공태자 신화를 서사구조의 기본 틀로 삼고 있는 《일월》역시, 주인공 인철을 중심으로 여러 관련 인물들이 펼치는 인간의 이야기다. 이 이야기에 의미를 부

---

67) E. M. 포오스터, 이성호 역, 《소설의 이해》, 문예출판사, 1975, 32~35쪽.
68) 김정하, "황순원〈일월〉연구"(서강대 석사학위 논문, 1985), 36쪽.
69) 브룩스·워렌, 안동림 역, 《소설의 분석》, 현암사, 1986, 344~345쪽.

여하는 주요 인물들의 성격과 갈등 관계를 살펴봄으로써 이 작품을 통해 작가가 말하고자 하는 주제에 접근해보기로 하자.

《일월》은 주인공 인철의 근원적 고뇌와 그의 가족이 겪는 일련의 불행한 사건들을 중심으로 전개된다. 그가 근원적 고뇌에 빠지는 것은 '백정의 후손'이라는 숙명적 조건을 확인하면서부터다. 지 교수의 면밀한 역사적·민속학적 조사 자료를 통해 밝혀지는 바와 같이, 백정은 전근대적 신분서열의 최하층에 속하여 인간적인 존엄성을 전혀 인정받지 못한 집단이었다. 그들은 의식주의 모든 생활에서 인간 이하의 대우를 감수하며 일반 사회로부터 격리되어 살아야 했던 천민 중의 천민이었다. 백정의 신분으로 살아가면서 겪었던 주위의 멸시를 인철의 아버지 상진영감은 이렇게 회고한다.

"지금두 잊혀지지 않는다. 어려서 나무하러 가서 느희 큰아버님과 나는 언제나 동네 애들 것을 얼만큼씩이라두 대신 져다줘야 했다. 한 번두 싫단 말을 못하고, 으레 그걸 져다줘야 하는 걸루 돼 있었어. 한번은 나무를 지구 비탈을 내려오는데 뒤에서 오던 애 하나가 돌부리에 걸려 무릎을 꿇었다. 다른 애들이 웃어대자 무릎 꿇은 애가 일어서더니 지게작대기루 내 다릴 걸지 않겠니. 내가 돌부릴 밟아 움직여놨기 땜에 제가 넘어졌다는 거야. 난 그 무거운 나뭇짐을 진 채 앞으루 고꾸라졌다. 눈물이 꽉 솟으면서 나는 바루 앞에 있는 큰 돌을 움켜쥐었어. 그때 느희 큰아버님이 앞에 와 막아섰다. 둘이는 한참 서루 바라만 보았어. 나는 돌을 도루 놓구 얼마를 엎드린 채 있었지.

… 이것두 내가 어려선데, 어느 해 단옷날이었어. 군에서 씨름대회가 있

어 아버님이, 그러니까 느희 할아버님이 나가셨다. 쉽게 결승까지 올라가 마지막 판에서 한참 씨름이 벌어지구 있는데 구경꾼들 틈에서 백정은 소하구나 싸워라 하는 소리가 튀어나왔다. 그러자 아버님은 들었던 상대를 내려놓으시면서 힘없이 쓰러지셨어 … ."

— 《일월》, 90~91쪽

어린 시절부터 겪어야 했던 이 뼈아픈 모멸의 체험은 상진영감으로 하여금 그 숙명적 굴레로부터 벗어나기를 시도하게 한다. 첫 번째 회상 장면의 말미에서 암시되듯이 숙명을 받아들이려는 형 본돌영감과는 달리 상진영감은 이에 맞서려는 의식을 지녔으며, 이러한 의식은 그가 후일 고향을 떠나 사업가로 변신하는 동력으로 작용하게 된다. 그러나 상진영감의 저항의식은 개인적인 차원의 복수심에서 비롯된 것이므로 근원적 문제 해결에는 이르지 못한다. 그는 철저하게 자신의 신분을 감춘 채 오로지 돈 벌이에만 전념하여 '대륙상사'라는 기업을 일구지만 백정의 굴레에서 결코 벗어나지 못하였다.

반면에 상진영감의 아들로 같은 백정의 피를 물려받은 인철은 이 문제를 개인의 문제인 동시에 "인간 존재의 진실한 모습을 보기 위한"[70] 인간 보편의 문제로 받아들인다. 그는 백정의 후손으로서 맞닥뜨려야 하는 "개인과 사회, 자아와 세계 사이의 갈등관계를 숙명적인 것으로 받아들여",[71] 그에 따른 근원적 고뇌를 겪어냄으로써 작품의

---

70) 김종회, 《한국소설의 낙원의식 연구》, 문학아카데미, 1990, 214쪽.
71) 조남현, 《소설원론》, 고려원, 1983, 172쪽.

주제를 형성하는 중심인물이 된다.

그는 존재의 근원에 대한 전면적 재인식을 꾀해야 하는 힘겨운 과업에 정면으로 맞선다.[72] 자신의 의지와는 상관없이 조건 지워진 '백정'이라는 근원성은 인철에게 질곡과 같이 채워진 숙명이다. 이로부터 파생되는 수치심과 소외의 고통이 그를 휩싸며, 이러한 불행의 상태로부터 어떻게 벗어날 수 있을 것인가가 그의 고뇌의 핵심이다.

인철은 그 결과의 현실적 파장을 따지기에 앞서 고뇌의 근원이 되는 자신의 정체를 스스로 드러내고 그 앞에 의연히 다가선다. 아직도 백정의 생활을 영위하는 큰아버지 본돌영감과 사촌형 기룡을 찾아나서는 것이다. 이는 "진실을 말하려는 지식인의 내적 욕구와, 진실을 말함으로써 외로움을 해소시키려는 의지"[73]에서 비롯된 것이라고 할 수 있다.

이와 같이 인철이 문제의 정면으로 다가감으로써 해결을 모색하는데 반해, 그의 형 인호는 문제 자체의 은폐에 몰두하거나 그로부터 도피하는 태도를 취한다. 그는 백정의 후손이라는 사실을 알게 되자 부모형제와 인연을 끊고서라도 자신의 사회적 지위와 인간관계를 지키려는 철저한 현실주의자다. 자신이 처한 인간 조건과 운명에 맞서기보다 그로부터 벗어나고자 하는 인호와 마찬가지로 상진영감 역시 현실도피적 인물이다. 백정의 후손임이 드러나고 이로 인해 대출의 길이 막혀 기업이 파산에 직면하자 그는 자살을 택한다. 이로써 인호와

---

72) 황효일, "황순원 소설 연구"(국민대학교 박사학위 논문, 1996), 109~110쪽 참조.
73) 김치수, "외로움과 그 극복의 문제: 황순원의《일월》", 《황순원전집 12 - 황순원 연구》, 문학과지성사, 2000, 112쪽.

상진영감은 패배자들이며 문제해결과는 무관한 인물로 제시된다.

한편 지 교수가 '이 시대의 마지막 백정'이라고 부른 본돌영감은 백정의 세계를 철저하게 지키며 살다간 인물이다. 그는 평생 짧게 깎은 머리로 맨발에 짚신을 신고 지내며 술·담배를 하거나 마늘을 먹지 않고, 조상의 산소에 떼를 입히지 않는 등 백정세계 특유의 전래습속을 견지함은 물론, 고대의 주술사 혹은 무당을 방불케 하는 소에 대한 샤머니즘 신앙을 가지고 살았다. 이와 같이 자신의 숙명을 정면으로 끌어안고 나아간 점에서 그는 인호나 상진영감과 달리 패배적 인물이 아니다. 작품 속에서 그는 백정 집안의 비극적 가족사의 실타래요, 인철의 고뇌의 근원이 됨으로써 '인간의 근원적 고독과 외로움'의 문제를 촉발시킨 중요한 문제적 인물로 제시된다.

그러나 그가 소를 신성시하고 소에 얽힌 신화를 일종의 교조처럼 신봉하며 신비주의적 초월의 세계에 몰입하는 모습은 현실도피적인 면을 보여준다. 소 잡는 칼을 눈에 대고 환상을 본다든지, 신통력이 있는 치병(治病)의 신물로 여기고, 소뿔이나 소 꼬리털을 부적으로 사용하는 그의 주술사적 모습은 자신이 쌓은 폐쇄적 의식세계에의 함몰을 보여주는 것으로 해석할 수 있다. 합리적인 판단을 추구하는 건축학도 인철의 눈에 그것은 "진정한 초극의 자세로"[74] 보이지 않는다. 샤머니즘적이고 맹목적인 신앙에 몰입함으로써 집안의 비극적 상황과 자신의 소외로부터 벗어나려는 홍씨의 태도 역시 본돌영감과 맥을 같이하는 현실도피로 이해된다.

---

74) 황효일, 앞의 논문, 111쪽.

기룡은 본돌영감이나 인호처럼 맹목적 순응이나 도피가 아닌 다른 자세로 "내면적 무게를 감당하기 위해 고뇌하는 인철에게 새로운 삶의 방식과 방향"[75]을 보여준다. 그는 6·25 동란 중 형과 조카를 죽게 한 사람을 칼로 찔러 죽이고 고향을 떠나 서울 근처의 도살장에서 일하며 철저하게 내면으로 침잠해 들어간 인물이다. 자기 관념의 높은 성안에 갇힌 듯한 그의 폐쇄적 성향은 비인간적으로 보일 만큼 냉정하고 완벽을 추구하는 "철학적 인간"[76]의 면모를 보인다. 그는 자신이 껴안고 가는 '외로움'의 실체에 대해 이렇게 말한다.

"사람은 외롭게 마련야. 그래서 역사가 이뤄지구 사람을 죽이구 또 죽구 하는 게 아닐까. 본시 인간이, 그리구 땅과 하늘이 피를 요구하구 있다구 봐. 어떤 외롬에서 벗어나려구 말야. 그 피란 반드시 붉은 색의 유형의 것만을 말하는 건 아냐. 보이지 않는 가슴 속에 흐르는 피를 의미할 수도 있지.

… 어쨌든 인간이 소외당한 자기 자신을 도루 찾으려면 각자에 주어진 외로움을 우선 참구 견뎌나가는 데서부터 시작해야 할 거야. 그런데 많은 사람들이 예수의 피에 의해 이런 것을 잊어버리려구들 하지. 그리구 그들 거의가 다 이미 자기 외로움을 해소된 걸루 착각하구들 있어."

— 《일월》, 304쪽

---

75) 김종회, 앞의 책, 114쪽.
76) 양선규, 《한국 현대소설의 무의식》, 국학자료원, 1998, 76쪽.

첫 인용문에 보이는 것처럼 그는 외로움이 역사를 이루고, 죽이고 죽는 살육을 낳으며 이 살육은 세계가 존재하는 원리라고 말한다. 이 때의 외로움은 사회나 한 집단을 상정한 상대적 소외의식이 일으키는 정서상태가 아닌 인간에게 원초적·생래적으로 주어진 것이다. 그래서 두 번째 인용문에서처럼 외로움은 누구에 의해서도, 예수의 피의 대속에 의해서도 해소될 수 없는 숙명적 조건이 되는 것이며, 인간은 이를 참고 견디며 껴안고 갈 수밖에 없다는 것이다. 이 외로움의 본질을 형상화하기 위해 기룡은 6·25 동란이 배경이라고 짐작되는 다음과 같은 이야기를 들려준다.

"바닷가에 오막살이가 여남은 바다를 향해 붙어 있었지. 저녁때였어. 이 포구가 바루 눈앞에 내려다뵈는 구릉에 한 병사가 밤이 되기를 기다리구 있었어. 날이 어두우면 인가루 내려가 먹을 것을 노략질할 참이었지. 총을 한 자루 갖구 있었으니까.
… 오막살이 쪽에서 장정 세넷이 나와 바닷기슭으루 내려가더니 모래판에 구덩이를 파는 거야. 그렇게 대여섯 구덩이를 파더니 도루 오막살이 쪽으루 돌아왔어. 좀 만에 그들이 다시 나오는데 보니까 팔을 꽁꽁 묶은 사람들을 끌구 나오는 거였어. 대여섯 명 됐어. 애 업은 여자두 하나 끼어 있었구. 이들을 좀 전에 판 구덩이루 끌구 가더니 그 속에 꿇어앉히구 묻는 거야. 그런데 아주 묻어버리는 게 아니었어. 머리만은 내놓구였어.
… 밀물이 밀려들어오는 시각이었어. 저녁그늘 속에 바닷물은 점점 묻힌 사람에게루 밀려들어오구, 둑에서는 묻은 사람들이 바닷물을 지켜보구 서 있었어. 바닷물이 밀려왔다 밀려갔다 하다가 마침내 묻힌 사람들의

머리 위를 덮구 말았을 때 둑에 섰든 사람들이 집을 향해 돌아섰어. 그 사람들을 향해 병사는 총을 난사했지.
… 그 병사는 외로웠던 것뿐요."

— 《일월》, 309~310쪽

　　포구에서 벌어지는 마을 사람들 간 살육의 장면은 이념전쟁의 와중에서 동네사람들끼리 서로 죽고 죽이던 비극적 상황을 반영한다. 이들의 죽고 죽이는 행위에는 원한과 증오라는 인과관계가 성립된다. 그러나 이 광경을 목격한 병사가 살육을 끝내고 돌아가는 사람들을 쏴 죽이는 데는 아무런 인과관계가 없다. 기룡은 이를 '외로움' 때문이라고 말한다. 그렇다면 기룡에게 있어 병사의 물리적 사격행위는 자신 내부의 숙명적 외로움을 겨냥한 상징적 몸짓이라고 할 수 있다.
　　문제는 이 외로움을 어떻게 극복하느냐에 있다. 기룡은 이 외로움에 맞서야 한다고 강조한다. 기룡에게 있어 타인의 도움이나 종교적 초월자에게 기대는 것은 근본적인 해결책이 될 수 없다. 오직 스스로 그것을 직시하고 끌어안아야 한다는 태도에 인철은 깊이 공감하며 구원의 실마리를 보게 된다. 그러나 기룡을 향한 인철의 행보는 여기까지다. 생래적으로 이기적인 성정을 가진 고양이와도 같이 결코 누구에게도 먼저 손을 내밀지 않는 폐쇄적 태도, 인간관계에 근거한 문화적 소산인 종교도, 사랑도 부정하는 세계관 앞에서 인철은 회의를 느낀다.

이대로 나는 관객의 입장에서 다혜와 나미를 대해야 하는가. 나는 나, 너는 너라는 인간관계란 있을 수 없지 않은가. 인간이 소외당한 자기 자신을 도루 찾으려면 우선 각자에 주어진 외로움을 참구 견뎌나가는 데서부터 시작해야 할 거야. 기룡의 말이었다. …

그건 그렇다. 하지만 그 외로움이란 인간과 인간이 격리돼 있는 상태에서만 오는 게 아니지 않은가. 서로 부딪칠 수 있는 데까지 부딪쳐본 다음에 처리돼야만 할 문제가 아닌가. 기룡을 만나야 한다. 만나 얘기해야 한다.

— 《일월》, 143쪽

소설의 마지막 장면에서 인철은 이렇게 독백한다. 인철은 일단 기룡의 방법을 통한 구원의 모색은 한계에 부딪힐 수밖에 없음을 깨닫는다. 서로 부딪치는 인간관계로 다시 돌아가야겠다는 깨달음은 존재론적 고독에 대한 혹독한 고뇌를 거친 후의 깨달음이라는 점에서 단순한 예전으로의 복귀는 아닐 것이다. 그러나 여기에는 구체적인 해결책이 빠져 있다. 이는 새로운 문제의 제기이며 작가의 주제의식을 반영하는 것이기도 하다.

"소설의 주제는 문제해결보다 문제제기의 형식에 가까운 것"[77]이라는 지적을 상기할 때 인간의 존재론적 고독의 문제, 원초적 외로움의 문제는 끝내 해답을 찾지 못할지라도 그것이 인간의 문제인 만큼 궁극적으로 인간의 관계 속에서 찾아야 한다는 과제를 작가는 새롭게

---

77) 조남현, 앞의 책, 175쪽.

던지고 있는 것이다. 어느 순간에도 인간에 대한 믿음을 포기하지 않는 휴머니즘의 작가의식을 읽을 수 있는 대목이다.

여기서 다시 1) 항에서 살펴보았던 우공태자 신화를 상기해볼 필요가 있다. 이 신화가 영웅의 '떠남-시련-복귀'의 형식을 취하는 일종의 원질신화요, 그 영웅의 자리에 '인철'을 두었을 때 그가 겪는 일련의 내적 갈등의 과정이 영웅의 일생과 상사를 이룸은 이미 밝힌 바이다.

프라이에 의하면 우주의 기본질서인 사계절의 순환처럼 태초의 신의 이야기를 담은 신화의 세계도 순환한다. [78] 작가가 《일월》의 대단원에서 인철을 통해 구체적인 해결책을 제시하는 대신, 다시 "기룡을 만나야 한다"며 새로운 문제를 던지는 것은, 일회로써 종결될 수 없으며 영원히 반복될 인간의 숙명적 고뇌를 암시한다.

이 순환 반복의 고리 역시 앞의 2) 항에서 살펴보았던 김태곤의 원본사고 이론에 의할 때 카오스에서 코스모스로, 코스모스에서 다시

---

78) 이와 관련하여 프라이는 신화의 구조원리를 시사하는 신과 우주의 순환원리에 대한 일곱 가지 이미지를 제시하고 있다. ① 신의 세계: 신의 죽음과 재생은 자연의 순환적인 과정과 연관된다. 곧 탄생-죽음-재생이라는 동일한 반복이 계속된다. ② 천체의 세계: 천체는 낮과 밤, 양력의 하지와 동지, 달의 순환 주기를 갖는다. ③ 인간 세계: 깨어 있는 생활과 꿈꾸고 있는 생활이라는 상상적인 생활의 주기(경험과 순진무구)와 삶과 죽음의 일상적인 주기(일반적으로 '재생')를 갖는다. ④ 동물계: 보통 비극적인 과정(사고·희생에 의한 무참한 죽음)을 거치는데, 연속성은 그 생명 자체를 통해서 나온다. ⑤ 식물계: 4계절이라는 1년의 주기를 제공하며, 가을에 죽었다가 봄에 다시 소생하는 신과 같은 인물로서 남자는 아도니스, 여자는 프로셀피네라고 한다. ⑥ 물의 세계: 비-샘-강-바다-구름-눈 또는 비로의 주기를 갖는다. ⑦ 광물계: 유기적인 주기에 동화하며, 과거의 황금시대, 운명의 수레바퀴, 폐허 위에서의 명상, 제국의 붕괴에 대한 한탄, '어디에 있느냐'고 불러보는 애가 등. N. 프라이, 임철규 역, 《비평의 해부》, 한길사, 1985, 220~224쪽.

카오스로 환원되는 존재의 영구지속적 순환체계[79]의 원리와도 맥을 같이한다고 할 수 있다. 소설의 서사구조를 따라갈 때, 인철이 집안 내력을 모른 채 안정되고 평온한 일상을 누리던 상태는 카오스요, 백정 집안의 내력이 드러나면서 인철이 겪는 가열한 고뇌의 여정은 코스모스로 볼 수 있으며, 모든 고뇌의 해소를 거쳐 다시 원래의 카오스 상태로 환원되는 일련의 순환반복 과정을 읽을 수 있기 때문이다.

그래서 인철이 들뜬 전야제의 현장을 벗어나와 축제를 상징하는 고깔모자를 벗어 나뭇가지에 거는 행위는 이제까지의 힘겨웠던 방황과 고뇌의 마감을 의미하는 동시에, 또 다시 시작될 새로운 고뇌를 맞기 위한 휴식과 준비를 의미한다고 할 수 있다.

---

79) 김태곤, 앞의 책, 158쪽.

제4장

결 론

샤머니즘은 양의 다소와 질적인 밀도의 차이가 있을지언정 거의 대부분의 한국 현대소설에서 그 수용의 양상을 발견할 수 있다. 샤머니즘을 평생의 주제로 삼아 창작활동을 전개했었거나 또는 전개하고 있는 대표적인 작가들, 이를테면 김동리, 박상륭, 한승원 등의 경우는 예외로 하더라도, 한국에서 태어나 성장한 대부분 작가들의 작품 속에는 작가 자신의 의도와는 상관없이 샤머니즘 요소들이 그 문면에 저절로 드러날 수밖에 없을 것이다. 소설이란 그 소설이 쓰인 시대와 역사, 나아가 문화 전반의 자장에서 벗어날 수 없으며, 샤머니즘은 바로 맥맥이 흘러온 역사와 문화의 전통 속에 깊은 기층으로 자리하는 현상이기 때문이다.

　이 책 제1부의 주된 목표는 황순원 소설에 나타난 샤머니즘의 수용 양상을 고찰하는 것이었다. 황순원은 앞에서 언급한 작가들(김동리,

박상륭, 한승원) 처럼 샤머니즘을 평생을 관류하는 주제로 삼은 정도는 아니지만, 초기 단편들에서부터 후기 장편에 이르기까지 그만의 독특한 방식으로 샤머니즘 요소들을 수용하였다.

그가 추구한 작품세계는 주로 초기 단편에서 볼 수 있는 한국 재래의 토착정서와 원시적 생명력의 아름다움을 비롯하여, 다양한 여성 인물들의 창조를 통해 추구한 환상적 모성성의 세계, 후기 장편들을 중심으로 형상화된 인간의 존재론적 고독과 소외 또는 구원의 문제 등 다채로운 스펙트럼을 이루고 있다. 이 스펙트럼들 속에서 샤머니즘 요소들은 분위기를 결정하는 이미지나 주제의 모티프 또는 상징으로 기능하며, 그 각각의 국면을 보다 특징적으로 드러나게 하는 효과를 거둔다. 특히 장편 《일월》에서는 샤머니즘의 세계가 전면적이고 본격적으로 수용되어 주제 형성의 핵심적인 모티프이자 서사전개의 중추적 장치로 기능하고 있음을 볼 수 있다.

단편소설 중에서는 샤머니즘 요소의 수용 징후가 보다 뚜렷한 11편을 선별하여 분석하였다. 그 결과 〈닭제〉, 〈청산가리〉에서는 샤머니즘의 제의적 기능 중 희생제의적 요소가 주제 형상화의 모티프로 작용하고 있음을 알았으며, 〈별〉, 〈산골아이〉, 〈소나기〉 등에서는 저주의 주물(呪物)이나 전래설화, 사랑의 부적 같은 샤머니즘 요소들이 통과의례 또는 입사의식 모티프로 작용하고 있음을 발견하였다. 또한 〈세레나데〉에서는 서글픈 아우라에 싸인 무당에 관한 다섯 편의 삽화가 일제 강점기의 어두운 현실의 메타포로서 기능하고 있었다. 〈어둠속에 찍힌 판화〉, 〈두메〉, 〈잃어버린 사람들〉에서는 동물 살해, 음식, 살인, 근친상간 등과 관련된 금기 모티프들이 서사 전개의 핵을 이루고 있었으며, 〈비늘〉과 〈탈〉은 변신과 순환의 세계관을 담아내고 있었다.

장편소설 중에서는 샤머니즘 세계를 본격적으로 수용한 《일월》을 분석하였다. 《일월》은 주인공이 백정의 후예라는 숙명적 굴레를 벗어나는 과정에서 겪는 존재론적 고뇌를 다룬 작품인데, 무조신화(巫祖神話)와도 맥을 잇는 우공태자 신화가 서사구조의 내포적 중심축을 이루고 있었다. 또한 샤머니즘 제의의 필수도구 중 하나이자 백정의 연장인 칼이 영혼을 천상의 낙지(樂地)로 안내하거나 병을 치료하는 영험한 신물로, 어두운 과거와 희망의 미래를 가르는 단절의 상징으로 기능하고 있음을 발견하였다.

특히 이 작품에 삽입된 우공태자 신화는 백정들의 세계에 소에 대한 신성시의 사고로 전승되어 독특한 서사체계를 갖추고, 나아가 일종의 신앙, 내지는 샤머니즘적 제의의 기능까지 포함하는 양식으로 전화되었다.

이 우공태자 신화는 영웅의 '떠남-시련-복귀'의 유형을 기본구조로 하는 '원질신화'(monomyth)의 성격을 띠고 있다. 천왕의 아들로서 '고귀한 신분'인 우공태자는 모든 원질신화의 주인공인 '영웅'에 갈음되는 존재이며, 그가 천상의 질서를 깬 벌로 '인간에게 고역을 치르러' 하계로 내려오는 것은 영웅이 '위대한 사명'을 띠고 모험에 나서는 것과 상사(相似)하다. 그리고 그가 인간을 위해 노역과 생명을 바치고 천계에 복귀하는 것은 영웅이 시련 끝에 과업을 달성하고 돌아오는 과정과 쌍을 이룬다.

천계에 복귀한 우공태자는 영생을 얻어 인간세계를 제도하고 인간을 괴롭히는 악귀를 쫓는 신적 존재가 되는데, 이는 도우업을 단순한 소 도살업이 아닌, 신성한 제의로 승화시키려는 백정 세계의 이념을 반영하는 것이라고 할 수 있다. 이 부분은 부왕의 병을 고치기 위해 약수를 구해오는 과업을 완수한 후 무신(巫神)이 되어 한국 무가(巫家)의 원조가 되는 바리공주 신화와 맥을 잇는 대목이라고 할 수 있다.

이와 같이 《일월》은 한국 샤머니즘 신화의 기본구조를 서사체계에 온전히 담아내고 있다. 달리 말해, 《일월》의 서사구조는 샤머니즘 신화의 서사체계를 모티프로 하여 전개된다. 프라이의 주장에 의하면 우주의 기본질서인 사계절의 순환처럼 태초의 신 이야기를 담은 신화의 세계도 순환하는 것이다. 이러한 맥락에서 우공신화의 서사체계를 따르는 《일월》 속 인물들의 고뇌는 무한히 반복되는 인간의 숙명적 고뇌로 파악된다.

요컨대 황순원이 《일월》을 통해 전하려는 메시지는 일 회로 종결될 수 없으며 영원히 반복될 인간의 숙명적 고뇌에 관한 것이다. 대단원에서 인철을 통해 구체적인 해결책을 제시하는 대신, 다시 '기룡을 만나야 한다'며 새로운 문제를 던지는 것이 이를 뒷받침한다.

한편 샤머니즘을 본격적으로 다룬 황순원의 또 다른 역작으로 《움직이는 성》이 있다. 이 작품은 이 땅에 기독교가 들어와 정착하는 과정에서 토착신앙인 샤머니즘과 습합하여 본질에서 벗어난 왜곡된 모습을 냉정한 시각으로 비판하는 내용을 담고 있다.

이 작품은 샤머니즘과 기독교의 부정적인 영향관계를 파헤친다는 점에서, 샤머니즘과 기독교의 극단적 대립을 그린 김동리의 동시대 작품 《을화》와 흥미로운 대조를 이룬다. 황순원 소설의 샤머니즘 수

용 양상에 대한 연구의 연장으로서, 다음 글에서는 김동리의 샤머니
즘 수용 태도와 대비적으로 고찰하고자 한다.

제 2 부

김동리 · 황순원 소설 속의 샤머니즘과 기독교

제 1 장

서 론

1. 문제제기와 연구목적

김동리(1913~1995)와 황순원(1915~2000)은 1930년대 후반 문단에 등장하여 1990년대 전반까지도 각자 왕성한 창작활동을 이어가며 동시대 한국문학을 대표하는 양대 산맥을 이루어왔다.

김동리와 황순원이 소설 창작을 본격화한 1930년대 후반은 이전 시기를 풍미했던 리얼리즘과 모더니즘 경향이 퇴조하고 새로운 경향이 등장하는 전환기적 상황이었다. 당시 신인들을 중심으로 나타나기 시작한 새로운 경향은 현실의 재현보다 표현을 중시하는 경향으로서, 김동리와 황순원은 이러한 경향을 대표하는 작가였다. 이들은 역사적 진보를 믿는 리얼리즘 작가들이나 실험정신을 앞세운 모더니즘 작가들과는 사뭇 다른 문학세계를 펼쳐나갔다. [1]

김동리의 데뷔작은 1935년에 〈조선중앙일보〉 신춘문예에 당선된 〈화랑의 후예〉다. 그런데 이 작품은 심사위원인 김동인으로부터는 격찬을 받았지만 그 달 월평에서 박태원으로부터 이태준의 냄새가 난다는 평을 듣는다. 이에 자극을 받은 김동리는 소재 면에서부터 전인미답(前人未踏)의 새로운 경지를 개척해보겠다고 결심하고[2] 신춘문예에 재도전한다.

이리하여 그는 1936년 〈동아일보〉 신춘문예에 단편 〈산화〉(山火)를 응모해 당선되었는데, 숯구이의 삶을 다룬 그 작품은 이제까지 다른 작가들의 작품에서 볼 수 없었던 새로운 경향, 즉 샤머니즘의 색채를 띠고 있었다.

작품 속에서 산골 마을 사람들은 병들어 죽은 쇠고기를 싼값에 사먹고 식중독에 걸려 목숨을 잃거나 차례로 자리에 눕게 되는데, 이 재앙을 피하기 위해 한쇠 할머니가 "산신님네, 산신님네, 불쌍한 우리 인간들이 산신님네 덕만 믿고 삽네다"[3] 라고 산신에게 비는 대목이 나온다. 한쇠 할머니의 이 같은 기도는 여러 차례 반복된다. 또한 작품 말미에 등장하는 홍하산 산불의 원인도 몇 해 동안 당산제를 지내지 않았기 때문이라는 인식이 나타나며, 이는 민간의 삶에 밀착되어 있던 샤머니즘 신앙의 색채를 보여주는 것이다. [4]

---

1) 서재원, 《김동리와 황순원 소설의 낭만성과 역사성》, 도서출판 월인, 2005, 12쪽.
2) 김동리, 《나를 찾아서》(김동리 전집8), 민음사, 1997, 142쪽.
3) 김동리, 〈산화〉, 《무녀도/황토기》(김동리 전집1), 민음사, 1995, 52쪽.
4) 노승욱, "김동리 소설의 샤머니즘 수용양상", 《인문학연구》(통권 89호, 2012. 12.), 충남대인문학연구소, 11쪽.

"이 동네 사람 다 죽는다"고 외치고 골목을 돌아다니던 사람이 바로 그 송아지라고 하는 사람도 있었다. "아무리나 엊그제부터 홍하산에 산화가 났더라니." 한 노인이 이렇게 말하자 또 한 사람이, "홍하산에 산화가 나면 난리가 난다지요?" 하고 물었다. "난리가 안 나면 큰 병이 온다지?" 그러자 또 한 사람이, "그보다 이 몇 해 동안 통이 산제를 안 지냈거든요." 이렇게 말하자 또 다른 사람이 이에 덩달아, "옛날 당산제를 꼭꼭 지낸 땐 이런 변이 없었거든" 하는 사람도 있었다.

— 〈산화〉, 《무녀도 / 황토기》(김동리 전집 1), 65쪽

김동리는 스스로 야심차게 열어가고자 했던 샤머니즘의 세계를 1936년 5월에 발표한 〈무녀도〉와 〈바위〉에서 한층 심화되고 구체화된 모습으로 그려내었으며, 이후 지속적인 창작을 통해 샤머니즘을 그의 작품세계의 큰 축으로 이루어나가게 된다.

김동리의 샤머니즘 세계에 대한 탐구와 창작열은 〈달〉(1947), 〈역마〉(1948), 〈당고개 무당〉(1958), 〈저승새〉(1977) 등으로 맥맥이 이어지고 마침내 토착신앙인 샤머니즘과 외래 종교인 기독교의 극단적 대립을 그린 《을화》(1978)에 이르러 그 꽃을 피우게 된다.

한편 1937년 7월 단편 〈거리의 부사〉(《창작》 제3집)를 발표하며 본격적인 소설 창작의 길로 나아간 황순원은 활동 초기에 우리나라의 토속적 세계를 그린 작품들을 주로 발표하였다. 이 작품들은 인간 내면의 탐색과 감각적인 주정적 묘사, 그리고 우리의 토착정서와 전통정신에 대한 강한 애착을 보여준다.

〈닭제〉(1938), 〈별〉(1940), 〈산골아이〉(1940), 〈세레나데〉(1943) 등이 그것으로, 재래의 농촌이나 산골이 무대로 설정된 이 작품들 속에는 순박한 사람들의 곤궁한 삶의 모습과 한의 정서, 원시적 생명력의 아름다움이 그려진다.

특히 이들 작품에서는 샤머니즘 요소들이 뚜렷이 드러나는데, 이는 토착정서와 전통정신에 대한 작가의 애착과 밀접한 관련이 있는 것으로 여겨진다. 이 작품들에 수용된 샤머니즘 요소들은 작품의 미학적 구현에 중요한 촉매로 작용한다. 이를테면 〈닭제〉에서 희생제의의 모티프가 되는 수탉의 살해, 〈별〉에서의 저주의 주술, 〈산골아이〉에서 입사의식의 모티프가 되는 전래설화, 〈세레나데〉에서 어두운 시대현실의 메타포로 기능하는 무당에 관한 삽화 등이 그것이다. [5]

샤머니즘은 우리 민족사의 시작과 함께 성립되어 민중의 생활 속에 깊이 뿌리를 내린 채 전통문화의 기층을 이루어왔다. 따라서 토착정서와 전통정신이 작품의 배경이 된다는 것은 그 자체로 샤머니즘 요소들이 자리할 훌륭한 토양이 됨을 의미한다.

김동리가 데뷔 초기부터 작심하고 샤머니즘을 전인미답의 새로운 경지로서 개척해나갔다면, 이와 같이 황순원은 토속 세계에 대한 애착을 형상화하는 과정에서 샤머니즘의 요소들을 자연스럽게 작품 속에 녹여냈다고 할 수 있다.

1950~1970년대를 거치면서 황순원은 한국의 토속과 한국인의 한

---

5) 김주성, "황순원 소설의 샤머니즘 수용양상 연구"(경희대학교 대학원 박사학위 논문, 2009), 2쪽.

(恨), 한국인의 근원 정신에 관련된 시대적·사회적 문제에 대한 폭넓은 접근6)을 통해 인간 구원의 가능성과 범생명주의로까지 확대되는 휴머니즘의 주제를 일관되게 추구해나갔다.

이 과정에서도 황순원은 금기의 문제를 미학적으로 다룬 〈어둠속에 찍힌 판화〉(1951), 〈두메〉(1952), 〈잃어버린 사람들〉(1955), 변신과 순환의 세계관을 그린 〈비늘〉(1963), 〈탈〉(1971) 등을 통해 샤머니즘 요소를 꾸준히 수용하였다. 특히 장편 《일월》(《현대문학》, 1962. 1. ~1965. 1.)과 《움직이는 성》(《현대문학》, 1968. 5. ~1972. 10.)에 이르면 샤머니즘의 세계가 주제의 핵심적인 모티프이자 서사 전개의 중추적 장치로 기능하게 된다.

이 중에서 《움직이는 성》은 작가가 스스로 소설작업의 궁극적 지향점이라고 토로했을 정도로 애착을 보인 작품으로, 기층적 무속세계와 본질에서 어긋난 기독교 신앙의 문제를 상호 연관 지으며 구원의 가능성을 추구한 작품이다. 《움직이는 성》이 지닌 이러한 특징은 그 추구의 방식과 지향점 면에서 차이가 있으나 김동리가 필생의 역작으로서 샤머니즘 주제의 완결판으로 엮어낸 《을화》와 자연스럽게 대비된다.

이처럼 김동리와 황순원, 한국문학을 대표하는 동시대 두 작가의 대표작인 《을화》와 《움직이는 성》은 외래종교인 기독교가 토착화 과정에서 전통유산인 샤머니즘과 필연적으로 겪는 상호대립과 습합

---

6) 오생근, "전반적 검토", 《황순원전집 12 - 황순원 연구》, 문학과지성사, 2000, 12쪽.

의 문제를 심층적으로 다루고 있음을 알 수 있다.

본 연구는 이 점에 주목하고 두 작가의 샤머니즘 및 기독교에 대한 태도가 작품 속에 어떤 모습으로 드러나는지, 그 공통점과 차이점은 무엇인지를 살펴보고자 한다.

이를 통해 한 시대를 살아간 두 대표작가의 작품세계의 특징이 보다 선명해지기를 기대한다. 나아가 두 작가에게 큰 화두였을 뿐만 아니라 전통문화의 큰 뿌리인 샤머니즘이 우리 문학 속에서 어떻게 이해되고 지속적으로 자리 잡아 나갈 수 있을지의 가능성도 짚어보고자 한다.

2. 연구사 개관

김동리 소설에 관한 연구는 그의 문학적 업적과 우리 문단에 끼친 영향에 못지않게 그 폭과 깊이 면에서 방대하다. 작가의 작품세계의 특성상 본 연구의 주제인 샤머니즘 수용양상에 관한 연구, 그리고 샤머니즘과 불교, 기독교 등 관련 종교와의 상관성에 관한 연구 또한 여러 연구자들에 의해 포괄적 또는 집중적으로 이루어져왔다. 7)

---

7) 제 2부의 주제와 관련된 전면적인 고찰 또는 부분적 논의를 포함하는 주요 연구 성과를 보면 다음과 같다.
이형기, "김동리론: '등신불'을 중심으로", 《문학춘추》, 1964. 5.
신동욱, "미토스의 지평: 김동리의 '무녀도'를 중심으로", 《현대문학》, 1965. 2.
구창환, "김동리의 문학세계", 《조선대 어문논총》(제 7호), 1966. 11.
김우종, "신당의 미학", 《한국현대소설사》, 선명문화사, 1968.

본 연구의 주제와 관련된 이들 연구 중에서 특히 주목할 성과는 이재선과 김윤식에 의해 이루어졌다. 이재선은 김동리가 한국문학에서

김윤식, "전통지향성의 한계", 《한국근대작가논고》, 일지사, 1974.

_____, "구경적 생의 형식", 《한국현대문학사》, 일지사, 1976.

_____, 《한국근대문학사상사연구2》, 아세아문화사, 1994.

_____, 《김동리와 그의 시대》, 민음사, 1995.

_____, 《사반과의 대화》, 민음사, 1997.

박동규, "신당과 원시의 풍경", 《한국현대작가연구》, 민음사, 1976.

조연현, "김동리론", 《동리문학이 한국문학에 미친 영향》(중앙대 문예창작학과, 1979).

송백헌, "토속신의 미학과 원색적 인간상", 《동리문학이 한국문학에 미친 영향》(중앙대 문예창작학과, 1979).

이재선, "정신사적 구원의 문제", 《한국현대소설사》, 홍성사, 1979.

_____, "주술적 세계관과 김동리", 《한국현대소설사》, 홍성사, 1979.

_____, "소설에 나타난 사랑과 죽음", 《한국문학의 지평》, 새문사, 1981.

_____, "'무녀도'에서 '을화'까지", 《김동리》(이재선 편, 서강대학교 출판부, 1995).

류종렬, "김동리 소설에 나타난 죽음의 양상"(부산대학교 대학원 석사학위 논문, 1982).

우남득, "동리문학의 사의 구경 추구", 《이화어문논집》(제32집, 1980).

손상화, "김동리 소설에 나타난 죽음 의식"(경북대학교 대학원 석사학위 논문, 1984).

이인복, "김동리의 신령주의", 《한국문학과 기독교사상》, 우신사, 1987.

유금호, "한국현대소설에 나타난 죽음의 연구"(경희대학교 대학원 박사학위 논문, 1988).

임영천, "갈등의 종교사회학: 김동리의 '을화'", 《비평문학 8》, 1994.

홍창수, "김동리 무계소설 연구", 《어문논집》(제34집, 고려대, 1995. 11).

조회경, 《김동리 소설 연구》, 국학자료원, 1999.

이진우, 《김동리소설연구: 죽음의 인식과 구원을 중심으로》, 푸른사상, 2002.

노승욱, "김동리 소설의 샤머니즘 수용양상", 《인문학연구》(통권 89호, 충남대, 2012. 12.).

하나의 신화시대를 창조했으며, 그만큼 그의 문학은 신화의 잔존현상 내지 신화세계의 회귀성을 드러낸다고 파악하였다.[8] 그는 김동리의 소설에 토속신앙이나 설화적 모티프가 자주 등장하는 것은, 가중되는 외세의 압력과 함께 전통이 소멸되는 상황에서 잃어버린 생명감의 고향을 찾으려는 의지의 결과라고 지적했다.[9] 이재선은 또한 김동리의 작품에서 죽음이 자주 제시되는 이유는 그의 주술적 세계관에서 기인한다고 보고, 죽음과 소멸되는 것에 대한 연민의 미학을 언급하였다.[10] 김동리의 많은 소설에서 나타나는 토속신앙이나 설화, 주술적 세계관과 죽음의 소재들이 샤머니즘과 밀접하게 연결되고 있음은 물론이다.

김동리의 작품세계에 대한 연구를 김윤식만큼 오랫동안, 그리고 지속적으로 진행한 연구자는 없다. 김윤식은 주로 김동리 문학의 정신사적 의미에 비중을 두고 연구를 진행하였다.[11] 그의 김동리에 대한 밀착연구는 한 작가에 대한 연구자의 노력이 그 대상을 얼마나 객관화할 수 있는지에 대한 전범을 보여준다. 특히 김동리 작품의 요체라고 할 수 있는 삶과 죽음에 대한 '구경적 삶의 형식'을 고찰하여 한 작가의 완성된 철학으로 제시한 것은 중요한 업적이라 할 것이다.[12]

한편 황순원 작품에 대한 연구도 1950년대부터 양적·질적으로 꾸

---

8) 이재선, 《한국현대소설사》, 홍성사, 1979, 450쪽.
9) 이진우, 《김동리소설연구: 죽음의 인식과 구원을 중심으로》, 푸른사상, 2002, 22쪽.
10) 조회경, 《김동리 소설 연구》, 국학자료원, 1999, 17쪽.
11) 조회경, 위의 책, 16쪽.
12) 이진우, 위의 책, 22~23쪽.

준히 그 폭과 깊이를 더해왔다. 주제와 내용, 종교성 및 구원의 문제에 대한 연구를 비롯하여 구조와 문체, 서술양식과 시점, 인물, 꿈과 이미지 같은 상징적 장치 등 형식미학적 측면의 연구들이 다양하게 진행되어왔다. 특히 2000년 이후 제출된 박사학위 논문 중에는 황순원과 김동리를 동일한 주제의 장으로 끌어들여 환경·생태주의 관점[13]에서 고찰하거나, '낭만적'이라는 가설 위에서 두 작가의 인식적 측면과 미학적 측면을 아우르려는 시도[14] 등 새로운 연구방향이 모색되고 있다.

그러나 본고의 논지인 샤머니즘 관련 연구는 김동리에 비해 상대적으로 빈약한 실정이다. 샤머니즘을 단일 주제로 하여 황순원의 작품세계를 포괄적으로 다룬 논의나 박사학위 논문 수준의 전면적·심층적 연구는 손으로 꼽을 정도에 지나지 않으며, 소수의 석사학위 논문, 문예지·학회지의 평문, 작품집의 해설 등에서 부분적·단편적으로 논의되고 있을 뿐이다. 그나마 일부 작품에 한정된 피상적이고 소략한 분석에 그치고 있다. [15]

---

13) 곽경숙, "한국 현대소설의 생태학적 연구"(전남대학교 대학원 박사학위 논문, 2001).

14) 서재원, "김동리와 황순원 소설의 낭만성과 역사성"(고려대학교 대학원 박사학위 논문, 2005).

15) 제2부의 주제와 관련된 전면적인 고찰 또는 부분적 논의를 포함하고 있는 주요 연구 성과를 보면 다음과 같다.
천이두, "토속세계의 설정과 그 한계", 《사상계》(1968. 12.).
김희보, "황순원의 《움직이는 성》과 무속신앙", 《기독교사상》(1979. 1.).
이재선, "황순원과 통과제의 소설", 《한국현대소설사》, 홍성사, 1979.
상기숙, "한국현대소설문학과 샤머니즘: 동리와 순원 작품을 중심으로"(경희대학교 교육대학원 석사학위 논문, 1980).

권택희, "황순원 소설에 나타난 종교사상 연구"(한양대학교 대학원 석사학위 논문, 1985).

이정숙, "민요의 소설화에 대한 고찰", 《한성대학교 논문집》(1985).

홍정선, "이야기의 소설화와 소설의 이야기화", 《말과 삶과 자유》, 문학과지성사, 1985.

김윤식, "민담, 민족적 형식에의 길", 《소설문학》(1986. 3).

_____, 《한국근대문학사상연구2》, 아세아문화사, 1994.

이동하, "전통과 설화성의 세계", 《물음과 믿음사이》, 민음사, 1989.

임영천, "김동리·황순원 소설의 종교세계 비교연구"(서울시립대학교 대학원 석사학위 논문, 1990).

박양호, "황순원 문학 연구"(전북대학교 대학원 박사학위 논문, 1994).

한승옥, 《한국현대소설과 사상》, 집문당, 1995.

유종호, "겨레의 기억", 김종회 편, 《황순원》, 새미, 1998.

조문희, "김동리와 황순원 소설의 샤머니즘과 기독교 수용양상"(성균관대학교 대학원 석사학위 논문, 2005).

김주성, "황순원 소설의 샤머니즘 수용양상 연구"(경희대학교 대학원 박사학위 논문, 2009).

《을화》·《움직이는 성》에 그려진 샤머니즘

1. 구경적 삶의 형식과 유랑민 근성

1) 을화가 따라간 구경적 삶의 형식

흔히 김동리 문학의 본질은 '구경적(究竟的) 삶의 형식'에 있다고 지적돼왔다. 작가 스스로 창작행위의 궁극적 목적이나 창작을 위한 탐구의 대상, 삶의 태도에 대해 말할 때 자주 이 화두를 언급했거니와, 구경적 삶의 형식은 김동리 문학을 이해하는 데 중요한 단서가 아닐 수 없다. 그렇다면 사전적으로 '추구하여 궁극에 이르는 것', 또는 '가장 지극한 깨달음'을 뜻하는 이 구경(究竟)의 삶이란 김동리 문학에 있어서 무엇을 말하는 것일까.

　가장 폭넓고 깊이 있는 김동리 연구자답게 김윤식은 이 구경적 삶

의 형식에 대해서도 일목요연하게 분석하였다. 김윤식에 의하면 김
동리 문학의 출발점이자 목표는 구경적 삶의 형식의 탐구행위에 다름
아니다. 구경적 삶이란 인간의 운명을 문제 삼는 것일 수밖에 없는
데, 그 운명(논리로는 설명불가능한 인간 조건)의 형식을 탐구한다는
것은 단순한 창작행위보다 훨씬 높은 또는 다른 차원으로 여겨진다.
결국 철학이나 종교에 닿지 않을 수 없는 것이 바로 구경적 삶이 되는
것이다. 그리하여 김동리에게 있어 문학행위란 '나'와 우주의 대결행
위로 귀결된다고 하겠다. 16)

　김동리에게 있어서의 구경적 삶의 형식, 즉 '나'와 우주와의 대결행
위로서의 문학행위는 어떤 양상으로 드러나는가. 김동리는 200자 원
고지 약 3만 장에 달하는 자신의 소설을 ① 사랑과 운명의 문제를 다
룬 것, ② 민족과 사회를 다룬 것, ③ 신과 인간을 다룬 것으로 삼분
하고, 샤머니즘・기독교・불교를 다룬 것이 바로 ③에 속한다고 했
다. 이 중에서 ①과 ③이 그의 본령인데, 더 좁히면 그의 본령은 ③에
놓인다. 17)

　이처럼 김동리 자신이 밝힌 대로 그에게 있어서의 문학행위의 본령
은 샤머니즘과 기독교, 불교와 관련된 신과 인간의 문제를 탐구하는
것이며, 이것이 바로 작가 김동리에게 있어 보다 구체적인 구경적 삶
의 형식이 되는 것이다. 김동리는 다음에 인용한 진술18)을 통해 이런

---

16) 김윤식, 《한국근대문학사상연구2》, 아세아문화사, 1994, 305~306쪽.
17) 김윤식, 위의 책, 306쪽.
18) 김윤식, 위의 책, 306~307쪽에서 재인용〔원문: 김동리, "샤머니즘과 불교와",
　　《문학사상》(1972. 10.), 266~267쪽〕.

구경적 삶의 형식을 취한 배경을 설명해준다.

나는 어려서부터 내 자신의 죽음에 대하여 이루 형언할 수 없는 공포와 전율을 느껴왔어. 이 공포와 전율은 내 자신의 그림자와 같이 집요하게 지금도 내 뒤를 쫓고 있다네.
… 이 죽음에 대한 공포와 전율은, 사람의 생명이 오는 곳과 가는 곳, 천리의 근원 따위 형이상학적 관심을 갖게 만들었거든. 이러한 형이상학적 관심으로써 나는 문학 속으로 뛰어들었다네.

그때 나는 이런 생각을 했다네. 서양 사람들의 기계문명 내지 과학은 그들이 수천 년간 정신적 지주로 삼아오던 기독교의 신과 함께 막다른 골목에 다다르게 되었다고. 그들의 신만이 니체의 선언대로 사망한 것이 아니고, 그들의 과학과 기계문명도 인간의 구경(究竟)을 해결하지 못한 채 인간을 불행한 기계의 일부로 타락시켰다는 걸세.

나는 나대로 서양 사람들의 근대문학 내지 현대문학의 결론에서 출발하여 미래의 문학을 시도한 셈일까. 새로운 신의 성격을 찾고 새로운 인간의 구경을 탐구하는 문학으로 시각을 동양으로 돌리고 한국으로 돌려서 손댄 게 샤머니즘과 토속과 불교와 그런 것이 되었다네.

한국에서 샤머니즘은 단순한 무속행위에 그치는 것이 아니다. 어떤 종교보다 이 땅에 앞서 자리 잡은 민족종교로서 한민족과 더불어 애환을 함께 해온, 구체적이면서 실제적인 어엿한 종교였다. 19) 김동리는 이 샤머니즘을 창작의 본령으로 삼아 구경적 삶의 형식을 밟아 나갔으며, 그 끝머리에서 탄생한 작품이 《을화》라고 할 수 있다.

이 작품에서 주인공 '을화'의 삶은 그 자체로 구경적 삶의 형식을 밟아나가고 있다. 무녀가 되기 전인 옥선의 기구한 삶과 무병을 치르고 빡지 무당으로부터 내림굿을 받아 무녀로 입적하는 과정, 본격적인 무녀로 활동하면서 질병을 퇴치하고 재앙을 막지만 물욕에 빠지지 않고 영험한 무녀로 명성을 얻는 과정, 신어미 빡지 무당에 대한 존경과 믿음을 끝까지 버리지 않는 모습, 수많은 군중이 모인 가운데 오구굿을 주재하여 바리데기 무가를 완창하고 구경꾼들을 감동에 빠뜨리는 클라이맥스까지 을화의 발걸음은 그대로 구경의 길이다.

을화의 전신인 옥선(玉仙)은 생업인 농사보다 노름판을 전전하는 사내를 아비로 두었다. 종래 사내는 옥선이 세 살 때 노름판에서 칼 맞아 죽고 옥선 모는 남의 집 농사일을 거들며 살아간다. 옥선은 열여섯 살에 이웃집 총각인 성출과 눈이 맞아 처녀의 몸으로 임신을 한다. 옥선의 배가 불러오면서 모녀는 마을에서 쫓겨나 옛 마을로 돌아온다. 옥선은 거기서 아들 영술을 낳는다. 이후 옥선은 열아홉 살에 중늙은이의 후살이로 들어간다. 하지만 곧 남편이 죽고 어미마저 죽는다. 영술을 데리고 새로 자리 잡은 곳에서 어린 영술이 병을 얻는다. 앓는 아들을 돌보는 중에 옥선은 자기도 모르게 '빌어야겠다'는 생각을 하고, 그길로 을홧골 서낭당을 찾는다.

---

19) 이진우, 위의 책, 169쪽.

서낭당 앞에 온 옥선은 대고 손을 비비고 절을 하며, 우리 영술이 손님 무사히 치르게 해줍소사, 하고 빌었다. 그렇게 열세 번인가 절을 하고 났을 때, 갑자기 "빡지한테 가거라" 하는 소리가 들리는 듯했다. 빡지라고 하면 그 동네에 사는 유명한 무당의 이름이었다. 얼굴이 빡빡 얽었다고 해서 빡지니, 빡지 무당이니 하고 불렀던 것이다. '아, 이것은 하느님께서 우리 영술이를 살려주실라고 가르쳐주시는 거다.' 옥선은 이렇게 생각하고 그 길로 빡지 무당을 찾아갔다.

— 김동리, 《을화》(김동리 전집 6), 49~50쪽

여기서 절망에 빠진 옥선이 "빡지한테 가거라"라는 소리를 듣는 것은 이른바 현상학에서 말하는 지향성(志向性)에 해당한다. 간절히 빌어야 한다는 절박감이 스스로의 목소리를 낸 것이기에 이는 무의식의 발로이며, 옥선이 빡지를 찾아가는 것은 당대의 토착 생활환경에 비추어 자연스런 현상이다.[20]

빡지의 굿으로 영술의 병은 낫지만 이제 옥선이 자리에 눕는다. 백약이 무효한 서너 달에 걸친 식욕부진, 불면, 두통, 답답증의 고통 끝에 옥선은 다시 을홧골 서낭당을 찾아가 빈다. 그렇게 빌기를 사흘 만에 그동안 꿈속에 나타나던 무서운 할머니가 "장승 밑이다"라는 말을 남기고 사라진다. 옥선은 할머니가 지시한 장승 밑에서 석함에 든 청동거울과 옥가락지, 방울 등을 발견하고 이것들을 파내 집으로 가져온다. 이 일로 인해 옥선은 자다가 헛소리를 지르며 깨어나기를 거듭

---

20) 김윤식, 《사반과의 대화》, 민음사, 1997, 390쪽.

하는 고통에 시달린다. 견디지 못하고 옥선은 서낭당으로 가서 빈다.

> 서낭 마님 서낭 마님, 이년은 장승배기에 가서 거울을 가져온 날 밤부터
> 잠결에 헛소리를 지르고 놀라 일어나기를 수없이 되풀이합니다. 이렇게
> 잠을 못 자고 밤마다 헛소리를 지르고 일어나서는 살 수 없으니 거울을
> 갖다 버려도 되겠습니꺼. 그렇지 않으면 이년은 살 수가 없습니다. 이년
> 은 죽어도 섧지 않지만 우리 불쌍한 영술이를 혼자 두고는 죽을 수 없습
> 니다. 서낭 마님, 이 불쌍한 년을 제발 살려줍소서.
>
> — 김동리, 《을화》(김동리 전집 6), 58쪽

옥선이 장승 밑에서 파낸 청동거울과 옥가락지, 방울 등은 무당을
상징하는 신물이거니와, 그녀가 꿈속의 노파로부터 계시를 받고 이
것들을 찾아내 집으로 가져오는 것은 운명적으로 무녀의 길로 들어서
고 있음을 암시하는 것이다. 또한 위에서처럼 잠을 제대로 못 자거
나, 이보다 앞서 나타났던 음식을 제대로 먹지 못해 **빼빼** 마르고, 머
리가 깨질 듯이 아프고, 가슴이 답답한 증상들은 전형적인 신병(神
病) 증상에 해당한다.[21]

기도 끝에 옥선은 이번에도 "빡지한테 가거라" 하는 소리를 듣고 그
길로 빡지 무당을 찾아간다. 그리하여 옥선은 빡지 무당의 신딸이 되
어 내림굿을 받고 신탁을 얻은 서낭당의 지명을 따서 '을화'라는 새 이
름을 얻는다. 기구한 어린 시절의 역경을 꿋꿋이 버텨내고, 신병과

---

21) 김태곤, 《한국무속연구》, 집문당, 1981, 196~200쪽 참조.

내림굿의 통과제의를 거쳐 무녀로서의 새로운 삶을 시작하는 것이다.

내림굿을 치르기 전에 옥선이 간직하고 있던 거울과 옥가락지, 방울을 살핀 빡지가 "큰 무당 되것다이"라고 말한 대로 을화는 차근차근 큰무당의 면모를 갖춰나간다. 을화의 우월함을 인정한 주민들이 신어미 빡지보다 나은 대우를 하지만 을화는 결코 본분에서 벗어나는 욕심을 부리지 않고 자신을 잘 다스린다. 성도령과 눈이 맞아 월희를 잉태하는 과정을 비롯해 자유분방한 남자관계 같은 것들이 그녀의 주관심사요, 사명인 만인의 몸과 마음의 병을 다스리는 영험한 무당의 명성에는 영향을 미치지 않는다.

이는 인간이 현실 세계에서 맞닥뜨리는 고충을 해결하고 예방하는 샤머니즘 고유의 기능에 충실한 존재, 즉 을화를 창조한 작가의 서사 전략이기도 하다. 따라서 을화가 영술의 씨 다른 여동생 월희를 잉태해서 낳고 또 다른 남자들과 자유롭게 관계를 가지는 내용들은 이야기 전개를 위한 복선 이상의 의미를 넘지 않는 사건들이다. 작가 김동리에게 있어 을화가 따라가는 구경의 삶은 오로지 큰무당의 길이다.

이런 관점에서 을화가 탐욕에 빠져 비뚤어진 길로 엇나간 점쟁이 태주할미의 악행을 밝혀내는 장면은 주목할 대목이다. 태주할미는 원래 당집, 뱃집, 신당집, 귀신집 따위로 불리는 묵은 기와집에 살던 도사의 동재 빨래를 도맡아 해오던 여인이다. 그런데 도사가 어디론가 사라지자 혼자 이 집에서 살게 된 여인은 도사로부터 도술을 이어받았노라고 주장하며 점을 치기 시작하나, 별로 신통치 않다. 얼마 후 난데없이 이 여인은 '명도'가 들었다면서 명도점을 치는 태주할미로 탈바꿈한다. 그러나 네댓 달이 지나 명도점의 영검이 대단하다는 소문이 날 무렵 태주할미는 갑자기 자취를 감춘다.

을화는 이 무렵에 행방불명된 황남리의 네 살배기 어린이 기호의 소재를 찾는 과정에서, 이 아이를 유괴해 독에 넣어 굶겨 죽인 다음 그 아이의 귀신을 몸주로 하여 탈바꿈한 태주할미의 정체를 밝혀낸다. 자연스럽게 질병이나 뜻밖의 변을 당해 죽은 아이들의 귀신이 들려 태주가 된 것이 아니라[22] 천인공노할 유괴살해를 저지르고, 살해한 아이의 손가락을 잘라 몸에 지니는 엽기적인 방법으로 억지 태주가 되었음을 할미 스스로 자백하게 만든 것이다.

을화는 기호가 행방불명될 무렵의 여러 정황과 태주할미의 의문스런 행적이 겹치는 사실을 꿰뚫어보고, 태주할미가 집을 비운 사이 기호 모와 함께 태주할미의 집에 들어가 기호의 목소리를 듣고 암매장 장소를 짚어낸다.

자정이 지나도록 아무런 인기척도 들리지 않았다. 그러자 온종일 끼니도 제대로 못한 채 허둥지둥 돌아다니고 난 황남리댁(기호 어미)이 먼저 숨소리를 색색거리며 잠이 들어버렸다. 그 색색거리는 숨소리를 듣고 있던 을화도 덩달아 눈이 슬슬 감기었다. 그때였다. 어디선가 아이 우는 소리 같은 것이 훌쩍훌쩍 들렸다. 을화는 문득 절에 보낸 영술이 생각을 했

---

22) 작가 김동리는 작품 말미에 '태주'에 대해 이렇게 주석을 달고 있다. "국어사전에는 '마마를 앓다가 죽은 어린 계집아이의 귀신, 다른 여자에게 지피어서 길흉화복을 말하고 온갖 것을 잘 알아맞힌다 함'이라 기록되어 있는데, 이보다, 일반적으로는, 반드시 마마뿐 아니라 홍역이나 기타의 질병 또는 참변으로 죽은 아이들의 귀신이 대개는 여자들에게 여러 가지 점을 치게 하는 일을 가리킴. 그러한 귀신이 여자뿐 아니라 남자아이에게 지피는 일도 있음."(김동리, 《을화》, 위의 책, 193쪽)

다. 영술이는 아니겠지.

"늬가 누고?"

을화가 물었다.

울음소리가 그쳐버렸다. 그와 동시에 그녀는 또 눈이 스르르 감겨버렸다. 잠결인지 아닌지 또다시 아까의 훌쩍거리는 울음소리가 어렴풋이 들렸다.

"늬가 누고?"

을화는 또다시 물었다.

훌쩍거리던 울음소리는 이불 속에서 색색거리는 아기 소리 같은 것이 되었다.

"늬가 누고?"

세 번째 물었다.

색색거리는 소리는 엄메야 엄메야 하는 것 같이 들렸다. 옳지, 늬가 기호로구나, 늬가 기호가? 엄메야 엄메야 날 데려가라, 색색거리는 소리의 대답이었다. 늬가 어디 있노? 엄메야 나 여기 있다. 정지(부엌) 뒤에, 뒤란에 ⋯ .23)

— 김동리, 《을화》(김동리 전집 6), 110~111쪽

이와 같이 태주할미의 범죄행위에 불과한 미신적 행태를 밝혀내는 을화는 신어미 빡지의 예언대로 큰무당의 면모를 부각한다. 이후 을화는 지역민들의 믿음 속에 치병과 기복의 임무를 착실히 수행하며

---

23) 김동리, 위의 책, 110~111쪽.

영험한 무당의 입지를 더욱 확고히 다진다. 이런 을화의 입지향상 과정을 통해 작가 김동리의 샤머니즘에 대한 긍정적인 태도를 확인할 수 있다.

김윤식이 예리하게 지적한 작중 작가 개입의 문제, 구성상의 내적 필연성에 관한 문제, 무당과 태주의 명확한 개념과 기능 차이의 문제 등[24] 작품에 드러난 몇몇 한계에도 불구하고, 을화의 일대기인 《을화》는 을화를 통해 작가 자신의 샤머니즘에 대한 구경의 형식을 효과적으로 담아낸 작품이라고 할 수 있다.

요컨대 을화는 작가의 샤머니즘에 대한 구경적 의지를 대신하는 작가의 분신이다. 그리하여 을화는 작가가 밝히고자 하는 궁극적 지향점, 샤머니즘과 기독교의 본질을 따지고자 아들 영술과의 운명적인 대결의 장으로 나아가게 되는 것이다.

2) 흔들리는 터전 위의 유랑민들

《움직이는 성》(《현대문학》, 1968. 5. ~1972. 10.)은 한국인의 유랑민 근성에 관한 심층적인 분석과 함께 기층적 무속세계, 본질과 어긋난 기독교 신앙의 문제 등의 상호 연관성을 다룬[25] 소설이다. 이 작품은 작가 황순원의 여섯 번째 장편소설로, 그가 36세이던 1951년에 "나 자신에 대한 보다 더 깊은 확인의 길을 찾는 동시에, 거기에 어떤

---

24) 김윤식, 위의 책, 392~405쪽 참조.
25) 김종회, 《한국소설의 낙원의식 연구》, 문학아카데미, 1990, 231쪽.

전체적인 조화를 이루어놓았으면 싶다"[26]고 했던 그의 소설 작업의 궁극적 지향점을 보여주는 작품이다.

모두 4부 21개 장으로 구성된 이 작품은 한국인의 본성이 '유랑민 근성'이라고 주장하면서 스스로 유랑민의 표본과 같은 삶을 살다가 죽는 농업기사 준태, 젊은 시절 스승의 부인과의 사랑을 원죄처럼 짊어진 채 온갖 시련을 떠안으며 묵묵히 참회와 구도의 길을 걷는 목회자 성호, 신앙이나 학문적 신념도 자기 이익을 위해 언제든지 바꿀 수 있는 현실주의자이자 샤머니즘을 연구하는 민속학자 민구 등 세 인물의 삶을 통해 한국인의 정신세계를 종교적 차원에서 탐구한다.

특히 이 작품은 한국인의 심층의식과 표면의식을 지배하는 두 갈래의 기본적 요인, 즉 샤머니즘과 기독교를 정면으로 대질[27] 시키는 방법을 통해 한국인의 혼란한 의식구조를 심도 있게 파헤쳤다는 점에서 주목된다. 이를 위해 작가는 한국 샤머니즘에 대한 방대한 문화사적 연구를 수용하여 고대로부터 현대에 이르기까지 우리 민족의 의식 속에 뿌리 깊이 자리 잡아온 샤머니즘의 본질과 현상 및 한계를 파악하고, 이를 기독교와 대비시켜 객관적 시각으로 비판하고 있으며 그 한계의 발전적 극복 가능성을 제시한다.

앞의 글에서 살펴본 바와 같이 단편소설의 샤머니즘 수용양상을 보면, 그 기능적 또는 현상적 요소들의 일부가 주제 형상화와 관련하여

---

26) 황순원, "자기확인의 길", 《황순원전집 12 - 황순원 연구》, 문학과지성사, 2000, 317쪽.
27) 천이두, "종합에의 의지: 황순원의 《움직이는 성》", 《황순원전집 12 - 황순원 연구》, 문학과지성사, 2000, 122쪽.

주로 상징적, 암시적으로 작용하는 측면이 강했다면, 장편 《일월》과 《움직이는 성》에서는 그것이 보다 전면적이고 직접적으로 수용되고 있음을 알 수 있다. 《일월》의 경우 우공태자 신화와 '본돌영감'의 삶을 형상화하는 과정에서 샤머니즘의 기능적·현상적 요소들을 복합적으로 수용하며, 이러한 양상은 서사구조 및 주제와 관련된 핵심 사건들의 긴장된 아우라 형성에 지대한 역할을 한다. 그러나 《일월》에서 작가의 중심적 관심사는 백정의 세계이다. 따라서 샤머니즘은 백정의 세계를 통해 우회적, 간접적으로 수용된 것이라고 하겠다.

이러한 양상이 《움직이는 성》에서는 크게 바뀌고 있다. 《움직이는 성》에서 샤머니즘의 문제는 주제 형상화의 직접적 요소 중 하나로 작품의 전면에 등장한다. 샤머니즘 자체에 대한 역사적·정신사적 고찰은 물론, 샤머니즘과 유랑민 근성, 샤머니즘과 기독교의 대비를 통해 그 존재 현상에 대한 냉철한 비판적 시각을 보여준다. 이 과정에서 샤머니즘을 바라보는 작가 황순원의 세계관과 가치관은 말할 것도 없고, 궁극적으로 인간과 세계에 대한 그의 총합적 작가정신이 드러난다.

《움직이는 성》에 나타난 샤머니즘에 대한 이 같은 비판적 시각은 앞서 살펴본 《을화》의 경우와 큰 차이를 보이는 지점이다. 《을화》에서 샤머니즘은 작가 김동리의 문학적 본령으로서 구경의 대상이 될 정도로 절대적인 긍정의 대상인 반면 《움직이는 성》에서의 샤머니즘은 냉정한 비판의 대상으로 주어지는 것이다.

그렇다면 《움직이는 성》에서 작가가 힘주어 말하는 유랑민 근성이란 구체적으로 어떤 모습을 띠고 있으며, 그들이 살아가는 흔들리는

터전의 의미는 무엇인지, 주요 인물들의 활동을 따라가며 살펴보기로
하자.

(1) 유랑민 근성과 샤머니즘

준태는 성호, 민구와 함께 《움직이는 성》의 중심축을 이루면서 한국
인의 근원적 심성으로 일컬어져온 '유랑민 근성'을 대표하는 인물이
다. 그는 여섯 살 때 밖으로 떠도는 아버지와 생활고 때문에 어머니가
동반자살을 하려 했던 기억을 갖고 있으며, 아홉 살 때는 도둑으로 의
심받는 굴욕을 당하고, 열네 살 때는 등록금을 내지 못해 입학식에서
쫓겨나 자살을 시도하려 했을 만큼 가난하고 불우한 어린 시절을 보
냈다.

이와 같이 애초부터 안정된 삶의 뿌리가 뽑혔던 그는 현실에서도
아내 창애와의 결혼생활이 원만하지 못해 별거를 거쳐 이혼에 이르
며, 자신을 진정으로 사랑하는 지연과도 끝내 이루어지지 못한 채 한
떠돌이 무당의 오두막에서 외롭게 죽어간다. 그의 이러한 삶의 배후
에는 스스로 오지를 찾아 떠도는 유랑의 본성이 도사리고 있어 보인
다. 그는 역사적, 이론적 근거를 들어가며 정착성이 없는 유랑민 근
성을 한민족의 특성이라고 주장한다.

> ① 아래층 제 1실에 진열돼 있는 석기시대의 유물들 중에 정묘하게
> 다듬어 만든 돌칼, 돌도끼 같은 것에 혼잣속으로 감탄하던 지연
> 이 빗살무늬 토기를 보고 준태에게 묻는다. 저런 것을 어떻게 땅
> 에 놓구 사용했을까요? 모양이 항아리 같이 생겼는데 밑이 삐죽

나와 아무래도 바로 놓이지 않을 형태인 것이다. 준태가, <u>그시</u>
<u>댓사람들은 강을 따라 이동해 다니면서 살았기 때문에 모랫바닥</u>
<u>에 박아놓고 쓰기 쉽게 하느라고 그렇게 만든 거</u>라고 했다. (밑
줄 필자)

②"글세 …. 그건 정착성이 없는 데서 오는 게 아닐까. 말하자면
우리 민족이 북방에서 흘러들어올 때 지니구 있었던 유랑민 근
성을 버리지 못한 데서 오는 게 아닐까. 우리 민족이 반도에 자
리를 잡구나서두 진정한 의미에서 정치적으루나 정신적으루 정
착해본 일이 있어? 물론 다른 민족두 처음부터 한곳에 정착된 건
아니지만 말야. 그렇지만 어디 우리나라처럼 외세의 침략이 그
치지 않은 데다가 나라를 다스리는 사람들의 폭넓은 영구적인
자주성이 결여된 나란 없거든. 신라통일만 해두 그렇지 뭐야.
우리 힘으루 통일한 게 아니구 당나라의 힘을 빌렸잖았어?
… 19세기 초에 거지들의 조합이란 게 우리나라에 있었어. 서울
을 몇 구루 나눠가지구 동냥질을 한 거야. 마치 자기 소유의 땅
세나 집세를 거둬가듯이 말야. 웃기지 뭐야. 이런 게 다 우리나
라 사람들의 집시근성에서 나왔다구밖에 볼 수 없어. 그 근성이
현재까지두 이어져 있다구 봐. 결국 우린 아직두 유랑민 근성을
못 벗어나구 있는 셈이지."

— 《움직이는 성》, 123~124쪽

①에서처럼 준태는 빗살무늬 토기의 형태적 특성을 지적하며 한민
족의 유랑민 근성은 이미 수렵 이동생활을 하던 선사시대 생활상에

드러나 있으며, 그 뿌리가 ②에서 보는 바와 같이 한반도에 정착하고 나서도 한민족의 정신 속에 유전돼 내렸다고 주장한다. 이 주장은 당나라의 힘을 빈 신라의 삼국통일 같은 정치적 자주성의 결여 문제를 제기하는 데 그치지 않고, 19세기 초의 거지조합까지 예로 들며 유랑민 근성과 '떠돌이 거지(집시) 근성'을 연결하는 비하적 발언으로 이어진다.

준태의 이러한 과격한 입장은 성실한 농학도로서 합리적이고 이지적인 성격의 일면을 감안할 때 다소 생경한 모습이며, "유랑민 근성이라는 고정 개념을 절대적인 전제로 깔아놓고 거기에 역사적 사실들을 갖다 맞"28)추려는 것으로도 볼 수 있다. 그러나 작중에서 그가 부여받은 역할은 "반만년의 역사를 가지고 있으면서 문화민족으로 자처하고 있는 한국인의 심성 속에 근원적으로 내재한 유랑민 근성"29)을 혐오의 단계도 마다하지 않고 신랄하게 해부하는 것이다.

어린 시절부터 일상적·정서적으로 뿌리 뽑힌 자로서 누구와도 소망스런 관계를 이루지 못하는 그의 이런 비뚤어지고 허무주의적인 성격은 이 작품의 주제를 효과적으로 형상화하기 위한 작가의 의도에 의해 '문제적 성격'으로 창조된 것이며, 따라서 논리의 차원보다 소설 내적 필연성의 차원에서 살펴야 할 것이다. 준태가 보여주는 이런 '허술함' 또는 상식적 불균형은 그를 유일하게 사랑하는 지연에 의해 오히려 여태까지 만난 어떤 남성에게서도 느껴보지 못했던 "평안한 친

---

28) 이동하, "소설과 종교: 《움직이는 성》을 중심으로", 《한국문학》(1987. 6.), 366쪽.

29) 김종회, 앞의 책, 222쪽.

근감"30) 으로 느껴진다는 점에서 시사하는 바가 크다.

준태의 유랑민 근성에 대한 집착은 기독교에 대한 입장에서도 여실히 드러난다. 지연과의 대화에서 그는 중고등학생 시절 한때 교회에 나간 적이 있고 새벽기도도 빠지지 않았으나 언젠가부터 교회 출석도 신앙도 버리게 되었는데, 그 이유는 기독교가 '약자의 신앙'임을 깨닫게 되었기 때문이라고 밝힌다. 그가 말하는 '약자의 신앙'이란 "이 세상에서 잘살지 못했으니 죽어서나 천당에 가보겠다는 신앙, 부자가 천당에 들어가기란 낙타가 바늘구멍으로 들어가기보다 힘들다는 비유에서 위안이나 얻으려는 신앙"31) 으로서, 이는 그가 "기독교의 교리 속에서 정신적 귀의처를 찾아내기에는 본질적으로 종교를 가질 수 없는 유랑민 근성"32) 의 소유자임을 거듭 보여주는 대목이다. 종교에 대한 그의 비판적 입장이 드러난 부분을 인용해보자.

① "좀전에두 말했지만 하나님은 당신을 원하는 곳에서만 역사하시기를 즐겨하십니다. 현재 우리나라에서두 하나님을 원하는 사람들이 있는 것만은 사실입니다. 따라서 현재 우리에게두 하나님이 임해 계신 것만은 틀림없다구 봐야 할 것입니다."

"그건 아직 관념 속에서뿐이지 생활화된 건 아니지 않을까요?"

"숫자루 많건 적건 간에 자기 생활 속에 하나님을 받아들인 사람들이 있는 줄 압니다."

---

30) 《움직이는 성》, 131쪽.
31) 《움직이는 성》, 136쪽.
32) 천이두, 앞의 책, 125쪽.

"그런 사람들두 따지구보면 하나님의 진의를 받아들인 게 아니구 어떤 실리 면만을 받아들이구 있는 게 아닐까요. 이를테면 소원성취나 해주는 하나님, 혹은 천당에나 가게 해주는 하나님, 혹은 몇 번 죄를 지어두 회개만 하면 용서해주는 하나님으루서 말입니다."

… "신자에 따라서는 그런 경향이 전혀 없다구는 할 수 없죠."

"제가 보기에 그런 신앙은 정신적으루 뿌리박지 못한 신앙이 아닌가 생각하는데요. 말하자면 유랑민 근성을 면치 못한 신앙이라 할까요."

② "일전에 어떤 화보잡지를 보니까 대단하던데요. 인천에서 좀 떨어진 기도원이라는데, 3천 명이 넘는 신도들이 북과 나팔소리에 맞춰서 템포 빠른 찬송가를 부를 때면 거의 반미치광이가 된다는 겁니다. 대부분이 여잔데, 70 노파로부터 여남은 살 난 어린애까지 손뼉을 치면서 춤을 추기가 예사랍니다. 목사라는 사람이 붉은 십자가를 들구서 응원단장처럼 그걸 리드 하는데, 그러다간 신도들이 허공을 향해 별별 고갯짓 손짓 몸짓을 하면서 울부짖는다는 겁니다. … 그 기사에 목사의 얘기가 또 걸작이에요. 자기를 이단이라구 비난하는 사람이 있지만 자기는 성경에 있는 대루 믿구 그대루 행할 따름이다, 세상에는 모두 미친 사람으루 가득 차 있지 않은가, 돈에 미친 사람, 정치에 미친 사람, 그러나 자기는 이왕 미칠 바엔 예수에게 미치기루 했다는 겁니다. 이런 목사가 있는 교회일수록 더 번성하죠.

… 그야 그 목사의 자유니까 관계할 바 아니지만 그러한 동기에

서 예수에게 미친 수많은 목사가 수많은 신도들한테두 자기처럼 미치게 한다는 게 문젭니다. 이러한 것과 기독교정신과 무슨 상관이 있단 말입니까.

… 우린 진정한 의미의 종교를 못 가질 민족인지두 모릅니다. "

③ "어떤 교회 목사가 자기 죽은 아들 장례 때 묘지까지 덩실덩실 춤을 추며 따라간 일이 있답니다.

… 내 자식이 이 괴로운 세상을 떠나 천당에 올라가서 하나님 품 안에 안겼으니 어찌 기뻐하지 않을 수 있겠느냐구 하더래요. 그 후에 더욱 신령한 목사님으루 추앙받다가 세상을 떠났답니다. 이러한 것이 기독굡니까?

… 그건 왜 쇠퇴했겠어요. 조선조 때의 배불사상 때문만은 아닐 겁니다. 그건 우리나라 사람에게 진실루 불교를 받아들일 만한 요소가 결핍돼 있기 때문일 겁니다. 이 세상 권력이나 실리에서 초월해야 할 불교를 우리가 그러한 것들과 손을 잡게 했으니 말입니다. 결국 우리 민족은 미래에 대한 비전보다는 눈앞의 이해관계에만 급급한 성정을 갖구 있는 거죠. 게다가 권력이나 금력에 대한 아부심까지 겸한 … 기독교계두 예외는 아니잖아요. "

— 《움직이는 성》, 196~197쪽

인용문 ①과 ③은 성호와의 대화에서, 인용문 ②는 지연과의 대화에서 각각 준태가 종교에 대한 입장을 밝히는 대목이다. ①에서 성호는 수의 많고 적음에 관계없이 한국에는 하나님을 받아들인 사람이 존재하며, 이는 기독교의 교리에 따라 하나님이 이 땅에 임하고 있다는 증거라고 주장한다. 이에 대해 준태는 아직 이 땅에는 기독교를 받아들일 수 있는 정신적 토양이 마련돼 있지 않다고 반박한다. 진정한 의미의 기독교 신앙이 생활 속에 자리 잡지 못한 채 관념으로서만 떠돌고 있을 뿐이며, 하나님이란 기껏 소원성취나 해주고 천당에나 보내주며, 죄 짓고 회개하면 용서해주는 자기위안의 대상에 지나지 않는다는 것이다. 다시 말해 현세의 안락이나 감당하기 힘든 현실의 고통으로부터 회피하기 위해 우리 민족은 그때그때의 상황과 필요에 따라 귀의처를 바꿔왔다[33]는 것이다. 요컨대 준태의 주장대로라면 한국인의 기독교 신앙은 '기복신앙'이며, 이런 기복신앙의 바탕은 유랑민 근성이라는 말이다.

준태는 이런 기복신앙의 광적인 행태를 ②에서 적나라하게 파헤친다. 준태에 의하면 수천 명의 신도들이 광란의 집회를 벌이는 실제 의도는 예수가 제각기 구하고자 하는 어떤 세속적 욕망에 답해줄지도 모른다고 믿기 때문이거나 그런 욕망 자체의 분출에 다름 아니다. 이는 세상 모든 사람들이 '돈'이나 '권력'에 미치는 것과 자신이 예수에 미치는 것을 동일시하는 목사의 태도에서 드러난다. 이야말로 비뚤어진 전도요 신앙의 행태가 아닐 수 없으며, 진정한 종교와는 무관한 것이다.

③에서 준태는 진정한 구원과 개인의 사적인 만족을 구별하지 못하는 목사의 무지와, 그런 목사를 신령하게 여기는 신도들의 어리석음을 꼬집고 있다. 기독교뿐 아니라 불교 역시 대자대비의 참뜻은 실종

---

33) 황효일, "황순원 소설 연구"(국민대학교 박사학위 논문, 1997), 124쪽.

되고 세속의 권력과 실리를 쫓는 수단으로 이용될 뿐인데, 요는 이러한 배경에 눈앞의 이해관계에만 연연하는 유랑민 근성이 도사리고 있다는 것이다.

이상은 왜곡된 신앙의 극단적인 면을 부각시키고 있는 예이지만, 이는 한국의 종교 현실과 유랑민 근성과의 상관관계를 밝혀내고자 하는 작가의 계산된 서사전략이라고 할 수 있다. 의도적으로 모순되고 비뚤어진 면만을 바라보고 있는 듯한 준태에 대해서 느끼는 답답함은 곧 작가가 한국의 종교 현실을 바라보는 시각이기도 하다.

이 작품이 구상되고 씌어진 1960년대 후반에서 1970년대 초반을 지나는 시대는 경제·사회적으로 크게 낙후된 실정이었으며, 숨 가쁜 산업화의 물결 속에서 이농현상과 도시화가 진전되고 있었다. 그 와중에서 힘겨운 삶의 한 자락을 의탁하려는 가난한 뭇사람들을 상대로 기성종교는 물론 여러 유사종교가 난립하여 정신의 혼란상을 야기한 게 사실이었다. 작가의 시선은 이런 시대현실의 어두운 면을 향하면서 그 그늘의 근원에 대해 고민하였고, 이 과정에서 《움직이는 성》과 준태가 탄생한 것은 아닐까.

준태는 유랑민 근성에 의한 떠도는 신앙, 그래서 그때그때 현실적인 이익추구의 대상이나 이기적인 위안의 수단으로 전락한 신앙은 견고한 터전에 자리 잡아 생활화되어야 할 진정한 신앙이 아니라고 말한다. 건전한 종교가 이런 저급한 신앙을 품을 리 없으며, 따라서 이런 신앙을 추구하는 사람은 종교를 가질 자격이 없다는 것이다. 작가의 목소리는 준태가 유랑민 근성과 샤머니즘과의 상관관계를 밝히는 대목에서 더욱 톤이 높아진다.

① 뒤따라 나오던 사람들의 말을 들어보니 관의 옻칠을 벗기려다 붙들린 모양이었다. 그걸루 무슨 병을 고친다는 걸까 원. 글쎄 두 돌이나 지난 애가 뒤채지두 못한대요, 그 병엔 옛날 관에 칠한 옻을 대려 먹이면 낫는다나요. 그렇다구 박물관 물건을…

… 주스를 시켜 마시다가 지연이,

"그 관의 옻칠을 대려 먹으면 그 애 병이 정말 나을까요?" 한다. 경비원에게 끌려가며 발악하던 여인의 일이 잊히지 않는 모양이었다.

"낫긴 뭐가 나요. 구하기 힘든 물건이니까 그런 속신이 나왔겠죠. 그 어린애 병이 소아마비 같은데, 어디 그런 걸 대려먹인다구 나을 리 있어요."

② "농작물을 증산하려면 농업기술을 발달시켜야 하는 거구, 해산물을 많이 잡으려면 어로기술을 발달시켜야 하는 거지, 남자 생식기나 만들어가지구 제살 지낸다구 될 일이야?

… 약하구 불안정한 상태에 놓여 있을수록 인간이란 생식을 원하게 되는 거야. 후손이나 끊기지 않으려구. 그것두 어쩔수 없는 유랑민 근성에서 온 거지 뭐야.

… 내용두 없이 우리 자신을 미화시키지 말구 철저히 우리 자신의 현재를 자각하는 데서부터 시작해야 할 거야. 유랑민의 자각! 우리 누구나 할 것 없이 말야."

— 《움직이는 성》, 125~126쪽

①은 한 여인이 자식의 병을 고치려고 박물관에 진열된 관의 옻칠

을 벗기다가 경비원에게 붙잡혀가는 상황에 대한 준태의 반응이다. 준태의 추측에 의하면 여인의 아이는 소아마비를 앓고 있는데, 이 병은 현대의술로도 고치기 어려운 난치병이다. 한국인이면 누구나 익히 듣고 보아왔듯이 영험한 돌부처의 코를 갈아서 병을 고치는 약으로 쓴다든지, 심지어 어린 아이의 간이 한센병(문둥병)의 특효약이라는 속설이 전해졌던 때가 있었다. 병든 자식에게 달여 먹이려고 시신을 담는 관의 옻칠을 벗기는 여인의 행위도 이런 맥락에서 이해할 수 있다. 이는 인간의 경험이나 지식으로는 해결이 불가능한 문제를 초월적 존재, 또는 힘에 의지하여 풀어보려 했던 고대인들의 신비주의적 세계관의 잔영으로서, 과학적 근거가 희박한 일종의 샤머니즘적 비방이요, 주술행위에 다름 아니다.

제지하는 경비원들에게 '발악'을 할 정도로 이런 비방의 효험에 대해 확고한 믿음을 가지고 있는 여인이 준태에게는 일고의 가치도 없는, 한심하기 짝이 없는 모습으로 보인다. 이런 준태에게는 ②에서 엿볼 수 있는 바와 같이 바닷가 사람들이 치르는 일종의 풍요제인 남근제 또한 비합리적인 미신에 불과하다. 해산물의 증산을 바라면서 어로기술을 발전시킬 생각은 않고 황당무계한 남근제 같은 주술행위에나 기대서야 되겠느냐는 그의 진술에서 바닷가 사람들의 샤머니즘 속성에 대한 강한 혐오의 감정을 읽을 수 있다. 그는 남근제가 종의 영속을 위한 개체의 생식본능에서 비롯됐다는 농학도 다운 분석과 함께 남근제 역시 근원을 따져보면 유랑민 근성에서 기인한다고 주장하며, 그것이 우리 민족이 지켜온 습속이라 해서 무조건 미화할 것이 아니라 그 불합리성을 반성적으로 직시해야 한다고 강조한다.

우리 민족의 유랑민 근성에 대해 이와 같이 부정적 입장을 견지하는 준태 자신의 삶 또한 철저하게 유랑민의 그것이라는 점은 앞에서 지적한 바와 같다. 그는 지연의 사랑을 받아들임으로써 견고한 터전으로 나아갈 수 있는 구원의 문을 닫아버리고 끝내 유랑민의 표상으로 남는다. 이 대목에 등장하는 떠돌이 무당 돌이엄마는 우여곡절 끝에 준태를 찾아온 지연을 속여서 돌려보내는가 하면, 그 이유를 지연과 준태가 맺어질 팔자가 아니기 때문이라고 강변한다. 이 여인은 어떻게 준태의 초막에서 동거하게 되었는가. 오랫동안 애 딸린 과부로 살다가 갑자기 신이 내려 귀인을 찾는다며 헤매던 것을 준태가 거두지 않았던가.

질투와 이기심에 사로잡혀 앞뒤 사정도 헤아리지 않고 지연과의 만남을 훼방 놓아버린 이 배은망덕한 여인에게 준태가 느끼는 감정은 미움이나 원망이 아니라 '혐오'다. 이 여인은 준태와 다를 바 없는 현실에서의 유랑민이요, 자기 이익을 좇아 편리한 대로 '팔자'라는 허깨비를 끌어들여 배은을 자행하는 비열한 성정의 무당이다. 준태의 혐오는 이런 샤머니즘의 신비주의적이고 이기적인 속성에 대한 것이자 궁극적으로 그 유랑민 근성에 대한 것이며, 자기 내부를 향한 것이다. 뒤늦게 지연이 남기고 간 쪽지를 읽고 "이 이상 공허한 생활에 자신을 파묻고 살아갈 수는 없다. 지연을 만나는 그 자리에서 모든 종말이 온다 할지라도 따라가야 한다"[34]며 초막을 나선 그는 이내 발길을 멈추고 이렇게 독백한다.

---

34) 《움직이는 성》, 340쪽.

도대체 나는 어느 쪽을 따라야 하는 건가. 지연을 그토록 갈망한 건 누구고, 이를 용납 않는 건 누구냐. 그 어느 쪽도 거짓은 없다. 단지 지연을 다쳐서는 안 된다. 그러면서 상반된 두 가지를 체취처럼 지닌 채 나름대로의 유랑민 같은 생활을 감당하는 수밖에 없는 거다.

— 《움직이는 성》, 341쪽

　여기서 준태는 《일월》에서의 기룡의 모습을 연상하게 한다. 《일월》에서 기룡이 자신을 절대고독의 성 안에 가두고 타자와의 어떤 타협도 관계맺음도 거부한 채 외롭게 자기의 길을 걸어간다면, 준태는 지연과의 사랑을 통해 자신의 유랑민 근성을 극복해보려는[35] 자세를 보인다. 그러나 기룡과 마찬가지로 준태 역시 구원의 문을 열지 못한다. 작가에 의해 기룡이 '인간의 숙명적 고독'의 표상으로 설정된 것처럼 준태는 '유랑민 근성의 표상'으로 창조됐기 때문이다.

　이상에서 논의한 바를 되짚어볼 때 결론적으로 준태는 종교(기독교)든 샤머니즘이든 모두 맹목적이거나 이기적인 욕망이 투영된 것으로, 정착성이 없는 하나의 관념의 세계에 불과하며, 인간들이 이러한 세계에 의지하게 된 것은 모두 유랑민 근성에서 기인한 것[36]이라고 힘주어 말한다.

---

35) 김경화, "황순원의 장편소설 연구"(서강대 석사학위 논문, 1993), 38쪽.
36) 이경호, "황순원 소설의 주체성 연구"(한양대학교 박사학위 논문, 1988), 156쪽.

(2) 카오스와 엑스터시의 세계

이제까지 준태를 중심으로 유랑민 근성의 역사적 배경과 기독교와의 상관관계, 그리고 샤머니즘과의 상관관계에 대해 살펴보았다. 그 결과 샤머니즘은 '흔들리는 터전'이요, '혐오의 세계'로서 유랑민 근성의 한 표본이라는 결론에 이르게 된다. 이는 샤머니즘에 대한 작가의 입장이기도 한데, 그것이 샤머니즘을 학문적으로 연구하는 민구와 실제 무당인 변 씨와의 관계를 통해 보다 구체성을 띤 모습으로 드러난다.

민구는 준태와 군대생활을 같이한 사이이고, 성호와는 대학 동창 관계다. 그는 대학에서 강의를 하며 샤머니즘을 연구한다. 샤머니즘은 그의 전공분야로, 심취라고 할 만큼 대단한 열정을 갖고 연구활동을 벌이며 이 과정에서 박수인 변 씨와 환상적인 동성애 관계에 빠지기도 한다. 또한 그는 착실한 기독교인의 모습을 보이기도 하는데, 이는 진정한 신앙으로서가 아니라 전적으로 자신의 출세에 도움이 되기 때문이다.

그의 삶에 있어서 최대 관심사는 샤머니즘 연구나 기독교 신앙이 아닌 은희와의 결혼이며, 장인 한 장로의 후광으로 안락한 미래를 보장받는 것이다. 이처럼 그는 절실한 내적 동기에 의해 의미 있는 삶을 추구하는 것이 아니라 그때그때 상황에 따라 자신에게 유리한 처세로써 세속적 욕망을 쫓는 인물이다. 요컨대 오늘날 주변에서 흔히 볼 수 있는 지적 속물의 하나요, 공리적 일상인으로서, 준태가 우리 민족의 약점으로 지적했던 전형적인 유랑민 근성의 소유자[37]라고 할 수 있다.

---

37) 천이두, 앞의 책, 131쪽.

먼저 그의 기독교인으로서의 태도를 살펴보자. 그가 기독교인이 된 것은 신앙이 돈독해서도 아니요, 기독교 교리에 깊은 감화를 받아서도 아니다. 오직 부와 권세를 가진 한 장로의 딸 은희와의 결혼을 위해서다. 다시 말해 자신의 실리적인 필요에 의해서 기독교를 선택한 것이다. 이러한 사실은 작가의 목소리를 담은 다음 인용문 속에 드러난다.

"그런 사람들두 따지구보면 하나님의 진의를 받아들인 게 아니구 어떤 실리 면만을 받아들이구 있는 게 아닐까요. 이를테면 소원성취나 해주는 하나님, 혹은 천당에나 가게 해주는 하나님, 혹은 몇 번 죄를 지어두 회개만 하면 용서해주는 하나님으루서 말입니다."

"나두 거기 동감이야." 민구가 두 사람 사이에 끼어들었다. "교리의 참다운 뜻을 터득하기 위해서라기보다 무슨 실리적인 것을 바라구 교회에 나가는 사람이 많은 것 같애. 마치 샤먼에게서 무엇인가를 바라듯이 말야."

"예를 들면 너 같은 사람두 그중의 하나지." 하이볼 친구가 턱으로 슬쩍 은희 쪽을 가리키고는 민구에게 눈을 찡긋해 보인다. 너는 저 여자 때문에 교회 나가는 거 아냐? 하는 뜻이다.

민구가 하이볼 친구를 향해, 이자식이! 하는 눈빛을 해보이고는 큰 입에 웃음을 띄우면서,

"천만에, 나야 다르지."

― 《움직이는 성》, 52쪽

이 장면에서 민구의 "나야 다르지"라는 부정은 문맥의 흐름으로 보

아 "가장 강한 긍정의 뜻을 담은 것으로 해석"[38] 할 수 있다. 이렇게 볼 때 민구야말로 화제의 초점인 '실리를 바라고 교회에 나가는 사람'의 전형이다. 실제로 그는 한 장로의 사위가 된 뒤 정열을 바쳐왔던 샤머니즘 연구를 팽개치고 장인이 운영하는 제약회사 간부로 자리를 잡는다. 여기서 작가는 민구가 보여주는 '세속적 실리추구의 일면'을 한국 기독교가 안고 있는 부정적 측면의 하나로 지적하고 있음을 알 수 있다.

결국 은희와의 결혼을 위해 포기하기는 하지만 민구의 샤머니즘에 대한 태도는 매우 진지하고 열성적이었다. 그가 샤머니즘 연구에 심취한 것은, 후에 미련 없이 내던져버리는 것으로 보아 학문적 사명감 같은 절실한 내적 동기에 의한 것은 아니지만, 그렇다고 어떤 실리를 바랐기 때문도 아니다. 그저 샤머니즘 자체에 깊은 흥미를 가지고 있는 그대로의 현상에 빠져들었을 뿐이다.

이런 점으로 미루어볼 때 민구의 샤머니즘에 대한 태도는 순수한 열정에 가깝다고 할 수 있다. 그의 이런 열정은 단군으로부터 시작되는 무당의 기원과 다양한 무속현상에 대한 역사적·민속학적 고찰이라든가, 현존하는 무당의 굿판을 찾아다니며 무가를 채집하고 굿의 제의과정을 세세하게 관찰하는 등 상당히 심층적인 조사를 벌이는 데서도 드러나지만, 기독교도 성호와 나누는 다음의 대화 인용문에서 보다 선명하게 드러난다.

---

38) 이동하, "소설과 종교: 《움직이는 성》을 중심으로", 《한국문학》(1987. 7.), 371쪽.

"지금은 무당이 갖구 있는 능력만으루 남을 지배할 수 없게 되구, 되레 천시를 받는 경향이 있지만 본래는 그렇지 않았을 거야. 예언을 하구, 투시력을 갖구 있구, 질병을 고치구 했으니 그때 사람들한테 얼마나 두렵구 신비스런 존재였겠나. 그런 사람이 남의 우두머리가 됐을 건 뻔한 일이지. 조선조 초기만 해두 무당을 스승이란 말루 존대해 불렀거든."

민구는 말하는 도중 흥이 나는 듯 강의조의 언성이 되어 있었다. "요즘 학생들두 샤먼에 관심이 많어. 요전 우리 학교 학생 하나가 일부러 날 찾아와서 하는 얘기가 참 희한하더군. 사람에게 혼이 분명히 있구, 게다가 점쟁이의 말이 전부 미신이 아니라는 걸 알았다는 거야. 하두 진지해 뵈길래 어떻게 그걸 알게 됐느냐구 했더니, 자기 친구의 죽음이 계기가 됐다면서 하는 말이 ….."

…"근데 말야, 내 관심이 끌리는 건 점쟁이의 예언이야. 그 예언이 들어맞았다는 점이야. 무덥지 않은 가을철인 데다가 늪의 물이 차가워 시체의 부패가 더디기 때문에 학생이 기슭에서 이름을 부를 때 마침 부력이 생겼다구 보면 완전한 우연의 일치에 지나지 않지. 그런데 그 우연의 일치라는 게 대체 무얼까. 세상에는 별 기기묘묘한 우연이라든가 우연의 일치라든가가 있잖어. 그러나 인간이 우연이나 우연의 일치라구 부르는 것두 인간 이상의 입장, 이를테면 신이라는 차원에서 볼 때는 필연적일 수두 있지 않을까. 그리구 무당이나 점쟁이는 이 신의 필연적인 것을 계시 받아 예언한다구 보면 어떨까."

…"어쨌든 사람들이 샤머니즘에서 어떤 위안을 받구 있는 것만은 사실이야."

— 《움직이는 성》, 85~87쪽

위 인용문의 문면을 통해 읽을 수 있는 것은 민구가 샤머니즘의 유래라든가, 무당의 신이한 능력에 대해 추호도 부정적인 입장을 취하지 않는다는 것이다. 오히려 그는 옛날의 영화를 잃어버린 오늘날 샤머니즘의 모습에 대해 아쉬워하는 입장을 보이고 있다. 이는 그가 말하는 도중 흥이 나서 강의조가 되는 것으로도 확인된다. 제자의 초현실적인 경험담을 분석하는 태도는 전적으로 무당의 입장에 선 느낌이다. 점쟁이 예언의 들어맞음을 분석하면서 우연과 필연의 개념을 끌어들여 그 경계의 모호성을 부각한 후, 신의 존재를 상정하고 그 신의 입장으로 건너뛰어 필연으로 결론짓는 태도는 샤머니즘에 대한 전적인 긍정 없이는 불가능하다. 마지막 인용문에서 드러나듯이 적어도 그는 샤머니즘이 그것을 믿는 사람들에게 '어떤 위안'을 주는 순기능을 하고 있다고 확신하는 것이다. 민구가 샤머니즘에 대해 이런 정도의 긍정적 입장에 서 있지 않았다면 박수 변 씨와의 동성애적 관계도 성립되기 어려웠을 것이다.

그렇다면 변 씨는 어떤 인물인가. 그는 이 작품의 대단원에서 잠시 등장했다가 사라지는 돌이엄마와 함께 실제 무당의 신분을 가진 인물이다. 그는 남자무당인 박수로, 민구의 샤머니즘 연구에 여러모로 협조한다. 작중에서 민구가 샤머니즘 세계에 대한 이론적인 지식을 전달한다면, 변 씨는 그 현상을 보여준다. 작중에서 변 씨가 보여주는 샤머니즘 현상은 야릇하고 신비적인 분위기로 치장되어 있으며, 때로는 낯설거나 혐오감을 유발하는데, 그 중심에는 그가 양성구유(兩性具有, androgyny)[39] 자이며 동성애자라는 특성이 자리하고 있다.

변 씨는 외모나 행동이 모두 여성적인 인물로, 남자에 대해서만 성욕을 느낀다. 그는 앞서 관계를 맺고 지내던 청년이 월남전에 참전하자 민구를 새로운 성적 상대로 만드는 데 성공한다. 처음에 민구는 변 씨가 남자인지 여자인지 모호한 상태에서 관계를 가지지만, 나중에는 그가 남자임을 알게 되고도 별다른 혐오감을 느끼지 않으면서 관계를 지속한다. 변 씨와의 이런 관계는 민구가 샤머니즘에 깊이 빠져드는 이유의 하나이기도 하다.

샤머니즘에서 성(性)이 큰 의미를 지니는 것은 그것이 성(聖)과 관계가 있다고 생각되었기 때문이다. 40) 《움직이는 성》에도 이 '性'과

---

39) 양성구유란 사전적 의미로 그리스어 남성(andros)과 여성(gyne)을 결합한 용어로서 남성적이라 불리는 특성과 여성적이라 불리는 특성을 한 개인이 지닌 상태를 가리킨다. 이 용어는 신체적 결합 상태를 의미하는 자웅동체성(hermaphroditism)과는 구별되며, 일반적으로 심리적 개념에 한정하여 사용한다(한국문학평론가협회 편, 《문학비평용어사전》하, 국학자료원, 2006, 426쪽).

한편 유동식은 신라 화랑의 양성구유 현상에 대해 논하면서 엘리아데의 견해를 참고해 이렇게 설명한다. "《사기》에 의하면 아름다운 남자들을 뽑아서 이를 곱게 단장하고 화랑이라 이름하여 받들게 하였다고 했다. 일종의 여성화 현상이다. 이것은 후대에 와서도 남무들이 여장을 하는 풍습으로 계승되어갔다. 결국 이것은 남녀 양성구유 현상이다. 양성을 구유하려는 것은 하늘(남성)과 땅(여성)의 융합 또는 신과 인간의 합일을 꿈꾸는 것이요, 전체성을 회복하려는 의례적 노력이다. 양성구유의 상태가 바로 신인융합의 엑스터시 현상이요, 무교의 이상이다. 여기에서 사람들은 신령과 자유로이 교제하여 새로운 창조를 초래하며 화복을 조절할 수 있기 때문이다. 양성구유는 속된 인간의 조건으로부터 초탈하는 것이요, 미분화의 세계 또는 무시간적인 원초계로의 귀환과 종교적 초월 상태의 회복을 의미하는 것이다. 가무는 바로 이러한 양성구유의 원초적 상태의 재현을 초래하는 기술이다. 여기에 무교의 이상과 남무들의 여성화 현상의 의미가 있다. 그리고 이러한 무교적 전통 안에 형성된 것이 화랑의 미장 풍속이었다."(유동식, 《한국 무교의 역사와 구조》, 연세대학교출판부, 1985, 91쪽)

40) 김희보, "황순원의 《움직이는 성》과 무속신앙: M. Eliade의 예술론을 중심하여",

'聖'의 관계를 보여주는 대목이 나온다. 민구는 동해안 마을에서 지내는 풍요제의 일종으로 남근숭배 신앙을 보여주는 남근제를 설명하면서, 나무로 깎은 남근들을 굴비처럼 엮어 놓은 것에 대해 "이것이야말로 생식, 즉 생성을 숭상하구 있는 대표적인 증좌지 뭐야"[41]라고 단정한다. 샤머니즘에서의 성적 접촉은 신성한 것이요, 샤먼, 즉 무당이 영신(abassy)과 교류하는 한 방법이다.[42] 그리고 영신과의 접촉을 통해 엑스터시를 체험함으로써 '聖'에 접[43]할 수 있는 것이라면, 그 영신을 매개하는 무당과의 성적 접촉 또한 일종의 엑스터시오, '聖'에 접하는 방법이 된다.

변 씨의 양성구유 상태는 민구와의 자연스런 동성애 관계의 조건이 된다. 이런 동성애의 조건을 갖춘 인물은 변 씨만이 아니라 민구가 변 씨의 소개로 찾아간 마포의 박수도 있다. 그도 여자가 되곤 하며, 변 씨가 민구와 성적 관계를 맺듯이 최영장군과 성교를 한다. 민구는 변 씨와의 성적결합을 통해 엑스터시를 체험할 뿐만 아니라 샤머니즘 제의적 행위를 통해서도 엑스터시에 빠져든다. 변 씨와 어울린 굿거리 실습에서 민구의 신명난 모습을 보자.

한동안 계속되던 구송이 노랫가락조로 변한다. 변 씨가 팔을 벌리고 가락에 태워 춤을 춘다.

《기독교사상》(1979. 1.), 156쪽.

41) 《움직이는 성》, 125쪽.
42) M. 엘리아데, 이윤기 역, 《샤마니즘》, 까치, 2003, 86~87쪽.
43) M. 엘리아데, 이은봉 역, 《성과 속》, 한길사, 1998, 31쪽.

무가 구절이 아름다웠다. 본향 양산 오시는 길에 가얏골로 다리 놓소, 가얏골 열두 줄에 어느 줄로 오시려노, 줄 아래 덩기덩 소리 노니려고 … 민구도 흥겨워 장고채를 놓고 일어서자 변 씨가 대신 장고를 잡는다. 다앙기다기 당딱다아기 다앙기다기 당딱 …

민구는 두 팔을 벌린다, 무릎을 굽혔다 편다, 엉덩이를 왼쪽으로 돌린다, 오른 팔을 안으로 접는다, 어깨를 으쓱거린다, 고개를 밑으로 꼰다, 오른팔을 넌짓 밖으로 뿌리고는 왼팔을 안으로 접는다, 엉덩이를 오른쪽으로 돌린다, 이런 동작들을 무릎과 어깨를 중심삼아 거듭한다.

"얼씨구 좋다아!" 변 씨가 흥을 돋운다.

민구는 굳던 몸이 차츰 풀려감을 느끼며 신바람이 솟는다.

…"좋습니다. 자알 추십니다." 변 씨가 칭찬을 던졌다.

— 《움직이는 성》, 260~261쪽

샤머니즘 세계에서 엑스터시의 체험은 속된 인간의 조건으로부터 초탈하는 것이요, 미분화의 세계 또는 무시간적인 원초세계로 귀환하는 것이다. 민구의 이러한 엑스터시 체험은 샤머니즘 자체의 입장에서 볼 때는 순수한 '聖'의 체험이다. 그러나 《움직이는 성》에서 샤머니즘을 기독교와 대비적 위치에 놓고 다루는 작가의 입장에서 볼 때는 변 씨와 마찬가지로 정상적인 행태라고 할 수 없는 기이하고 변태적인 모습이다. 변 씨는 성적으로 미분화 상태인 카오스로서, 로고스와 파토스가 미분화 상태에 놓여 있는 샤머니즘의 카오스를 상징하는 존재다.[44] 따라서 이런 변 씨와 동성애 관계를 맺는 민구 역시 카오스의 세계에 놓이게 된다. 요컨대 확고한 교리로서의 로고스의 기초 위에 서 있지 못한 변 씨와 민구, 그리고 그들이 만나 나누는 샤머니즘의 체험 모두가 카오스의 세계에 속하는 것이다.

이로써 《움직이는 성》에 수용된 샤머니즘 세계의 성격은 명확해진다. 앞서 준태의 관점에서 본 샤머니즘이 '흔들리는 터전'이요, '혐오의 세계'로서 '유랑민 근성의 한 표본'이라면, 민구와 변 씨를 통해 드러나는 샤머니즘의 세계는 비정상적이고 거부감을 유발하는 '병적인 세계'요, 합리적 이성으로 구축된 안정된 질서가 아니라 신비주의적이고 과잉된 감성이 지배하는 부정적 의미로서의 '카오스의 세계'로서, 역시 '혐오의 세계'이다.

이러한 점은 떠돌이 무당인 돌이엄마의 성격을 통해서도 재확인된다. 그녀는 오랫동안 과부로 살다가 갑자기 신이 내렸는데, 그 신이 귀인을 만나라고 해서 떠돌다가 준태를 찾았다는 것이다. 정체부터가 이렇게 뚜렷치 못할 뿐만 아니라, 거짓말로 준태와 지연의 만남을 방해하는 대목이나 쇠약한 준태와 성관계를 맺으려고 애쓰는 모습, 자식을 버리고 사라져버리는 행태 등은 독자들이 변 씨에게서 느끼는 것과 유사한 이질감 또는 혐오감을 불러일으키기에 족하다.

---

44) 천이두, 앞의 책, 130쪽.

2. 대립과 구원의 가능성

1) 죽음으로 치닫는 모자의 대립

열한 살 때 어머니의 손에 이끌려 기림사에 맡겨졌던 을화의 아들 영술이 그로부터 10년이 지난 어느 봄날 머리에 회색 캡을 쓰고 옆구리에는 성경이 든 조그만 가죽 가방을 낀 모습으로 집에 돌아온다. 10년 만의 모자 상봉은 실로 감동적이다.

> "오마니."
> 영술은 지금까지 줄곧 옆에 끼고 있던 그 조그만 가죽 가방까지 땅에 떨어뜨린 채 여인의 가슴으로 와락 달려들었다.
> "아, 내 아들, 술이, 늬가 술이가?"
> 여인은 그 긴 두 팔을 벌려 아들을 얼싸안았다.
> "영술아, 영술아, 늬가 이거 웬 일고?"
> 여인은 아들을 품에 꽉 안은 채 두 눈에서는 눈물이 흘러내리기 시작했다.
> 신이 내리지 않은 채, 맑은 정신으로 그녀가 사람을 안고 눈물을 흘린 일은 이것이 처음이었다.
>
> — 김동리, 《을화》, 29쪽

그러나 이들 모자의 기쁨은 곧 위태롭고 불안한 그늘 속에 잠겨들어간다. 을화는 이미 지난 밤 꿈에서 자꾸 집에 들어오려는 큰 뿔 돋친 몽달귀를 보았던 것이고, 이를 세상에 둘도 없이 귀한 딸 월희에게도 알려 자신이 없는 낮에 그 몽달귀와 맞닥뜨리지 말도록 주의를 주었던 터였다. 이런 복선을 드리움으로써 작가는 을화와 영술의 피할 수 없는 대립을 암시한다.

기독교인이 되어 돌아온 영술이 앞으로 해야 할 일은 자명하다. 사랑하는 가족인 어머니 을화와 동생 월희를 기독교에 귀의시켜 미신의 구렁에서 구출하는 것이다. 영술은 월희의 입을 틔우는 일부터 시작한다. 영술은 월희가 벙어리가 된 것은 귀신이 들렸기 때문이라고 믿는다. 그래서 이 귀신을 퇴치하기 위해 어떻게든 월희를 교회에 데려가려 한다. 귀신만 쫓아내면 벙어리에서 벗어날 수 있다고 믿는 영술의 생각과 몽달귀신이 씌었다며 월희를 구하겠다는 을화의 귀신관은 한 치도 다르지 않다. [45] 영술은 어머니의 신앙이 기독교와는 너무나 거리가 멀어 일방적인 설득이나 행동으로는 변화시키기 어렵다고 판단하고 월희를 가운데 둔 게임을 제안한다.

"어머니 이렇게 하면 어떻겠습니꺼? 한 번은 굿 구경을 데리고 가고, 한 번은 교회에 데리고 가고, 그래서 어디가 더 맘에 들었나 하고 물어보기로 하면 … ."

"굿하는 구경하고, 야수하는 구경하고, 어느 게 맘에 들었나, 물어보자꼬?"

을화는 아들의 말에 어떤 도전 같은 것을 느끼며 이렇게 물었다.

---

45) 김윤식, 《사반과의 대화》, 민음사, 1997, 408쪽.

"……."

영술은 교회를 굿과 대등한 위치에 두고 말하기가 싫어서 대답을 하지
않았다. 그러자 을화는 아들이 자신을 잃고 물러서는 것이라고 착각을
하는 듯,

"와 대답이 없노? 막상 대어볼락 하니 겁이 나제?"

"아입니더, 어머니."

"아니라꼬? 그러면 좋다. 그렇게 해봐라. 이달 스무하룻날 정 부자댁
에서 큰굿을 한다. 그날 밤에 늬가 우리 달희 데리고 가자. 그라고 나서
그 담에 또 늬 야수하는 데 우리 달희 데리고 가봐라. 알겠제?"

— 《을화》, 123~124쪽

이리하여 정 부잣집에서 벌어진 굿판에 영술은 월희를 데리고 간
다. 이 작품의 클라이맥스에 해당하는 이 굿판은 작가가 샤머니즘의
본질을 보여주는 것이기도 하지만 다른 한편으로는 을화와 영술 모
자, 기독교와 샤머니즘 사이의 대결장을 보여주는 것이기도 하다.[46]
영술은 어머니와의 약속을 지키는 것과 동시에 이 기회에 굿이니
무당이니 하는 미신의 세계를 좀더 자세히 보아둠으로써 이를 타파하
는 데 참고하겠다는 생각을 품고 있었다. 그러나 이런 영술의 생각과
는 달리 월희는 호화로운 전물상과 휘황한 오색 사초롱들을 호기심에
찬 눈으로 살핀다. 뿐만 아니라 을화가 방울을 울리며 망자를 부르기
시작하자 어깨까지 꿈틀거리며 반응을 보이기까지 한다. 더 놀라운

---

[46] 김윤식, 위의 책, 409쪽.

것은 굿이 무르익을수록 을화가 혼령을 불러내 늘어놓는 사설이며 군
중들이 중얼거리는 소리를 들으면서 자신도 모르게 그 분위기에 빠져
들어 그 상황을 이해하려고 애쓰고 있다는 사실이었다.

영술은 여기 모인 사람들의 이러한 굳은 신념이, 어쩌면 지금까지 자기
가 미신이라고 하여 일고의 가치도 없다고 믿어왔던 것보다는 일리가 있
을지 모른다는 생각이 들었다. — 우선 성경에도 귀신 들린 사람의 기록
은 얼마든지 나오지 않는가. 그 귀신이란 무엇인가. 그것은 지금 여기서
말하는 귀신과 다를 것이 없지 않은가. 그렇다면 그러한 귀신은, 옛날이
나 지금이나, 유대 나라에서나 우리나라에서나, 언제 어디서고 있다는
이야기가 아닌가. 그렇다면 그러한 귀신을 사람에게서 쫓아내는 일은 필
요한 것이다. 무당이 만약 굿을 해서 귀신을 쫓아내거나 저승으로 보내
줄 수 있다면 그 일은 필요하며, 그것만으로는 무당을 비방할 수 없지 않
을까.
　여기까지 생각해오던 영술은 가슴이 흠칫했다. 자기 같이 굳은 신앙을
가진 사람도 수많은 군중 속에 싸여 있으면 이렇게 그들의 입김과 장단
에 휩쓸리게 되는 것일까. 하는 생각이 들었던 것이다.

— 《을화》, 130~131쪽

이것으로 게임의 첫판은 영술이 진 셈이 된다. 이제 교회로 데려간
월희의 반응을 볼 차례다. 을화는 약속대로 월희를 영술에게 맡겨 교
회로 보낸다. 하지만 월희에게 어떤 변화가 있으리라고는 털끝만큼
도 믿지 않는다. 결과는 을화의 그 믿음에서 벗어나지 않는다.

그 날 저녁때 영술이 월희를 데리고 집으로 돌아오자, 을화는 대뜸,

"우리 달희 야수교 좋닥 하더나?"

이렇게 물었다.

"……."

영술은 얼른 입이 열리지 않았다.

"야수교카마는 굿이 낫닥 하제?"

"어머니."

영술은 을화의 말을 막듯이 어머니를 불렀다.

"착한 내 아들아, 늬가 본 대로 말해라."

—《을화》, 146쪽

이후의 대화는 영술이 월희를 교회에 데리고 다니겠다는 의지를 일 방적으로 주장하고, 이에 대해 을화가 애초에 양해한 내용이 아니라 면서 강하게 반발하는 것으로 이어진다. 결국 이 게임의 승자는 을화 가 된다. 그러나 작가가 말하려는 중요한 메시지는 이런 표층적인 사 실에 있지 않다. 굿판에서 정작 영술 자신이 흔들렸다는 점이야말로 이 게임의 진정한 의미다. 영술의 무의식 속에 샤머니즘 쪽으로 옮겨 갈 수도 있는 가능성이 존재하지 않는가.[47) 이것이 바로 작가가 의도 하는 바일 것이다.

한편 영술이 데려간 교회에서 월희의 미모가 큰 반향을 일으키면서 영술과 월희의 가족관계며 집안 내력이 뭇 교인들의 관심사가 되고,

---

47) 김윤식, 위의 책, 413쪽.

이를 계기로 영술은 생부 이성출과 상봉하게 된다. 월희의 미모는 또 다른 중대한 반향을 일으킨다. 지난 굿판에서 월희의 미모에 반한 정 부잣집 아들이 월희를 첩실로 요구하고 을화는 이를 영광으로 여긴 다. 영술에게는 참을 수 없는 모욕인 이 일을 계기로 모자의 대립은 가파른 국면을 맞는다.

월희를 정 부잣집 아들의 첩실로 보내려는 을화와, 그건 절대로 있 을 수 없는 일이라며 하나님 믿는 청년하고 혼인시키겠다는 영술의 대립은 마침내 서로가 믿는 신의 문제에서 맞닥뜨린다. 영술은 을화 의 귀신 섬김을 미신으로 치부해 비판하며, 자신이 믿는 하나님이 예 수가 흘린 피로 인간의 죄를 사하고 영혼을 구원해 하늘나라에서 영 원히 살게 해준다고 역설한다. 신기한 듯이 귀 기울여 듣고 난 을화는 얼굴에 미소까지 띠며 말한다.

"오냐, 내 말을 더 들어봐라. 늬는 그 야수 귀신을 믿으면 영혼을 구해 주고, 하늘나라로 가고 그런다고 했제? 그렇게 됐으면 좋겠제? 그렇지 만 그걸 누가 봤나, 댕겨온 사람이 있나? 그러니까 똑똑히 모르는 거 아 이가? 그런데 들어봐라. 여기 그걸 똑똑히 알아보는 수가 있다. 사람들 이 나를 무당이라고 하제? 늬도 에미가 무당이라꼬 설움도 많이 받고 수 모도 많이 당했다이. 그렇지만 나는 그걸 똑똑히 안다이. 이거 들어봐 라. 사람이 죽으면 귀신이 되는 기라. 절에 스님들은 곧장 저승으로 가 지마는, 보통 인간들은 이승과 저승 중간에 있는 귀신 세계로 흔히 가는 기라. 더군다나 물에 빠져 죽거나 칼에 맞아 죽거나, 목을 매어 죽거나 홍진 마마를 하다가 죽거나 하는 사람들은 귀신 세계에서도 이승 바로 변두리에서 빙빙 돌고 있는 기라. 병을 앓다가 죽어도 이승에 너무 한이 많고 유감이 많으면 또 그렇게 되는 기라. 그런 귀신들은 살았을 때 인연을 따라 그 사람한테 붙기도 하고, 그냥 아무나 골이 비고 허한 사람한테 붙기도 하는데, 그렇게 되면 그 사람은 병이 나서 몸져눕기도 하고 정신이 오락가락 하기도 하고, 사업을 꽝 메박기도 하고 집에 불을 내기도 하고 그러다가 죽는 기라. 그 병은 약으로 못 고치고 신자(神子)가 고치는데, 사람들은 그 신자를 무당이락 해서 온갖 천대를 다 하지마는 그건 모두 어리석은 것들이 신자가 뭔지 몰라서 그런 거고, 신자는 곧 신령님의 아들이자 딸이라. 늬는 야수를 하느님의 아들이락 했지만, 보통 무당이락 하는 우리 신자가 신령님의 아들이락 하는 거와 같은 이치다이."

— 《을화》, 172쪽

이 대사는 다만 을화의 육성만은 아니다. 영술이 힘주어 비판한 것처럼 샤머니즘이 그렇게 허술한 믿음이 아니라는 것을 을화의 입을 빌어 전달하는 김동리의 메시지다. 김동리가 샤머니즘을 서양문명의 원동력이기도 한 기독교와 맞세우는 저의에는 우리 민족의 정서가 바로 샤머니즘에 뿌리를 두고 있다는 단단한 믿음이 자리하고 있다.[48]

이토록 단단한 을화의 신념 못지않게 누이 월희를 기독교에 입문시키고 어머니 을화의 어리석음을 깨닫게 하려는 영술의 의지는 꺾이지 않는다. 상황은 작가가 예정한 대로 극단으로 치닫는다. 어머니는 아들에게 씐 악귀를 구축하기 위해, 아들은 미신과 죄악의 늪에 빠진 어

---

48) 이진우, 《김동리소설연구》, 푸른사상, 2002, 200쪽.

머니를 구하기 위해 각기 굿과 기도에 전념한다. 두 모자의 눈물겨운 노력은 그러나 융합의 장에서 만나지 못한다.

을화는 착한 아들의 혼을 빼앗은 악귀를 퇴치하기 위해 그 악귀가 들었다고 확신한 성경을 불태운다. 그러나 영술에게 성경은 무엇인 가. 미신과 죄의 구렁에 빠진 가족을 구할 복음이 든 성물이 아닌가. 불붙은 성경을 건지기 위해 달려드는 영술 앞에 나선 것은 '엇쇠, 귀신아 물러가라'고 외치며 휘두르는 을화의 식칼이다. 오로지 예수귀신을 퇴치하려는 의지로 충만한 을화의 칼끝은 무아지경 속에서 영술의 가슴을 찌르고 만다. 이후 영술은 죽고 을화는 사라진다.

빡지가 온 것을 보았을 뿐, 같이 나가는 것을 보지는 못한 모양이었다. 그렇지만 빡지가 와 왔을꼬? 많이 늙었을 낀데 어려운 걸음을 했군, 칼부림 난 거 듣고 왔을까? 을화를 데리고 나갔을까?

그러나 방돌은 을화가 어디로 갔든지, 또 누구하고 같이 나갔든지 그런 것은 아랑곳도 없었다. 있었으면 한바탕 욕이라도 해주려고 했지만, 없는 것이 차라리 잘된 건지도 몰랐다.

"월희야, 이리 나와."

"아버이, 와?"

월희는 더 묻지 않고 일어나 툇마루로 나왔다.

방돌은 월희의 손목을 잡고 집을 빠져나갔다. 돌담 바로 밖에는 나귀한 마리가 서 있었다.

방돌은 월희를 안아서 나귀 위에 앉혔다. 그러자 담 밑에 쭈그리고 있던 마부가 부스스 일어나 나귀 고삐를 잡았다.

"가자."

"아버이, 어디?"

"여기 있다가는 늬도 늬 오라비 꼴 될라. 나한테 가자."

"엄마는?"

월희가 묻는 말에 방돌은 처음 대답을 하지 않았다. 한참 있다 그녀를 쳐다보며 대답했다.

"엄마도 알 끼다."

그날 밤에도, 을화의 집 처마 끝에 달린 종이등에는 전날과 같은 희뿌연 불이 켜져 있었다.

— 《을화》, 192쪽

　

이 대단원에서 을화는 사라지고 월희마저 생부 방돌이 데려간 마당에, 처마 끝에 달린 희뿌연 종이등의 불은 누가 켰을까? 을화가 켰을까? 을화는 어디 다른 데로 떠난 것이 아니라 집 주위를 맴돌다가 날이 어두워지자 돌아온 것일까? 소설 《을화》가 던지는 이 신비로운 여운의 정체는 무엇일까?

영술이 죽고 을화가 살아남은 결말을 두고 김동리가 기독교와 샤머니즘의 대립에서 샤머니즘의 손을 들어준 것으로 이해해도 되는가? 앞서 살펴보았다시피 작품 자체가 샤머니즘을 구경의 대상으로 삼고 그 구경의 대행자를 을화로 세웠다는 점, 작중에서 을화의 굿이 영술의 믿음을 흔들기도 했으며, 예수란 따지고 보면 결국 무당과 같지 않느냐는 을화의 논리 앞에 영술의 말문이 막히기도 했다는 점 등에 기대 김동리가 샤머니즘 쪽에 섰다고 단정하기는 어려울 것이다.

을화가 죽지 않은 채, 즉 여전히 무당으로서 신모인 빡지와 함께 어디론가 사라져 있는 상태는, 월희가 생부를 따라 새로운 삶의 길을 떠나는 모습이 암시하듯 새 출발을 의미하는 것일 수 있다.[49] 그렇다면 을화는 언젠가 다시 돌아올 것이다. 별 일 없었다는 듯이 을화의 집 처마 끝에 변함없이 밝혀진 종이등이 그 가능성을 더해준다.

또 하나, 을화는 의도적으로 영술을 죽이지 않았다. 을화가 불태우고 있던 것은 성경이고 을화가 식칼로 찌르며 증오를 퍼부은 것은 외래종교인 기독교 신앙이므로 이 살인은 자의적인 것이 아니다.[50] 이들 모자 관계에서 이념적인 대립이 심화되는데도 불구하고 첫 상봉에서 보여주었던 애틋한 감정만은 변함이 없다. 심지어 칼에 찔려 죽음에 이르는 상황에서 나누는 모자의 최후 대화에서조차 기독교에 대한 저주와 불타는 전의만이 충만할 뿐 을화의 아들에 대한 원망이나 증오의 감정을 읽을 수 없다. 이런 의도하지 않은 자식 살해의 충격에서 벗어난 후 을화는 끝내 버리지 않은 자신의 신념에 따라 제 자리로 돌아올 가능성이 많다.

앞에서 이미 지적했다시피 그렇다고 해서 김동리가 샤머니즘과 기독교의 대결에서 샤머니즘의 손을 들어주는 것은 아니다. 다만 이런 극한의 대립에도 불구하고 샤머니즘은 맥맥히 제 자리를 지킬 것이라는 암시는 될지 모르지만.

요컨대 이 작품을 통해 작가는 굳이 샤머니즘과 기독교 어느 한쪽

---

49) 이진우, 《김동리소설연구》, 푸른사상, 2002, 201쪽.
50) 이진우, 위의 책, 201쪽.

을 무너뜨리고 한쪽을 세우려는 의도가 있어 보이지는 않는다. 그가 전통신앙이요 민족 정서의 뿌리인 샤머니즘에 남다른 애착을 갖고 있기는 하지만, 그렇다고 해서 때로 미신 또는 우상숭배 등의 논란으로 그 대척점에 서기도 하는 기독교를 샤머니즘 안에 포섭해야 되겠다거나 또는 배척해야겠다는 입장은 아니어 보인다. 그는 다만 20세기 한국의 현실에서 샤머니즘과 기독교라는 전통 및 외래 이념이 그렇게 습합하고 대립하는 현상을 소설적 상상력으로 구경해냈을 뿐이라고 생각한다.

《을화》에서 읽히는 샤머니즘과 기독교에 대한 김동리의 이런 태도는 《움직이는 성》에서 샤머니즘의 부정적 측면들과 이를 습합해 본질에서 어긋난 한국의 기독교 모두를 냉정하게 비판하는 황순원의 태도와 대비되는 점이다.

2) 불화를 넘어 구원의 문으로

《움직이는 성》의 세 중심인물, 즉 준태, 민구, 성호 중에서 성호는 독실한 기독교도로서 확고한 내면적 자각에 의해 자신의 삶을 이끌어나가는 인물이다. 양심적인 신앙인으로서 "기독교적 사랑의 실천을 통해 인간 존재의 진정한 의미를 찾으려는"[51] 그는 이 작품의 주제를 함축하는 핵심 인물로 그려진다.

성호는 청소년 시절 자신이 다니던 교회의 사모 홍 여사와의 불륜

---

51) 김종회, 앞의 책, 222쪽.

적 사랑으로 인해 죄의식의 수렁에 빠지고 이를 극복하기 위해 목회자가 된다. 그리고 철거민, 창녀, 수재민, 무당 같은 소외계층이 모여 사는 빈민가 돌마을에서 고구마 장사를 하며 그들의 황폐한 삶을 구원하고자 노력하는 것으로 회개의 길을 걷는다. 홍 여사의 아들 대식에 의해 과거가 폭로되고 목사직에서 파면을 당하지만 자신의 신념을 굽히지 않고 돌마을에 남아 진실한 목회자의 길을 실천한다. 이런 성호의 눈에 비친 기독교의 모습은 이러하다.

"우리나라 사람에겐 본시부터 — 자네 말대루라면 단군 때부터라 해두 좋아 — 하여튼 잡신을 잘 받아들이는 바탕이 있는가봐. 그래서 우리나라 사람은 신앙을 가졌다는 사람 중에서두 기독교와 샤머니즘 — 기독교 대신 불교라구 해두 마찬가지지만 — 이 두 사이를 항상 오가구 있어. 반 발짝 내디디면 기독교, 반 발짝 들이디디면 샤머니즘, 이렇게 방황하구 있는 셈이지. 최근 내가 있는 교회 안에서의 일인데, 집사루 있는 부인의 손자애가 병이 나서 불러다가 푸닥거릴 했다는 말을 듣지 않았겠어. 내 기도나 푸닥거리 중 어느 쪽의 효험이건 보자는 게 그 여집사의 속셈인 거지. 알아듣겠나? 아마 이런 예가 허다할걸."

— 《움직이는 성》, 86쪽

이 문면을 살펴볼 때 성호는 '한국인은 생래적으로 샤머니즘 성향이 강하여 기독교 같은 고등종교를 정착시키기 어렵다'는 시각을 갖고 있음을 알 수 있다. 그래서 신앙을 가졌다는 사람조차 기독교와 샤머니즘 사이를 오가기 일쑤이고, 대개는 기복이나 치병의 효험을 기대하며 신앙생활을 한다는 것이다. 성호의 이러한 입장은 앞서 살펴본 준태의 기독교 및 샤머니즘에 대한 견해나, 민구의 신앙 및 샤머니즘 연구 태도를 통해 밝혀진 것과 별반 다를 바 없다. 성호 역시 샤머니즘에 대한 태도는 올바른 기독교의 방향을 혼란시키는 부정적인 요인으로 바라보고 있는 것이다.

그가 한국 전래의 제사 문제에 대해 교회에서 이를 받아들여야 한다는 유연한 입장을 보이기는 하지만, 그것은 어디까지나 '신앙행위'와 '조상에 대한 추모행위'로 엄격히 분리할 때를 전제로 한다. 이와 관련하여 그가 〈크리스찬주보〉에 발표했다는 "우리나라 풍습과 기독교"라는 글의 내용을 민구가 준태에게 다음과 같이 들려준다.

"요컨대 기독교가 우리나라 풍습에 대해 너무 지나친 처단을 내렸다는 거야. 여러 가지 예를 들었지만 관혼상제의 상례와 제례만 해두 그걸 미신의 행위루 봐선 안 된다는 거야. 조상에 대한 공경의 표시루 상례나 제례를 지내는 거지, 영혼의 구원을 얻기 위한 건 아니지 않느냔 거지. 물론 상례나 제례의 번거로운 절차 같은 걸 형편에 따라 고쳐나간다는 건 딴 문제구 말야. 아마 상례나 제례를 미신으루 규정한 건 처음 서양 선교사들이 와서 우리나라를 미개민족으로 본 데서 비롯됐을 거라는 거야. 서양사람 자기네의 의식하구 다르다구 해서 우리나라 사람의 고유한 풍습을 무시해버려선 안 된다는 거지. 그러니 이제부터라두 시정해야 한다는 거야."

— 《움직이는 성》, 148쪽

여기서 성호는 한국 전래의 상례나 제례를 미신행위는 아닐지라도 신앙적 요소를 결여한 단순한 추모행위로 간주한다. 신앙행위가 아닌 일종의 고유 풍습에 지나지 않는 의식에 대해서까지 굳이 배척해야 할 이유가 없다는 논리이다. 이 의식의 배경에는 본격적인 신앙의 차원에서는 역시 기독교만이 정당성을 주장할 수 있다[52]는 기독교적 권위주의가 자리하고 있음이 엿보인다. 이 역시 샤머니즘을 상대적으로 열등한 것으로 바라보는 작가의 시각이 드러나는 대목이다.

성호는 명숙의 내림굿 과정에 개입하여 결과적으로 그녀가 정신이상자가 되는 원인을 제공하기도 한다. 명숙은 성호의 교회에서 주일학교 반사로 있던 소녀인데, 이름도 모르는 병에 걸려 시름시름 앓더니 아무리 해도 낫지를 않는다. 이는 내림굿을 하는 여인들에게서 볼 수 있는 일반적인 현상으로 무병(巫病)을 앓고 있는 것이다. 그녀의 내림굿 과정과 성호가 등장하여 부딪치는 장면을 보자.

부정거리, 가망거리, 상산거리, 제석거리, 신장거리, 조상거리가 진행되는 동안, 명숙은 무당이 시키는 대로 일어나 앉아 전신을 떨며 눈을 감고 있었다. 핏기 가신 얼굴에 경련이 일곤 했다. 그리고 실룩거리는 입술 새로 가끔 끊긴 중얼거림이 새어나왔다. 하나님 … 아버지 … 명숙이의 감은 눈꺼풀 새로 눈물이 나와 뺨을 타고 흘러내렸다.
… 한참 같은 가락으로 춤을 추던 명숙이, 장고와 제금 소리가 잦은 가락으로 옮겨지면서 몸 움직임이 빨라진다. 명숙의 몸은 몸이 아니었다. 몸

---

52) 이동하, 앞의 글, 《한국문학》(1987, 7.), 370쪽.

전체가 공간에 풀려 버린 듯 율동만이 있었다. 여러 겹 껴입은 옷도 옷이 아니었다. 펄럭이는 옷자락은 몸의 일부인 듯, 몸은 옷자락으로 화한 듯, 옷과 몸이 한데 어울려 모든 것이 하나의 율동 속에 풀려드는 것이었다.

… 땀에 젖은 그네의 얼굴에서 고통의 빛은 완전히 사라지고, 오히려 화기가 감돈다. 홀연 그네의 입에서 말문이 터진다.

명산 도당 신령이 아니시냐,

여기 도당 신령이 아니시냐…

그러다가 명숙이 눈을 확 빛내며 소리 지른다. 내가 누군 줄 아느냐, 삼각산 신령심이시다! 그와 함께 펄썩 주저앉아버린다.

… 이럴 참에 성호가 구경꾼들 틈을 헤치고 들어섰다. 성호를 보는 순간 명숙이 째지는 듯한 고함을 질렀다. 예수 귀신 물러가라아!

주위가 조용해졌다. 성호는 가만히 명숙을 바라다보았다. 핏기 가신 명숙의 입언저리가 실룩이면서 손에 잡고 있던 방울과 부채를 떨어뜨린다. 그리고는 앉은걸음으로 쫓기듯 움찔움찔 뒤로 물러나 방구석에 가 움츠리더니 흰자위가 드러나는 눈으로 성호 쪽을 훔쳐본다.

성호가 묵묵히 명숙에게로 다가갔다. 명숙이 이상한 외마디소리를 지르며 모로 나가 쓰러졌다. 입 꼬리에 거품이 물리고 눈은 감겨져 있었다. 무당들의 얼굴에 괘씸해하는 빛이 떠오르고, 구경꾼들 속에서, 예수쟁이 때문에 저 꼴이 됐다고 수군댔다.

— 《움직이는 성》, 116~118쪽

굿거리 과정에서 나타나는 명숙의 변화는 전형적인 강신무의 모습을 보여준다. 그러나 굿의 제의절차가 완결되기 전에 나타난 성호로 인해 명숙의 정신 상태는 혼란에 빠진다. 신 내림 경지에 이른 최고조의 엑스터시 상태가 돌연한 '예수귀신'의 출현으로 일련의 안정화 절차를 밟지 못한 채 갑자기 단절됨으로써 극한 혼돈으로 뒤바뀐 것이다. 이런 명숙에게서 샤머니즘과 기독교 신앙의 혼재현상 및 양자의 극명한 대립·갈등 양상을 읽을 수 있다.

성호의 개입 이후 명숙은 잠시 안정을 되찾는 듯하다가 이전보다 훨씬 심각한 증세를 보인다. 말을 하지 않고, 실성한 듯 웃으며, 정수리의 제 머리카락을 뽑는 버릇이 생긴다. 성호가 매일 심방을 가지만 아무런 효험이 없다. 마침내 명숙은 정신병원으로 옮겨진다. 명숙의 어머니나 내림굿을 권유했던 동네 여인들, 그리고 굿을 주재했던 무당의 입장에서 보면 결국 '예수귀신'인 성호에 의해 이런 결과가 초래된 것이다. 하지만 성호는 명숙의 병이 "반신불수나 소경도 아닌 한갓 신경의 과로 아니면 정신적인 불안 같은 데서 온 게 분명"[53] 하다고 치부한다. 여기서도 전래의 샤머니즘 의식을 단순한 미신행위로 간주하는 성호의 기독교 신앙에 대한 우월의식을 읽을 수 있다.

그러나 성호의 이러한 입장은 샤머니즘 자체를 비판하는 것을 주목적으로 하는 것이 아니며, 그의 진실한 기독교인으로서의 의미를 떨어뜨리는 것도 아니다. 그는 주위 사람들의 비난에도 불구하고 변함없이 명숙을 돌보면서 인간적 한계에 대해서뿐만 아니라 보다 충실한 신앙의 길에 대해 고뇌한다.

---

53) 《움직이는 성》, 119쪽.

성호는 사뭇 괴로웠다. 내림굿이 있기 전 얼마 동안 자기는 명숙에 대해 너무 소홀하지 않았던가. 그저 교역자로서의 관습적인 심방을 했을 따름이 아니었던가. 왜 좀더 진심에서 우러나온 사랑으로 대하지 못했을까. 성호는 생각하면 생각할수록 자신이 교역자로서 부족함은 물론, 우선 한 인간으로서의 미숙함을 절감하지 않으면 안 되었다.

― 《움직이는 성》, 119~120쪽

성호는 샤머니즘 세계에 직접 부딪치는 체험을 통해 자신의 신앙에 대한 진정성을 되돌아보고 보다 올바른 실천의 길이 무엇인지를 깨닫게 된다. 성호의 이러한 반성과 깨달음은 한국 기독교가 안고 있는 전반적인 문제점에 대한 자책이요 고뇌이다. 작가가 성호를 통해 제기하는 문제의 본령은 여기에 있다. 샤머니즘의 부정적인 면과 습합된 비뚤어진 신앙을 가진 인물로서 한 장로와 최 장로의 모습이 이를 뒷받침한다.

한 장로는 민구의 약혼자인 은희의 아버지로, 자칭 모범적인 기독교인이다. 교회에 착실히 나가고 금연 같은 계율도 엄격히 지킨다. 교회 내에서의 지위도 높아 서울 중심부에 있는 대형 교회의 장로로서 장로들 중 최고의 발언권을 가지고 있다. 그러나 이렇게 외적으로 드러난 신앙행태나 지위가 그의 신앙의 진정성과는 무관하다는 사실을 다음의 인용문이 웅변해준다.

"제발 젊은 놈 하나 살려주시는 셈 치구 얼마 동안만 참아주세요." 30대의 사내가 무릎을 꿇고 벌겋게 달아오른 얼굴도 들지 못한 채, "어떻게든

재기해서 꼭 갚아드리겠습니다."

"아니 몇 번을 말해야 알아듣겠소? 그 돈은 내가 하나님한테서 맡아둔 것뿐이란 말요. 그 돈이 제날짜에 들어오지 않는 걸 하나님은 원치 않구 있소. 만약 그 돈을 제날짜에 받아들이지 않으면 하나님께서 노하셔서 내게 맡긴 전 재산을 거둬가실 거요. 그래도 좋단 말이오? 어림없는 소리! 제날짜에 갚지 않을 땐 별 수 없이 법적으루 처리하는 도리밖에 없소."

— 《움직이는 성》, 257쪽

이 장면에서 한 장로는 자기의 재산을 지키기 위해 피도 눈물도 없는 냉혹한 수전노의 모습을 보여준다. 더구나 그는 자신의 몰인정한 태도를 정당화하기 위해 하나님을 끌어들이고 있다. 여기서 기독교의 거룩한 하나님은 그의 비천한 사리사욕을 채우는 수단으로 전락하고 만다. 이와 같이 기독교가 그 진정성을 훼손당한 채 개인의 이기적인 욕망을 추구하는 수단으로 전락한 예는 최 장로에게서도 볼 수 있다.

최 장로는 한때 성호가 시무하던 교회의 장로로, 남부럽지 않은 재산을 가진 예순이 넘은 노인이다. 그런데도 더 잘살아보려고 용한 작명가를 찾아 이름을 바꾸고자 한다. 말하자면 재산 욕심 때문에 기독교와 성명철학에 양다리를 걸치는 것이다. 그는 교회의 창설자로 역시 장로였던 그의 조부가 예수를 믿게 된 이유에 대해 '귀신을 섬기기보다 돈이 덜 들어서'라고 말한다.

"봄가을 날 잡아 굿하구, 음력 정초와 칠월 칠석엔 빼놓지 않구 치성을 드리구, 흐흠, 그뿐인가요, 무슨 일이 있을 적마다 살풀이를 한다, 푸닥거리를 한다, 그야말루 무당집 문지방이 닳도록 드나들었죠, 크흠. 굿을 한 번 하자면 줄잡아두 지금 돈으루 몇만 원 풀어야 하구, 치성 한 번 드리는 데두 사오천 원 들여야 했답니다, 크흠. 그게 예수를 믿으면서부터는 술 담배까지 끊게 됐으니 더 절약될 밖에요, 크흠."

— 《움직이는 성》, 150~151쪽

　최 장로의 조부나 그 자신에게 있어 기독교의 가치는 샤머니즘이 추구하는 가치와 조금도 차이가 없다. 비용이 덜 들기 때문에 기독교를 택하고, 돈을 더 벌기 위해서 교리에 어긋나는 성명철학을 기웃거리는 태도는 진정한 기독교 신앙인의 모습이 아니다. 그렇다면 이들은 왜 종교를 버리지 않는가? 그것은 종교가 이들에게는 일종의 보험과 같은 의미를 띠기 때문일 것이다.[54] 이들은 보험을 들 때 어느 회사의 보험을 드는 것이 더 유리한가를 따지듯이 종교를 선택하고 있을 뿐이다. 작가는 기독교에 대한 이들의 태도를 통해 한국의 많은 기독교인들의 신앙자세를 비판하는 것이다.

　작가는 샤머니즘의 부정적 요소들과의 습합으로 인해 변질된 기독교의 문제점을 비판하는 데 그치지 않고, 성호의 사직을 불러온 신 목사 주재의 교회재판을 통해 한국 교회 내의 율법지상주의, 권위주의적 문제점에 대해서도 비판의 시선을 던진다.

　신 목사는 거제도 피난민 봉사활동 과정에서 성호가 알게 된 인물로, 당시 그가 보여준 행태는 성호에게 잊어버리고 싶을 만큼 혐오스

---

54) 이동하, 앞의 글, 《한국문학》(1987. 8.), 396쪽.

러운 것이었다. 교역자의 특전을 내세워 식량배급의 인원수를 늘리거나 배급받은 담요가 좀 낡았다고 새것으로 바꾸고, 구호물자 중에서 값나가는 것을 고르느라 혈안이 되기도 하던, 봉사활동에 나선 진정한 교역자의 모습이 아니었던 것이다. 이런 그가 성호와 홍 여사의 불륜 문제를 주 혐의로 하여 성호를 치리하는 심문관의 자리에 앉은 것이다. 심문은 성호가 〈크리스찬주보〉에 발표했던 "우리나라 풍습과 기독교"라는 글의 내용이 우상숭배를 옹호하는 이단적 행위라고 지적하는 것으로 시작되지만, 신 목사의 궁극적 목표는 성호와 홍 여사와의 불륜 문제를 부각하여 성호를 사직에 이르도록 하는 것이다.

"아시다시피 이 시간은 사람이 주관하는 시간이 아니요 하나님이 주관하는 시간입네다."

…"정 목사님을 안 지가 언젭네까?"

"정 목사라뇨?"

"6·25 때 납치된 정 목사님 있지 않습네까?"

정 목사라는 말을 듣자부터 성호의 가라앉았던 가슴이 울렁거리기 시작하다가 그만 쿵 하고 크게 울렸다.

…"순전히 피란민을 위한 봉사 정신으루 그때 거제도에 왔던 겁네까?"

"물론입니다."

…"혹시 정목사님의 사모님을 찾으러 거제도에 왔던 건 아닙네까?"

올 게 오는가보다 하고 성호는,

"그렇기두 했습니다."

…"순전히 피난민을 위한 봉사정신으루 거제도에 왔었느냐는 물음에두

그렇다구 하구, 정 목사 사모님을 찾으러 왔었느냐는 물음에두 그렇다구 하니, 대관절 어느 쪽이 진실입네까?"

"둘 다 진실입니다."

…"무슨 말이구 할 말이 있으믄 하시오." 신목사가 마지막 자비라도 베풀 듯 말했다.

…"늦은 감이 없지 않지만 오늘루 교직에서 물러나겠습니다."

— 《움직이는 성》, 225∼229쪽

신 목사는 겉으로 드러난 성호의 '간음' 사실만을 집요하게 파고들어 유죄 쪽으로 몰고 간다. 성호의 내면에 대해서는 아랑곳하지 않고 오로지 표면적인 계율의 파괴에만 매달려 참다운 복음의 정신을 외면하고 있는 것이다. 그러면서도 그가 이 재판을 '사람이 아닌 하나님이 주관하는 것'이라고 전제한 사실은 아이러니가 아닐 수 없다. 이런 신 목사야말로 예수가 간음한 여자의 주위에 둘러선 사람들을 향해 "누구든지 죄 없는 자가 먼저 돌로 치라"고 한다면 맨 먼저 돌을 던질 사람55) 인 것이다. 이와 같이 작가는 신 목사를 통해 한국 기독교 지도자들이 빠져 있는 율법지상주의의 한계를 지적한다.

숨겨왔던 과거가 백일하에 드러남으로써 교단을 통한 공식적인 활동의 통로는 차단되고 말았지만, 성호는 비로소 은폐와 자기기만에 가려졌던 진정한 자아와 만나게 된다. 그가 목사직을 포기하고 설교의 강단에서 스스로 물러나는 과감한 행동을 택한 것은 외면했던 진

---

55) 김희보, 앞의 글, 159쪽.

정한 주체성에의 자각과 그릇된 종교 현실에 대한 비판의식이 맞물려 그에게 새로운 삶의 장으로 나아가게 한 통로[56]의 개척이라고 할 수 있다. 그는 '돌마을'로 돌아와 고아를 돌보고 철거민의 편에 서서 그들의 입장을 대변하며, 창녀들에게 휴식처를 제공하는 등 철저하게 사랑과 봉사의 실천을 통한 구원을 추구한다.

성호는 준태의 신상을 애타게 염려하는 지연의 눈에서 오래 전 그가 사모한 홍 여사의 두려움에 떨던 눈빛을 발견하고, 그 눈은 이 두 여자만의 눈이 아니라 모든 인간의 눈이요, 그것은 창조주의 눈이라고 깨닫는다. 그 눈이야말로 준태가 혐오해 마지않은 모든 유랑민들, 민구, 명숙, 변 씨, 돌이엄마, 한 장로, 최 장로, 신 목사, 그리고 준태 자신까지를 포함하는 모든 인간들에게 구원의 가능성을 비춰주는 하나님의 눈이다.

요컨대 작가 황순원이 《움직이는 성》에서 말하려는 주제는 성호의 삶을 통해 드러나듯이 하나님에 대한 진정한 깨달음과 순수한 실천적 신앙만이 구원의 길이라는 것이다. 그에게 복음의 전도보다 우선하는 것은 이웃에 대한 사랑의 실천이다. 그의 이런 태도는 사회구원을 개인구원보다 우선시하는 실천신학의 입장으로 해석될 수 있다.[57]

이제까지 성호의 입장을 통해 드러나는 작가의 샤머니즘에 대한 태도에서도 긍정적인 면은 보이지 않는다. 성호의 눈에 비친 샤머니즘은 올바른 기독교의 방향을 혼란시키는 부정적인 요인이다. 제사의

---

56) 황효일, 앞의 논문, 126쪽.
57) 박남훈, 위의 글, 《한국문학논총》(제30집, 2002. 6.), 512쪽.

식 같은 전통의례에 대해 기독교 신앙의 차원에서 과잉 반응할 필요가 없다는 입장에서는 샤머니즘을 상대적으로 열등한 것으로 바라보는 작가의 시각이 드러난다. 더욱이 성호는 명숙의 내림굿 현장에 뛰어들어 정신병을 유발시키고도 한갓 신경과민이나 불안장애 정도로 치부해버린다. 샤머니즘 의식을 단순한 미신행위로 간주하는 기독교 신앙에 대한 우월의식을 드러내는 대목이다.

그러나 작가 황순원의 이 같은 샤머니즘에 대한 부정적 입장은 샤머니즘 자체를 향해 있다기보다 그 부정적 요소들과 습합해 기독교 신앙의 진정한 가치가 훼손되고 있는 데 맞춰져 있다고 보아야 할 것이다. 이는 성호를 통해 전하려는 진정한 신앙의 길이 무엇인지를 강조하는 메시지로 확인된다.

제 3 장

결 론

본 연구의 목적은 동시대 한국문학을 대표했던 김동리와 황순원의 대
표작 《을화》와 《움직이는 성》에서 우리 정신문화 유산의 하나인 샤
머니즘이 어떤 양상으로 수용되는지를 각각 또는 대비적 관점에서 살
펴보고 그 특징과 의의를 짚어보는 것이었다. 이 작업과 더불어 두 작
품에서 공히 샤머니즘과 대비적 또는 대립적 요소로 수용되고 있는
기독교와의 상호 연관성도 함께 살펴보았다.

　김동리는 창작활동 초기부터 전인미답의 새로운 작품세계를 개척
하겠다고 결심하고 그 대상을 샤머니즘으로 삼았다. 그의 창작을 통
한 샤머니즘 세계 탐구는 〈무녀도〉, 〈달〉, 〈당고개 무당〉, 〈저승
새〉 등의 밀도 높은 샤머니즘 계열의 수작들을 탄생시켰고, 마침내
필생의 역작이라 할 수 있는 《을화》로 그 정점을 찍었다.

　무당 '을화'의 일대기인 《을화》는 작가 김동리가 내세운 문학활동

의 본질, 즉 '구경적 삶의 형식'을 효과적으로 적용한 작품이다. 주인 공 을화의 삶은 그대로 김동리가 추구하는 샤머니즘의 구경이라 할 만하다.

이 작품에는 하층민 출신의 을화가 불우한 성장과정을 거치고 일정 한 뿌리 없이 떠도는 생활 끝에 내림굿을 받고 무당이 되는 과정, 작 은 이익에 연연하지 않고 나름대로 지조와 신념을 가진 무당으로서 민간의 애환을 치유하고 달래주며 복을 비는, 즉 공익적 역할을 수행 하는 큰무당의 면모를 갖추기까지의 여정이 잘 그려져 있다.

을화가 영험 있는 큰무당임을 보여주는 장면들은 많지만, 가장 확 실한 증거는 태주할미의 반인륜적 살인행각을 밝혀내는 대목이다. 이 과정을 통해 을화는 단순한 점쟁이와 신과 인간을 중개하여 길흉 화복을 관장하는 신자(神子)인 무당과의 차이를 확실히 하고 동시에 무당의 입지를 다진다. 이런 을화의 활동은 두말할 것도 없이 작가 김 동리가 샤머니즘과 무당을 바라보는 태도이다.

기독교를 대변하는 영술은 을화와 이념적 대척점에 서 있다. 이들 은 모자 관계라는 혈육지정의 바탕 위에서 이념적으로 대립하는 아이 러니 상황에 놓여 있다. 서로 한 치의 양보도 없는 대립은 극한으로 치달아 어미가 자식을 찔러 죽이는 참극으로 막을 내린다. 표면적으 로만 보면 기독교 이념인 영술이 샤머니즘을 대변하는 을화의 칼에 죽은 것이다.

이 최후의 장면을 두고 작가의 의도에 대한 다양한 해석이 있으나, 필자는 작가 김동리가 샤머니즘 편에도 기독교 편에도 서지 않았다고 판단한다. 김동리는 첫 샤머니즘 소재의 작품 〈산화〉에서 시작하여

《을화》에 이르기까지 일관되게 우리의 전통신앙이요 민족 정서의 뿌리인 샤머니즘을 남다른 애정을 가지고 수용해온 것이 사실이지만, 적어도 《을화》에서는 샤머니즘 편에도 기독교 편에도 서지 않았다고 파악하였다.

그 단서는 을화가 죽지 않고 신모 빡지와 함께 사라진 점, 월희의 새로운 삶의 길이 암시하는 새 세상, 그리고 다 떠난 뒤에도 변함없이 을화의 집 처마에 밝혀지는 종이등이다. 또한 영술은 무당의 칼에 맞아 죽은 예수귀신이지만, 우리나라에 기독교가 전래돼 토착화되기까지의 숱한 순교를 떠올려보면 그의 죽음이 한국의 기독교 세계 전체가 무너지는 상징은 될 수 없는 것이요, 작가가 이를 간과했을 리 없다. 작가 김동리는 다만 20세기 한국의 현실에서도 여전히 샤머니즘과 기독교라는 전통 및 외래 이념이 서로 습합하고 대립하는 현상을 소설적 상상력으로 구경해냈을 뿐이다.

《을화》에서 읽을 수 있는 샤머니즘과 기독교에 대한 김동리의 이런 태도는 《움직이는 성》에서 샤머니즘의 부정적 측면들과 이를 습합해 본질에서 어긋난 한국의 기독교 모두를 냉정하게 비판하는 황순원의 태도와 대비된다.

황순원은 김동리와 달리 샤머니즘에 대해 매우 부정적인 시각을 드러낸다. 《움직이는 성》의 주요 인물들을 통해 진술되거나 그들의 행위로 보이는 샤머니즘은 '혐오의 세계'요 견고하지 못한 '흔들리는 터전'이다. 준태의 삶과 의식에 비친 샤머니즘은 인간의 맹목적이거나 이기적인 욕망이 투영된 것으로 정착성이 없는 관념의 세계에 불과하며, 인간들이 이러한 세계에 의지하게 된 것은 유랑민 근성에서 기인한 것이다.

　양성구유에 동성애자인 박수 변 씨의 행태는 비정상적이고 거부감을 유발하는 '병적인 세계'요 합리적 이성으로 구축된 안정된 질서가 아니라 신비주의적이고 과잉된 감성이 지배하는 '카오스의 세계'로서 역시 '혐오의 세계'다.

　성호에게 있어 샤머니즘은 올바른 기독교의 방향을 혼란시키는 부정적인 요인이다. 더욱이 그는 제사의식 같은 전통의례에 대해 기독교 신앙의 차원에서 과잉 반응할 필요가 없다고 하거나, 내림굿 현장에 뛰어들어 입무 과정의 소녀가 정신이상이 되게 만들고도 신경과민이나 불안장애 정도로 치부하는 등 샤머니즘 의식을 단순한 미신행위로 간주하는 기독교 우월의식마저 드러낸다.

　그러나 샤머니즘에 대한 작가 황순원의 이런 비판적 시각은 샤머니즘 자체를 향해 있다기보다 샤머니즘의 혐오스러움 못지않게 타락상을 보여주는 한국의 기독교를 향해 있다고 보아야 자연스럽다. 작품의 도입부에서 민구가 샤머니즘 연구자인 자신과 한 장로의 딸인 은희의 약혼을 두고 "기독교와 샤머니즘의 약혼식이 될지도 모른다"고 한 대목은 그래서 시사하는 바가 크다.

　요컨대 작가의 관점에서 보면 오늘날의 기독교는 샤머니즘과 마찬가지로 '흔들리는 터전' 위에서 갈피를 잡지 못하는 '움직이는 성'이며, 병들고 혐오스러운 모습을 띠고 있다. 황순원은 이 흔들리는 터전이 본래의 모습을 되찾아 '견고한 성'을 이루기를 희구하고 있으며, 성호는 그 가능성의 제시를 위해 창조된 인물이라고 할 수 있다.

황순원 문학 연구의 지평 확대 가능성*

1. 황순원의 습작기 작품 대량 발굴 경위

양평 소나기마을의 황순원문학관은 개관 3년째를 맞던 2010년 5월, 황순원의 문학세계를 체계적이고 심도 있게 연구하기 위해 김종회 교수 주도 아래 '황순원문학연구센터'를 마련하기로 하고, 그 기초 작업의 일환으로 광범위한 자료수집에 나섰다.

수집 대상은 크게 작품, 연구자료, 국제화자료, 영상자료 등으로 정했다. 먼저, 작품 부분에서는 이미 확보되었거나 상대적으로 수집하기 쉬운 1970년대 이후에 발간된 단행본과 전집을 제외하고 1960

---

* 이 내용은 필자가 2013년 9월 13일 양평 소나기마을에서 개최된 황순원문학제 학술
세미나에서 발표한 내용을 정리한 것이다.

년대 이전에 발간된 작품집 및 작품 게재지를 수집하는 데 집중하기로 하였다.

　연구자료는 단행본과 학위논문, 단편적인 평론 및 학술논문 등을 두루 대상으로 하되, 우선 석·박사 학위논문을 집중 수집하기로 하였다. 국제화자료는 외국어로 번역되어 해외에 소개된 황순원의 작품을 비롯한 연구논문 등을, 영상자료는 황순원의 작품을 원작으로 제작된 영화나 드라마 원본 또는 복사본을 수집 대상으로 하였다.

　효과적인 자료수집 활동을 위해 장현숙 교수(경원대), 박덕규 교수(단국대), 김종성 교수(고려대), 안용철 선생(《일간스포츠》 대표) 등을 자문위원으로 위촉해 수시로 조언을 구했다. 이 과정에서 자문위원들은 개인적으로 소장한 황순원의 작품집과 연구논문 등을 기증하기도 하였다.

　필자는 추선진·차성연·권채린·최경희·노현주·채근병·이훈·이우현 선생 등과 함께 전체 자료수집 실무를 진행하면서, 주로 1960년대 이전의 희귀자료 수집을 맡았다. 시인 김기택, 아동문학 평론가 김용희가 수집된 자료의 분류와 관리를 도와주었다.

　목록을 작성하고 본격적인 수집 작업에 들어간 것은 2010년 6월 하순부터였다. 당초 계획으로는 학위논문의 경우 저자와 직접 연락해서 원본을 기증받기로 하였으나 그 양이 방대하여 저자들과 일일이 접촉하는 데 한계가 있었다. 그래서 원본의 입수는 장기적으로 해나가면서 일단 국립중앙도서관, 국회도서관 등에 소장된 논문을 대출해 복사·제본하는 방식을 취했다. 이렇게 하여 2010년 9월 말경, 당시까지 제출된 석·박사 학위논문의 대부분을 수집할 수 있었다. 이에 발맞춰 논문, 평론 등도 국립중앙도서관, 국회도서관 등에 소장된 게재지를 대출해 복사·제본하는 방식으로 수집했다.

1960년대 이전에 발간된 작품집과 작품 게재지를 수집하는 일은 간단치 않았다. 대학가와 청계천의 고서점들을 일일이 뒤지는 고전적인 방법은 인력과 시간 면에서 모두 효율적이지 못했다. 요즘은 고서점들 간 네트워크가 형성돼 있고 일부 데이터베이스도 구축돼 있어서 기대를 걸었다. 그러나 구해야 할 목록을 채우기에는 턱없이 부족했고, 또 막상 찾아낸 책을 구입하려고 하면 이미 팔렸거나 제시된 금액보다 훨씬 높은 가격을 불러 난감하였다.

결국 몇몇 고서점 대표와 긴밀히 접촉하여 협조를 구했다. 즉 고서, 희귀본 취급에 남다른 열정을 가진 문승묵 선생(둥지갤러리 대표)과 윤형원 선생(아트뱅크 대표)을 만나게 되었으며, 이분들의 적극적인 협조 덕분에 수집하기로 계획한 황순원의 초기 작품집 및 작품 게재지를 거의 모두 구할 수 있었다.

황순원의 초기 작품집과 작품 게재지 수집 작업은 2012년 말까지 꾸준히 진행되어 총 77권을 수집하였다. 이 중에서 황순원의 대표작 중 하나인 〈별〉이 실린 《조선단편문학선집》(범장각, 1946. 1.) 초판본, 작품집 《목넘이마을의 개》(육문사, 1948. 12.) 초판본, 단편 〈이리도〉와 〈산골아이〉가 실려 6·25 전쟁 중에 발간된 중·고등학교 교과서(1952. 9.), 〈담배 한 대 피울 동안〉이 실린 《신천지》 1947년 9월호, 〈황노인〉이 실린 《신천지》 1949년 9월호, 〈독짓는 늙은이〉가 실린 《문예》 1950년 4월호 등의 희귀자료를 입수한 것은 큰 소득이라 할 수 있다. 이 외에도 영화 〈독짓는 늙은이〉 포스터(1969)

와 비디오테이프(1987년 제작), 영화 〈카인의 후예〉 포스터(1968)를 비롯하여 여러 건의 귀중한 영상 관련 자료를 입수할 수 있었다.

이 같은 자료수집 과정에서 황순원이 〈매일신보〉, 〈중앙일보〉, 〈동아일보〉 등의 일간지와 《신천지》, 《예술원보》 등의 잡지에 발표했던 초기 작품들을 대거 찾아내는 성과도 함께 거두었다. 이 작품들은 오늘날 전집에 실리지 않은 채 잊힌 동시·동요 60여 편을 비롯해 단편소설, 콩트, 수필 등 모두 70여 편이다. 이 중에 시 작품의 경우 원본 열람 및 복사 불허와 열람 자료(마이크로필름)의 질이 크게 떨어지는 한계로 인해 전문 판독이 어려운 작품 10편이 포함되어 있다.

이 작품들에 대한 발굴 의의와 작품 성격에 대해서는 김종회 교수가 《문학과 사회》 2010년 겨울호("발굴: 소설가 황순원 초기작품 4편")와 2011년 9월 제8회 황순원문학제 문학 세미나("황순원 선생 1930년대 전반 작품 대량 발굴")를 통해 일차 소개한 바 있다.

2. 황순원 문학의 여명

잘 알려진 바와 같이 황순원의 문학은 시 창작으로부터 출발해 소설로 나아갔다가, 다시 시로 회귀하는 궤적을 보여준다. 이렇게 독특한 문학 역정을 걸어간 황순원은 평생 104편의 시, 104편의 단편, 1편의 중편, 7편의 장편을 남겼다.

황순원이 문학의 첫걸음으로서 시를 쓰기 시작한 때는 10대 중반인 숭실중학 재학 시절이었다. 지금까지 알려진 바로는 1931년 7월에

〈나의 꿈〉을, 9월에 〈아들아 무서워 말라〉를 《동광》에 발표한 것으로 되어 있다. 시작을 계속한 황순원은 1932년 5월 〈넋 잃은 그대 앞가슴을 향하여〉를 《동광》 문예특집호에 발표하고, 주요한으로부터 김해강·모윤숙·이응수와 함께 신예시인으로 소개받는다.

황순원은 1934년 숭실중학을 졸업하고 일본 유학길에 올라 와세다 제2고등학원에 입학한다. 여기서 이해랑·김동원 등과 함께 극예술 연구단체인 '동경학생예술좌'를 창립하고 그해 11월 이 단체의 명의로 양주동 서문과 27편의 시를 담은 첫 시집 《방가》를 간행한다. 이 일로 이듬해 8월 방학을 맞아 귀성했다가 평양경찰서에 29일 간 구류를 당하기도 했다.

이해, 그러니까 1935년 10월 황순원은 신백수·이시우·조풍연 등이 주도하여 서울에서 발행하던 《삼사문학》의 동인으로 참가한다. 이 동인지는 모더니즘을 표방하되 김기림이나 김광균의 서정적 요소에 불만을 품고 쉬르리얼리즘의 경향을 보였다.

1936년 와세다 제2고등학원을 졸업하고 와세다대학 영문과에 입학한 황순원은 그해 3월 동경에서 발행되던 《창작》의 동인이 되어 시를 발표하는가 하면, 5월에 제2시집 《골동품》을 발간한다. 앞서 발간한 《방가》와 함께 두 권의 시집을 발간한 후 황순원은 간간이 시를 썼으나 더 이상 시집을 엮지는 않았으며, 소설 창작으로 전환했다.

3. 첫 작품 논란과 작가의 당부

앞에서 살펴본 바와 같이 이제까지 알려진 황순원의 첫 작품은 1931
년 7월 《동광》에 발표한 〈나의 꿈〉이다. 이 시의 탈고 시기는 황순
원이 꼼꼼히 작품을 선별하고 교정을 본 전집에 1931년 4월로 표기되
었다. 이런 근거에 의하면 황순원의 첫 작품의 탄생 시기는 탈고 시점
까지를 고려해도 1931년 4월이 되는 셈이다.

그런데 앞에서 소개한 바와 같이 황순원문학관에서 황순원의 작품
과 연구자료를 한창 수집하던 2010년 여름, 《문학사상》 7월호에 권
영민 교수가 전집에 수록되지 않았던 황순원의 초기(1931~1935) 작
품 중 동요 8편, 시 1편, 소년소설 1편, 단막 희곡 1편을 발굴했다고
발표했다.

    • 권영민 교수가 소개한 동요 8편 •

    ① '봄싹'(〈동아일보〉, 1931. 3. 26.)

    ② '딸기'(〈동아일보〉, 1931. 7. 19.)

    ③ '수양버들'(〈동아일보〉, 1931. 8. 4.)

    ④ '가을'(〈동아일보〉, 1931. 10. 14.)

    ⑤ '이슬'(〈동아일보〉, 1931. 10. 25.)

    ⑥ '봄밤'(〈동아일보〉, 1932. 3. 12.)

    ⑦ '살구꽃'(〈동아일보〉, 1932. 3. 15.)

    ⑧ '봄이 왔다고'(〈동아일보〉, 1932. 4. 6.)

이 발표 글에서 권영민 교수는 동요 8편 중 '봄싹'(〈동아일보〉, 1931. 3. 26.)의 발표 시기가 이제까지 알려진 첫 작품 〈나의 꿈〉에 앞서는 것으로 확인함으로써, 황순원의 등단작 수정에 대한 주장을 낳기도 했다. 실제 황순원이 기록한 〈나의 꿈〉의 탈고 시기보다도 앞서 발표된 것이고 보면 이런 논란이 일 만도 하다.

이런 맥락에서 보면 황순원문학관이 찾아낸 작품 중 〈누나 생각〉(〈매일신보〉, 1931. 3. 19.)의 발표시기는 〈봄싹〉보다도 7일이나 앞서고, 〈형님과 누나〉(〈매일신보〉, 1931. 3. 29.) 역시 〈나의 꿈〉 탈고시기보다 앞선 3월에 발표됨으로써 논란을 가중시킬 여지가 있다. 황순원문학관에서 찾아낸 작품을 기준으로 보면 〈나의 꿈〉 탈고시기인 1931년 4월 이전에 발표된 작품만 모두 8편에 이른다(첨부 작품목록 참조).

하지만 이 같은 조사 성과에 의지해 황순원의 등단작을 수정하기는 조심스럽지 않나 생각한다. 앞선 성과 발표(《문학과 사회》, 2010년 겨울호)에서 김종회 교수도 지적했듯이, 작품의 발표순서는 작가의 작품세계를 이해하는 데 큰 의미가 없을뿐더러, 작가 자신이 이미 〈나의 꿈〉을 자신의 첫 작품으로 내세워 문학적 의미를 부여하였기 때문이다.

황순원은 후일 전집을 낼 때 직접 작품들을 선정하고 교정하는 과정에서 여러 편의 초기 작품을 제외시켰으며, 여기서 그치지 않고 자신이 제외시킨 작품에 대해 후학들이 거론할 경우마저 경계하여 다음과 같은 당부의 글을 남겼다.

"나는 판을 달리할 적마다 작품을 손봐 오는 편이지만, 해방 전 신문 잡지에 발표된 많은 시의 거의 다를 이번 전집에서 빼버렸고, 이미 출간된 시집 《방가》에서도 27편 중 12편이나 빼버렸다. 무엇보다도 쓴 사람 자신의 마음에 너무 들지 않는 것들을 다른 사람에게 읽힌다는 건 용납될 수 없다는 생각에서다. 빼버리는 데 조그만치도 미련은 없었다. 이렇게 내가 버린 작품들을 이후에 어느 호사가가 있어 발굴이라는 명목으로든 뭐로든 끄집어내지 말기를 바란다."

— 《말과 삶과 자유》 중에서

그럼에도 불구하고 한국의 한 시대를 대표했던 작가의 창작과정과 작품세계를 좀더 깊이 이해하기 위해 작가와 관련된 드러난 모든 면면을 살피고 싶은 독자의 바람은 어찌할 수 없는 일이 아닌가. 나중에 작가 자신에 의해 버려진 작품이라 할지라도 그것이 쓰인 과정이나 지면에 발표되던 순간에는 절실하지 않은 바가 없었을 것이다. 즉 버려진 작품도 그것이 쓰이고 발표됐다는 점에서 이미 작가와 무관하지 않으며, 그 나름의 가치를 지니는 것이다.

작가는 훗날 뒤돌아보아 만족스럽지 않은 작품일 수 있고, 그래서 미래 독자들에게 읽히고 싶지 않을 수 있다. 그러나 창작심리, 영향과 수용관계, 작품세계의 변화과정 같은 거창한 이름을 붙이지 않더라도 진정 애정을 가진 독자라면 작가의 이 같은 우려까지 싸안고 다가가야 하지 않겠는가.

4. 《방가》 이전, 황순원 습작기 시 작품의 가치

황순원문학관이 찾은 작품으로, 첫 시집 《방가》 발간 이전에 발표된 시 작품은 55편에 이른다. 이 중에 《방가》에 실린 작품은 없다. 훗날 전집을 엮을 때 《방가》의 27편 중 마음에 들지 않는 12편을 빼버렸다고 한 데서도 엿볼 수 있듯이, 작가는 이 시집을 처음 엮을 때도 꽤 많이 발표한 작품들을 과감하게 버렸다. 그리고 이 작품들을 발굴이라는 이름으로 찾지 말라고 경고까지 하였다.

황순원은 왜 이랬을까. 스스로 '판을 달리할 때마다 손을 보는' 자세로 마음에 들게 다듬어서 한 편이라도 더 추스를 수 있었을 텐데 그리 하지 않은 이유는 무엇일까. 짐작해볼 수 있는 하나의 가정은, 이 작품들을 처음부터 습작으로 여기고 완성된 작품으로서의 의미는 두지 않은 것은 아닐까. 하지만 고결한 완벽주의자 황순원으로서 처음부터 아예 쓰지를 않지, 이렇게 습작으로 가볍게 다뤄 여기저기 발표했을 리가 없다.

또 하나의 가정은, 창작에 있어 작가는 어느 한 작품도 소홀히 여기는 법이 없으므로 모든 작품이 처음에는 귀하게 다루어졌을 테지만, 10대 후반의 왕성한 지적·감성적 변화를 겪으면서 안목이 바뀐 것일 수 있다. 즉 1934년 11월 《방가》를 엮어내던 동경 유학생의 시각으로 돌아본 3~4년 전의 작품들은 미성숙한 습작들에 불과했을 수 있는 것이다.

그렇다면 작가가 찾지 말라고 경고했다고 해서 엄연히 한 시대의 지면을 차지한 이 작품들을 모른 체하는 것이 옳은 일일까. 작가의 바람과 독자의 만족이 꼭 일치할 수는 없는 노릇이다. 작가에게 자기 작품에 만족하지 못하여 버릴 수 있는 권리가 있다면, 독자에게는 지면에 이미 공개된 작품을 찾아내 감상하고 그 의미를 새겨볼 권리가 있다. 더구나 새로 찾은 작품들이 그것을 창작한 작가의 판단과 무관하게 특별한 관심을 기울여볼 가치를 품고 있다면, 이 작품들을 재조명하는 작업은 문학인들의 의무로 주어지게 될 것이다. 이리하여 우리 문학의 터전은 더 깊고 풍부해지는 것이 아닐까.

황순원의 습작기 시 작품들은 70여 년이 흐른 오늘날 그저 낡은 지면을 뒤져서 그 흔적을 확인하는 정도의 의미 이상의 가치를 지니고 있다. 이미 김종회 교수가 지적했듯이, 이 작품들에는 앞으로 모습을 드러낼 '서정성, 사실성과 낭만주의, 현실주의를 모두 포괄하는 작가의 문학세계' 밑그림이 들어 있다. 그야말로 황순원 문학의 맹아요 요람이라고 할 수 있다. 이 습작기 작품들에 대한 심층 연구를 통해 황순원의 문학세계가 더욱 풍부하고 굳건해지리라고 생각한다. 이런 관점에서 습작기 시 작품의 연구 방향 몇 가지를 제시해보고자 한다.

1) 전통 율격에 충실한 시 창작

《방가》 이전의 작품, 특히 숭실중학 시절인 1931~1932년에 발표한 동요, 동시는 거의 예외 없이 3음보 수, 4음보를 기본으로 한 7·5조의 율격을 취하고 있다. 여기에 6·5조(〈봄노래〉, 1931. 6. 12.), 8·5조(〈외로운 등대〉, 1931. 6. 24.)의 변형도 간간이 보인다. 이렇게 전통 율격에서 벗어난 자유시 형태는 〈단시 3편〉(1931. 5. 15.),

〈묵상〉(1931. 12. 24.), 〈가두로 울며 헤매는 자여〉(1932. 4. 15.), 〈언니여〉(1932. 5.) 등으로 희귀한 편이다.

이와 같이 습작기의 작품이 외형 면에서 대부분 정형시의 틀에 얽매어 있는 점과 달리 《방가》에 실린 시는 대부분 자유시라는 차이를 보인다. 이 점도 찬찬히 살펴볼 필요가 있는데, 청년 황순원은 1930년대 초, 모더니즘 운동과 더불어 서구 현대시의 영향을 받아 정형시의 틀을 벗고 자유시의 길을 간 것으로 추측된다.

> 양지쪽따스한곤 누른잔듸로
> 파룻한풀싹하나 돋아나서는
> 봄바람살랑살랑 장단을맞춰
> 보기좋게춤추며 개웃거리죠
>
> 보슬비나리면은 물방울맺혀
> 아름다운진주를 만들어내고
> 해가지고달뜨면 고히잠들고
> 별나라려행꿈을 꾸고잇어요
>
> — 〈봄싹〉(1931. 3. 26.)

> 그는 느트나무에 기대여
> 주먹을 쥐엿다 노앗다
> 우러러 부르짖다 땅을 굴으다
> 한낮절이나 생각에 취햇든

그의 얼골은 이상히 빗낫다
꼭 보앗네 희망의 넘침임을

— 〈묵상〉(1931. 12. 24.)

2)동심의 눈으로 바라본 자연, 생명, 인간

이 시기 대부분의 시 작품은 계절에 따라 다채롭게 변하는 자연현상
과 그 속에서 살아가는 생명들, 부모형제 등 가족을 중심으로 한 인간
의 모습들을 티 없이 맑은 동심의 눈으로 표현하였다. 나이도 먹고 일
본 유학을 통해 세상을 보는 안목이 성숙해진 《방가》에 이르러 심도
있는 현실인식과 역사의식을 담아낸 시편들과는 큰 차이를 보인다.

그러나 각 시편들로부터 철저한 정형율과 더불어 전통정서에 실린
내밀한 비유 속에서 신비로운 자연의 조화와 희로애락으로 점철된 인
간 삶에 대한 섬세한 인식을 발견할 수 있다. 이는 바로 한층 어른스
러워진 《방가》의 모습을 이루는 싹이며, 후일 그의 단편소설에서 찬
란하게 회상되듯이 유종호가 칭한 '겨레의 기억'의 맹아인 것이다.

이 외에도 전통 율격 수용에 철저했던 점에서 소월의 영향관계,
1930년대 초의 모더니즘 운동, 특히 이미지즘의 영향관계 등을 살필
수 있을 것이다.

황천간 우리누나
그리운 누나
비나리는 밤이면

더욱 그립죠

그리운 누나얼굴
생각날 때면
창밧게 비소리도
설게 들니오

— 〈누나 생각〉(1931. 3. 19.)

비오는 어둔밤에
조용히 안저
어려서 놀든때를
생각하면은
하염업는 눈물이
줄을 지어서
여윈얼골 두뺨에
흘너집니다

밝은달이 비춰는
뒷담밋헤서
고향하늘 보고서
서서잇스면
피가끌는 가슴에
매친슯흠이

끈임업는 한숨이

솟아납니다

- 고향에 잇는 동무들께 -

— 〈회상곡〉(1931. 6. 9.),

빈주먹을 들어 큰 뜻과 싸우겟다고 언니가 이곳을 떠나시든 그날 밤-

정거장 개찰구(改札口) 압해서 힘잇게 잡엇든 뜨거운 손의 맥박(脈
搏)!

말업시 번늣 거리는 두 눈알의 힘!

〈플랫트홈〉에 떨고 잇는 전등불 미트로 것든 뒷모양!

아 꼭감은 눈압헤 다시 나타나는구려.

언니!

지금은 검은 연긔속에 뭇치여

희든 당신의 얼골은 얼마나 꺼머 젓스며 물렁물렁하든 두 팔목은 어떠캐
나 구더 젓서요?

(五行 略)

언니— 어린 이 동생은

봄비 나리는 이날 밤도

〈가시마(貸間)〉 한구석에서 괴로움과 싸울 언니를 생각해도

흙뵈는 벽에는 로동복이 걸려 잇고

혼자 안는 책상에는 변도곽이 노여잇서

쓰라린 침묵에 헤매일 언니를 … 아 언니를.

그러나 그러나 언니여!

이 동생은 조금도 락심치 안어요 비명(悲鳴)을 내지 안어요!

그것은 언니의 나렷든 주먹이 무릅을 치고 나터날 때

〈삶〉에 굶주린 무리를 살길로 인도할 것을 꼭 알고 밋고 잇기 때문이야요

지금 이 어린 동생은 언니를 향하여 웨치나니 더한층 의지(意志)가 굿세

소서 굿세소서.

- 一九三二 ·四月·東京 계신 申兄님께 -

— 〈언니여-〉(1932. 5.)

5. 초기 산문작품의 위치

황순원이 1950년대 이전에 발표한 산문들 중 소년소설이라고 명명한

〈추억〉은 1931년 4월 7일부터 9일까지 3회에 걸쳐 〈동아일보〉에 연

재한 작품이다. 줄거리는 중학생 '영일'이 젊은 여자 사진을 갖고 다

니다가 학교에서 적발되는데, 사연을 알고 보니 사진의 주인공은 진

경숙이란 여자이고, 이 여자는 자기를 희생하여 불 속에서 주인집 아

이를 구한 의로운 사람이었으며, 그 주인집 아이가 곧 영일이라는 내

용이다.

비록 짧은 줄거리이지만 자기희생의 고귀함이라는 주제가 함축적

으로 드러나 있으며, 숨겨진 이야기를 여러 사람 앞에서 밝혀내는 과정은 감동적이다. 이후 본격 소설에서 보여주는 황순원의 인본주의 사상의 바탕을 엿볼 수 있는 작품이다.

1947년 겨울에 발표한 수필 〈무 배추와 고추〉는 당시 겨우살이 양식으로 김장을 담그는 일이 연례행사인데, 교사인 필자가 사택 텃밭에 직접 배추 씨앗을 뿌려 가꾸면서 벌어지는 가족들과의 소소한 일상을 스케치한 작품이다.

이 수필을 발표한 시점은 황순원이 공산정권을 피해 월남하여 서울 고등학교 교사로 재직하던 때이다. 일부 친척들을 북한에 남겨둔 채 월남하여 뒤숭숭한 마음이 수필 곳곳에 묻어난다.

1. 초기 시

1. 〈누나생각〉(〈매일신보〉, 1931. 3. 19.)
2. 〈봄싹〉(〈동아일보〉, 1931. 3. 26.)
3. 〈형님과 누나〉(〈매일신보〉, 1931. 3. 29.)
4. 〈문들레꽃〉(〈매일신보〉, 1931. 4. 10.)
5. 〈달마중〉(〈매일신보〉, 1931. 4. 16.)
6. 〈북간도〉(〈매일신보〉, 1931. 4. 19.) ― 미확인 글자 포함
7. 〈버들개지〉(〈매일신보〉, 1931. 4. 26.)
8. 〈비오는밤〉(〈매일신보〉, 1931. 4. 28.)
9. 〈버들피리〉(〈매일신보〉, 1931. 5. 9.)
10. 〈칠성문〉(〈매일신보〉, 1931. 5. 13.)
11. 〈단시 3편〉(〈매일신보〉, 1931. 5. 15.)
12. 〈우리학교〉(〈매일신보〉, 1931. 5. 17.)
13. 〈하늘나라〉(〈매일신보〉, 1931. 5. 22.)
14. 〈이슬〉(〈매일신보〉, 1931. 5. 23.)
15. 〈별님〉(〈매일신보〉, 1931. 5. 24.)
16. 〈할연화〉(〈매일신보〉, 1931. 5. 27.)
17. 〈시골저녁〉(〈매일신보〉, 1931. 5. 28.)
18. 〈할머니 무덤〉(〈매일신보〉, 1931. 6. 2.)
19. 〈살구꽃〉(〈매일신보〉, 1931. 6. 5.)
20. 〈나〉(〈매일신보〉, 1931. 6. 7.)
21. 〈회상곡〉(〈매일신보〉, 1931. 6. 9.)
22. 〈봄노래〉(〈매일신보〉, 1931. 6. 12.)

23. 〈갈닙쪽배〉(〈매일신보〉, 1931. 6. 13.)

24. 〈거지아회〉(〈매일신보〉, 1931. 6. 19.)

25. 〈우리형님〉(〈매일신보〉, 1931. 6. 20.)

26. 〈외로운 등대〉(〈매일신보〉, 1931. 6. 24.)

27. 〈소낙비〉(〈매일신보〉, 1931. 6. 27.)

28. 〈우리옵바〉(〈매일신보〉, 1931. 6. 27.)

29. 〈잠자는 거지〉(〈아이생활〉 6권 7호, 1931. 7.)
    ― 동요 1차, 2010-한국아동문학센터 발굴)

30. 〈종소래〉(〈매일신보〉, 1931. 7. 1.)

31. 〈단오명절〉(〈매일신보〉, 1931. 7. 2.)

32. 〈걱정마세요〉(〈매일신보〉, 1931. 7. 3.)

33. 〈수양버들〉(〈매일신보〉, 1931. 7. 7.)

34. 〈쌀기〉(〈매일신보〉, 1931. 7. 10.)

35. 〈딸기〉(〈동아일보〉, 1931. 7. 19.)

36. 〈여름밤〉(〈매일신보〉, 1931. 7. 19.)

37. 〈모힘〉(〈매일신보〉, 1931. 7. 21.)

38. 〈수양버들〉(〈동아일보〉, 1931. 8. 4.)

39. 〈시골밤〉(〈매일신보〉, 1931. 8. 29.)

40. 〈버들개지〉(〈매일신보〉, 1931. 9. 5.) ― 7번 시와 약간 다름

41. 〈꽃구경〉(〈매일신보〉, 1931. 9. 13.)

42. 〈가을〉(〈동아일보〉, 1931. 10. 14.)

43. 〈가을비〉(〈아이생활〉 6권 11호, 1931. 11.)
    ― 동요 1차, 2010-한국아동문학센터 발굴)

44. 〈나는 실허요〉(〈신소년〉, 1931. 11. 1.) ― 한국아동문학센터 발굴

45. 〈묵상〉(〈중앙일보〉, 1931. 12. 24.) ― 전면 개작 후 전집 수록

46. 〈봄밤〉(〈동아일보〉, 1932. 3. 12.)

47. 〈살구꽃〉(〈동아일보〉, 1932. 3. 15.)

48. 〈봄이 왔다고〉(〈동아일보〉, 1932. 4. 6.)

49. 〈가두를 울며 혜매는 자여〉(〈혜성〉 2권 4화, 1932. 4. 15.)

50. 〈할미꽃〉(〈중앙일보〉, 1932. 4. 17.)

51. 〈언니여-〉(〈어린이 잡지〉 10권 5호, 1932. 5.)
    ― 동요 1차, 2010-한국아동문학센터 발굴)

52. 〈노래〉(〈신동아〉, 1932. 6. 1.)
53. 〈새출발〉(〈조선중앙일보〉, 1935. 4. 5.)
54. 〈개아미〉(〈조선중앙일보〉, 1935. 10. 15.)
55. 〈이슬〉(〈동아일보〉, 1935. 10. 25.)

2. 초기 시 II(판독 불가)

1. 〈송아지〉(〈중앙일보〉, 1931. 12. 22.)
2. 〈새봄〉(〈중앙일보〉, 1932. 2. 22.)
3. 〈눈내리는 밤〉(〈중앙일보〉, 1932. 2. 28.)
4. 〈밤 거리에 나서서〉(〈조선중앙일보〉, 1934. 12. 18.)
5. 〈새로운 행진〉(〈조선중앙일보〉, 1935. 1. 2.)
6. 〈거지애〉(〈조선중앙일보〉, 1935. 3. 11.)
7. 〈밤차〉(〈조선중앙일보〉, 1935. 4. 16.)
8. 〈찻속에서〉(〈조선중앙일보〉, 1935. 7. 26.)
9. 〈고독〉(〈조선중앙일보〉, 1935. 7. 5.)
10. 〈무덤〉(〈조선중앙일보〉, 1935. 8. 22.)

3. 황순원 초기 산문 작품 목록

1. 〈추억(1)〉(〈동아일보〉, 1931, 4. 7.) — 소년소설
2. 〈추억(2)〉(〈동아일보〉, 1931, 4. 8.) — 소년소설
3. 〈추억(3)〉(〈동아일보〉, 1931, 4, 9.) — 소년소설
4. 〈무 배추와 고추〉(〈신천지〉, 1947, 11 · 12 합병호) — 수필
5. 〈여인편모(下)〉(〈평화신문〉, 1953, 8. 26.) — 수필
6. 〈그와 그네〉 — 수필
7. 〈여론〉(〈전망〉, 1955, 9. 1.) — 설문

• 참고문헌 •

1. 기본 자료

《황순원전집》 1~12권, 문학과지성사, 1993~2003.
    1993: 제 11권 《시선집》
    1995: 제 4권 《너와 나만의 시간/내일》
    1999: 제 7 · 8권 《인간접목/나무들 비탈에 서다》 《일월》
    2000: 제 1 · 5 · 9 · 10 · 12권 《늪/기러기》 《탈/기타》 《움직이는 성》
          《신들의 주사위》 《황순원 연구》
    2002: 제 6권 《별과 같이 살다/카인의 후예》
    2003: 제 2 · 3권 《목넘이마을의 개/곡예사》 《학/잃어버린 사람들》

2. 국내 문헌

1) 단행본

권영민, 《한국현대문학사》, 민음사, 1993.
구인환 · 구창환, 《문학개론》, 삼지원, 1996.
김동리, 《나를 찾아서》(김동리 전집8), 민음사, 1997.
김봉군, 《한국소설의 기독교의식 연구》, 민지사, 1977.
김열규, 《동북아시아 샤머니즘과 신화론》, 아카넷, 2003.
김윤식, 《한국근대문학사상연구2》, 아세아문화사, 1994.
_____, 《김동리와 그의 시대》, 민음사, 1995.
_____, 《사반과의 대화》, 민음사, 1997.
_____, 《한국현대문학사》, 일지사, 1997.

김윤식·정호웅, 《한국소설사》, 예하, 1995.

김인환, 《상상력과 원근법》, 문학과지성사, 1993.

김인회, 《한국무속사상연구》, 집문당, 1993.

김종회, 《한국소설의 낙원의식 연구》, 문학아카데미, 1990.

_____, 《한국소설의 낙원의식 연구》, 문학아카데미, 1990.

_____ 편, 《황순원》, 새미출판사, 1998.

_____, 《문화 통합의 시대와 문학》, 문학수첩, 2004.

김 철, 《국문학을 넘어서》, 국학자료원, 2000.

김태곤, 《한국무속연구》, 집문당, 1995.

김태곤 외, 《한국문화의 원본사고》, 민속원, 1997.

김태곤·최운식·김진영 편저, 《한국의 신화》, 시인사, 1988.

김해옥, 《한국 현대 서정소설론》, 새미, 1999.

김현·김윤식, 《한국문학사》, 민음사, 1989.

박용식, 《한국설화의 원시종교사상 연구》, 일지사, 1992.

박찬부, 《현대 정신분석 비평》, 민음사, 1996.

박철희, 《문학개론》, 형설출판사, 1975.

박철희·김시태, 《문예비평론》, 문학과비평사, 1988.

백 철, 《신문학사조사》, 신구문화사, 1980.

서재원, 《김동리와 황순원 소설의 낭만성과 역사성》, 월인, 2005.

양선규, 《한국현대소설의 무의식》, 국학자료원, 1998.

양주동·박성의·이가원·장덕순, 《향가/여요》(국어국문학총서3), 서음출판
　　　사, 1985.

이동하, 《현대소설의 정신사적 연구》, 일지사, 1989.

이부영, 《분석심리학: C. G. Jung의 인간심성론》, 일조각, 2008.

이상우, 《현대소설의 원형적 연구》, 집문당, 1985.

이상일, 《변신 이야기》, 밀알, 1994.

이승훈, 《문학상징사전》, 고려원, 1995.

이진우, 《김동리 소설 연구: 죽음의 인식과 구원을 중심으로》, 푸른사상, 2002.

오생근 외, 《황순원 연구》, 문학과지성사, 1993.

유동식, 《한국 무교의 역사와 구조》, 연세대학교출판부, 1985.

윤이흠, 《한국종교연구》 권1, 집문당, 2000.

_____, 《한국종교연구》 권2, 집문당, 1991.

이몽희, 《한국현대시의 무속적 연구》, 집문당, 1990.

이상섭, 《문학연구의 방법》, 탐구당, 1983.

이은봉, 《한국고대종교사상》, 집문당, 1999.

이재선, 《한국현대소설사》, 홍성사, 1979.

_____, 《우리문학은 어디에서 왔는가》, 소설문학사, 1987.

일 연, 이병도 역, 《삼국유사》, 대양서적, 1975.

장덕순, 《한국문학사》, 동화출판사, 1997.

조남현, 《소설원론》, 고려원, 1983.

_____, 《한국현대소설사연구》, 민음사, 1984.

조동일, 《한국문학통사》 제 2권, 지식산업사, 1989.

조연현, 《한국현대문학사》, 성문각, 1980.

조회경, 《김동리 소설 연구》, 국학자료원, 1999.

조흥윤, 《한국의 샤머니즘》, 서울대학교출판부, 2002.

천이두, 《종합에의 의지》, 일지사, 1974.

_____, 《한국문학과 한》, 이우출판사, 1985.

최길성, 《한국민간신앙의 연구》, 계명대학교출판부, 1994.

_____, 《한국무속의 연구》, 아세아문화사, 1990.

_____, 《한국인의 한》, 예전사, 1996.

한승옥, 《한국현대장편소설연구》, 민음사, 1989.

_____, 《한국현대소설과 사상》, 집문당, 1995.

현용준, 《무속신화와 문헌신화》, 집문당, 1992.

황패강·김용직·조동일·이동권 편, 《한국문학 연구입문》, 지식산업사, 1987.

M. 엘리아데, 이은봉 역, 《성과 속》, 한길사, 1998.

_____, 이윤기 역, 《샤머니즘》, 까치, 2003.

2) 석사학위 논문

강은숙, "황순원 소설에 나타난 죽음 모티브의 심리적 분석", 덕성여자대학교,
        2000.

곽노송, "동물소재 소설과 생태의식", 고려대학교, 2004.

곽성연, "황순원 단편소설의 서정성 연구", 충남대학교, 2000.

권택희, "황순원 소설에 나타난 종교사상 연구: 《일월》과 《움직이는 성》을 중

심으로", 한양대학교 교육대학원, 1986.

김경화, "황순원의 장편소설 연구", 서강대학교, 1993.

김경혜, "황순원 장편에 나타난 인간구원의식에 관한 고찰", 숙명여자대학교 대학원, 1987.

김난숙, "황순원 문학의 상징적 고찰", 부산여자대학교 대학원, 1985.

김미영, "황순원 초기 소설의 동물 상징 연구", 동국대학교, 2002.

김연희, "황순원의 성장소설 연구", 서강대학교, 2000.

김옥선, "황순원 단편소설의 동물 이미지 연구", 경희대학교, 2005.

김윤선, "황순원 소설에 나타난 꿈 연구", 고려대학교, 1994.

김인숙, "황순원 장편소설 연구", 연세대학교, 1995.

김정하, "황순원 《일월》 연구", 서강대학교 대학원, 1986.

김종회, "황순원 소설의 작중인물 연구", 경희대학교 대학원, 1983.

김주성, "소설 《죽음의 한 연구》의 신화적요소 연구", 중앙대학교 대학원, 1989.

김희범, "황순원 소설의 인물 연구", 경남대학교 대학원, 1990.

남태제, "황순원 문학의 낭만주의적 성격 연구", 서울대학교, 1997

노승욱, "황순원 단편소설의 수사학적 연구", 서울대학교, 1997.

노애리, "황순원 단편소설 연구: 1950년대를 중심으로", 서울대학교, 1997.

류종렬, "김동리 소설에 나타난 죽음의 양상", 부산대학교 대학원, 1982.

문영희, "황순원 문학의 장가정신 전개양상 연구", 경희대학교 대학원, 1988.

박명복, "황순원 소설의 통과제의적 소설 연구", 공주대학교, 1999.

박미령, "황순원론", 충남대학교 대학원, 1980.

박진규, "황순원 초기단편 연구: 《늪》, 《기러기》에 나타난 서정기법을 중심으로", 부산대학교 대학원, 1987.

박혜경, "황순원 소설의 미학", 이화여자대학교 대학원, 1976.

방민화, "황순원 《일월》 연구", 숭실대학교 대학원, 1988.

방용삼, "황순원 소설에 나타난 애정관", 경희대학교 교육대학원, 1981.

배규호, "황순원 소설의 작중인물 연구", 계명대학교 대학원, 1989.

백승철, "황순원 소설의 악인 연구", 세종대학교 대학원, 1993.

변유민, "황순원의 성장소설 연구", 동국대학교, 2002.

상기숙, "한국현대소설문하과 샤머니즘: 동리와 순원 작품을 중심으로", 경희대학교 교육대학원, 1980.

서경희, "황순원 소설의 연구: 작중인물의 성격을 중심으로", 전북대학교 교육대학원, 1986.

손상화, "김동리 소설에 나타난 죽음 의식", 경북대학교 대학원, 1984.

송관의, "황순원의 성장소설 연구", 한양대학교, 2002.

안남연, "황순원 소설의 작중인물 연구", 한국외국어대학교 대학원, 1984.

안영례, "황순원 소설에 나타난 꿈 연구", 중앙대학교 교육대학원, 1982.

양선주, "황순원의 '성장소설' 연구", 전남대학교, 1990.

양현진, "황순원 소설의 '금기'구조 연구", 이화여자대학교, 1997.

오연희, "황순원 소설의 《일월》 연구", 충남대학교, 1996.

이부순, "황순원 단편소설 연구", 서강대학교 대학원, 1988.

이소영, "황순원 소설에 나타난 생태의식 연구", 고려대학교, 1998.

이애영, "황순원 단편소설에 나타난 '물' 상징 연구", 목포대학교, 2003.

임관수, "황순원 작품에 나타난 자기실현 문제: 《움직이는 성》을 중심으로", 충남대학교 대학원, 1983.

임영천, "김동리·황순원 소설의 종교세계 비교연구", 서울시립대학교, 1991.

장도례, "황순원 장편소설에 나타난 구원의 양상", 숭실대학교, 2002.

장현숙, "황순원 작품 연구", 경희대학교 대학원, 1982.

정연옥, "샤머니즘 문학과 문학교육", 홍익대학교, 2002.

정창훤, "황순원 소설의 이미지에 관한 연구", 전북대학교 교육대학원, 1986.

조문희, "김동리와 황순원 소설의 샤머니즘과 기독교 수용양상", 성균관대학교, 2005.

최경희, "황순원 소설의 꿈 연구", 경희대학교 대학원, 2001.

최옥남, "황순원 소설의 기법연구", 서울대학교 교육대학원, 1986.

최인숙, "황순원 《움직이는 성》 연구", 효성여자대학교 대학원, 1988.

한효연, "황순원 작품의 문체론적 연구", 고려대학교, 1991.

허명숙, "황순원 장편소설 연구: 《일월》, 《움직이는 성》, 《신들의 주사위》의 인물구조를 중심으로", 숭실대학교 대학원, 1988.

3) 박사학위 논문

곽경숙, "한국 현대소설의 생태학적 연구", 전남대학교 대학원, 2001.

김윤정, "황순원 소설 연구", 한양대학교, 1997.

김주성, "황순원 소설의 샤머니즘 수용양상 연구", 경희대학교 대학원, 2009.

박양호, "황순원 문학 연구", 전북대학교 대학원, 1994.

박 진, "황순원 소설의 서정적 구조 연구", 고려대학교, 2003.

박혜경, "황순원 문학 연구", 동국대학교 대학원, 1995.

서재원, "김동리·황순원 소설의 낭만적 특징 비교", 고려대학교 대학원, 2005.

양선규, "황순원 소설의 분석심리학적 연구", 경북대학교 대학원, 1991.

유금호, "한국현대소설에 나타난 죽음의 연구", 경희대학교 대학원, 1988.

이경호, "황순원 소설의 주체성 연구", 한양대학교, 1998.

임진영, "황순원 소설의 변모양상 연구", 연세대학교, 1999.

임채욱, "황순원 소설의 서정성 연구", 전남대학교, 2002.

장현숙, "황순원 문학 연구", 경희대학교 대학원, 1994.

황효일, "황순원 소설 연구", 국민대학교, 1997.

허명숙, "황순원 소설의 이미지 분석을 통한 동일성 연구", 숭실대학교, 1997.

4) 평론 및 기타

곽종원, "황순원론", 《문예》, 1952. 3.

권영민, "황순원의 문체, 그 소설적 미학", 《말과 삶과 자유》, 문학과지성사, 1985.

_____, "일상적 경험과 소설의 수법", 《황순원전집 4》, 문학과지성사, 1995.

구창환, "상처받은 세대", 《조대문학》 제5집, 1964.

_____, "황순원 문학 서설", 《조선대학교 어문학논총》 제6호, 1965.

_____, "김동리의 문학세계", 《조선대 어문논총》 제7호, 1966. 11.

_____, "황순원론", 《현대작가론》, 형성출판사, 1985.

_____, "황순원 생명주의 문학", 《한국언어문학》, 한국언어문학회, 1976.

김만수, "황순원의 초기 장편소설 연구", 《1960년대 문학연구》, 예하, 1993.

김병익, "찢어진 동천사상의 복원", 《황순원 문학전집》 제4권, 삼중당, 1973. 12.

_____, "수난기의 결벽주의자", 《황순원 문학전집》 제5권, 삼중당, 1973. 12.

_____, "한국소설과 한국기독교", 김주연 편, 《한국문학과 기독교》, 문학과지성사, 1984.

_____, "장인정신과 70년대 문학의 가능성", 《마당》, 1985. 4.

_____, "순수문학과 그 역사성", 《황순원전집 12》, 문학과지성사, 2000.

김상일, "순원문학의 위치", 《현대문학》, 1965. 4.

_____, "황순원 문학과 악", 《현대문학》, 1966. 11.

김열규, "샤머니즘의 문화적 의미", 《문학사상》, 1977. 9.

김우종, "신당의 미학", 《한국현대소설사》, 선명문화사, 1968.

김윤식, "전통지향성의 한계", 《한국근대작가논고》, 일지사, 1974.

_____, "구경적 생의 형식", 《한국현대문학사》, 일지사, 1976.

_____, "묘사의 거부와 생의 내재성", 《한국현대문학사》, 일지사, 1976.

_____, "황순원론", 《우리 문학의 넓이와 깊이》, 서재헌, 1979.

_____, "민담, 민족 형식에의 길", 《소설문학》, 1986. 3.

김윤식·김현, "황순원 혹은 낭만주의자의 현실인식", 《한국문학사》, 민음사, 1984.

김인환, "인고의 미학", 《황순원전집 6》, 문학과지성사, 2000.

김종회, "삶과 죽음의 존재양식: 황순원의 단편집 《탈》을 중심으로", 《문학사상》, 1988. 3.

_____, "소설의 조직성과 해체의 구조", 《현실과 문학의 상상력》, 교음사, 1990.

_____, "황순원 소설의 작중인물 연구", 《한국소설의 낙원의식 연구》, 문학아카데미, 1990.

김주연, "싱싱함, 그 생명의 미학", 《황순원전집 11》, 문학과지성사, 2000.

김치수, "외로움과 그 극복의 문제", 《황순원전집 12》, 문학과지성사, 2000.

_____, "소설의 조직성", 《황순원전집 10》, 문학과지성사, 2000.

김 현, "안과 밖의 변증법", 《황순원전집 1》, 문학과지성사, 2000.

_____, "소박한 수락", 《황순원전집 12》, 문학과지성사, 2000.

김희보, "황순원의 《움직이는 성》과 무속신앙: M. Eliade의 예술론을 중심으로", 《기독교사상》247호, 1979. 1.

노승욱, "김동리 소설의 샤머니즘 수용양상", 《인문학연구》(통권 89호, 충남대, 2012. 12.).

박남훈, "한국소설에 나타난 기독교 토착화 양상: 김동리의 〈무녀도〉·〈을화〉와 황순원의 〈움직이는 성〉을 중심으로", 《한국문학논총》(제 30집, 2002. 6.).

박동규, "신당과 원시의 풍경", 《한국현대작가연구》, 민음사, 1976.

백 철, "전환기의 작품자세", 〈동아일보〉, 1960. 12. 9.~10.

_____, "작품은 실험적인 소산", 〈한국일보〉, 1960. 12. 18.

서준섭, "이야기와 소설: 단편을 중심으로", 《작가세계》(1995. 봄).

성민엽, "존재론적 고독의 성찰", 《황순원전집 8》, 문학과지성사, 2000.

송백헌, "토속신의 미학과 원색적 인간상", 《동리문학이 한국문학에 미친 영향》, 중앙대 문예창작학과, 1979.

송상일, "순수와 초월", 《황순원전집 7》, 문학과지성사, 2000.

신동욱, "미토스의 지평: 김동리의 '무녀도'를 중심으로", 《현대문학》, 1965. 2.

오생근, "전반적 검토", 《황순원전집 12: 황순원 연구》, 문학과지성사, 2000.

우남득, "동리문학의 사의 구경 추구", 《이화어문논집》(제 32집, 1980).

우한용, "현대소설의 고전수용에 관한 연구: 《움직이는 성》과 서사무가 '칠공주'의 관련성을 중심으로", 《국어국문학》, 전북대학교, 1983.

_____, "민족성의 근원추구: 황순원의 《움직이는 성》", 《한국현대소설구조연구》, 삼지원, 1990.

원응서, "그의 인간과 단편집 《기러기》", 《황순원 문학전집》 제 3권, 삼중당, 1973. 12.

원형갑, "버림받은 언어권: 《움직이는 성》의 인물들", 《현대문학》, 1974. 3.

유종호, "겨레의 기억", 김종회 편, 《황순원》, 새미, 1998.

_____, "겨레의 기억", 《황순원전집 2》, 문학과지성사, 2000.

이동하, "소설과 종교: 《움직이는 성》을 중심으로", 《한국문학》(1987. 6.).

_____, "주제의 보편성과 기법의 탁월성: 황순원의 '잃어버린 사람들'", 《정통문학》 1호, 1985. 12.

_____, "소설과 종교", 《한국문학》, 1987. 7. ~9.

_____, "전통과 설화성의 세계: 황순원의 《기러기》", 《물음과 믿음 사이》, 민음사, 1989.

_____, "전통과 설화성의 세계", 《물음과 믿음사이》, 민음사, 1989.

이보영, "황순원의 세계"(상·하), 《현대문학》, 1970. 2. ~3.

이부영, "심리학적 상징으로서의 동굴", 《문학과 비평》, 1987. 가을.

이상섭, "'유랑민 근성'과 '창조주의 눈'", 《황순원전집 9》, 문학과지성사, 2000.

이인복, "황순원의 '별' '독짓는 늙은이' '목넘이마을의 개'", 《한국문학에 나타난 죽음의식의 사적 연구》, 열화당, 1979.

_____, "김동리의 신령주의", 《한국문학과 기독교사상》, 우신사, 1987.

이용남, "조신몽의 소설화 문제: '잃어버린 사람들' '꿈'을 중심으로", 《관악어
　　문연구》 제 5집, 1980.

이재선, "황순원과 통과제의의 소설", 《한국현대소설사》, 홍성사, 1979.

＿＿＿, "정신사적 구원의 문제", 《한국현대소설사》, 홍성사, 1979.

＿＿＿, "주술적 세계관과 김동리", 《한국현대소설사》, 홍성사, 1979.

＿＿＿, "소설에 나타난 사랑과 죽음", 《한국문학의 지평》, 새문사, 1981.

＿＿＿, "전쟁체험과 50년대 소설", 《현대문학》, 1981. 11.

＿＿＿, "'무녀도'에서 '을화'까지", 이재선 편, 《김동리》, 서강대학교 출판부,
　　1995.

이정숙, "황순원 소설에 나타난 인간상", 《서울대학교 대학원 논문집》, 1975.

＿＿＿, "민요의 소설화에 대한 고찰: '명주가'와 '비늘'을 중심으로", 《한성대
　　학교 논문집》, 1985.

＿＿＿, "인간의 내면과 원형 탐구", 《한국 현대장편소설 연구》, 삼지사, 1990.

＿＿＿, "자아인식에의 여정: 황순원 《움직이는 성》", 《한국 현대장편소설 연
　　구》, 삼지사, 1990.

이정재, "시베리아 샤마니즘과 한국 무속", 《비교민속학》 제 14집, 1997. 5.

＿＿＿, "김태곤 원본이론(原本理論)의 '존재' 문제 연구", 《한국문화의 원본
　　사고》, 민속원, 1997.

이태동, "실존적 현실과 미학적 현현: 황순원론", 《황순원전집》, 문학과지성
　　사, 2000.

이형기, "김동리론: '등신불'을 중심으로", 《문학춘추》(1964. 5.).

＿＿＿, "유랑민의 비극과 무상의 성실", 《황순원 문학전집》 제 1권, 삼중당,
　　1973. 12.

＿＿＿, "갈등의 종교사회학: 김동리의 '을화'", 《비평문학 8》, 1994.

정과리, "사랑으로 감싸는 의식의 외로움", 《황순원전집 5》, 문학과지성사,
　　2000.

정현기, "전쟁판도와 믿음세계 지도: 기독교와 샤머니즘의 휼방지쟁(鷸蚌之
　　爭) 또는 합숙", 《서정시학》, 2006년. 가을.

조남현, "순박한 삶의 파괴와 극복", 《학/잃어버린 사람들》, 문학과지성사,
　　1981.

＿＿＿, "황순원의 초기 단편소설", 《한국현대소설사연구》, 민음사, 1984.

조연현, "황순원 단장", 《현대문학》, 1964. 11.

_____, "황순원론", 《예술원논문집》 제3집, 1964.

_____, "김동리론", 《동리문학이 한국문학에 미친 영향》, 중앙대 문예창작학과, 1979.

진형준, "모성으로 감싸기, 그에 안기기", 《황순원 연구》, 1993.

천이두, "인간속성과 모랄", 《현대문학》, 1958. 11.

_____, "자의식과 현실(《나무들 비탈에 서다》의 기점 개제)"(상·하), 《현대문학》, 1961. 12. ~1962. 1.

_____, "토속적 상황설정과 한국소설", 《사상계》, 188호, 1968.

_____, "토속세계의 설정과 그 한계", 《사상계》(1968. 12.).

_____, "황순원 문학", 《신한국문학 전집》 제14권, 어문각, 1970.

_____, "종합에의 의지", 《현대문학》, 1973. 8.

_____, "부정과 긍정", 《황순원 문학전집》 제2권, 삼중당, 1973. 12.

_____, "서정과 위트", 《황순원 문학전집》 제7권, 삼중당, 1973. 12.

_____, "시와 산문", 《종합에의 의지》, 일지사, 1974.

_____, "원숙과 패기", 《문학과 지성》, 1976. 여름.

_____, "청상의 이미지: 오작녀", 《한국현대소설론》, 형설출판사, 1983.

한승옥, "황순원 장편소설 연구: 원죄의식을 중심으로", 《숭실어문》 제2집, 숭전대학교 국어국문학회, 1985. 2.

홍정선, "이야기의 소설화와 소설의 이야기화", 《말과 삶과 자유》, 문학과지성사, 1985.

홍정운, "황순원론: 《움직이는 성》의 실체", 《현대문학》, 1981. 7.

홍창수, "김동리 무계소설 연구", 《어문논집》(제34집, 고려대, 1995. 11.).

황순원, "비평에 앞서 이해를", 〈한국일보〉, 1960. 12. 15.

_____, "한 비평가의 정신자세", 〈한국일보〉, 1960. 12. 21.

_____, "유랑민 근성과 시적 근원", 《문학사상》, 1972. 11.

_____, "대표작 자선자평: 유랑민 근성과 시적 근원"(대담), 《문학사상》 제1권 제2호, 1972. 11.

황순원, "자기확인의 길", 《황순원전집 12: 황순원 연구》, 문학과지성사, 2000.

3. 번역서 및 국외 논저

佐佐木宏幹, 김영민 역, 《샤머니즘의 이해》, 박이정, 1999.

袁珂, 정석원 역, 《중국의 고대신화》, 문예출판사, 1988.

村山智順, 김희경 역, 《조선의 점복과 예언》, 동문선, 1990.

Abrams, M. H., *A Glossary of Literary Terms*, New York: Holt, Rinehare and Winston, 1974.

Adorno, T. W., 홍승룡 역, 《미학이론》, 문학과지성사, 1984.

Bachelard, Gaston, 곽광수 역, 《가스통 바슐라르》, 민음사, 1995.

Bierlein, J. F., 현준만 역, 《세계의 유사신화》, 세종서적, 2000.

Booth, Wayne, 최상규 역, 《소설의 수사학》, 새문사, 1985.

Boulton, Marjorie, *The Anatomy of the Novel*, London, Boston and Henley: Routeleage and Kegan Paul Ltd., 1975.

Brooks, Cleanth & Warren, Robert Penn, 안동림 역, 《소설의 분석》, 현암사, 1986.

Campbell, Joceph, 이윤기 역, 《천의 얼굴을 가진 영웅》, 민음사, 2007.

_____, 이진구 역, 《동양신화》(신의 가면2), 까치글방, 2000.

Chadwick, Charles, 박희진 역, 《상징주의》, 서울대학교출판부, 1984.

Could, Eric, *Mythical Intentions in Modern Literature*, Prenceton Univ. Press, 1981.

Durand, Girbert, 유평근 역, 《신화비평과 신화분석》, 살림출판사, 1998.

Eliade, M., 이윤기 역, 《샤마니즘》, 까치, 1992.

_____, 이재실 역, 《이미지와 상징》, 까치, 1998.

_____, 이은봉 역, 《성과 속》, 한길사, 1998.

_____, 이은봉 역, 《종교형태론》, 형설출판사, 1979.

_____, 정진홍 역, 《우주와 역사》, 현대사상사, 1984.

Frazer, J. G., 김상일 역, 《황금의 가지》(상·하), 을유문화사, 1986.

Freud, Sigmund, 임홍빈·홍혜경 역, 《정신분석 강의》(상·하), 열린책들, 1997.

_____, 김인순 역, 《꿈의 해석》(상·하), 열린책들, 1997.

_____, 정장진 역, 《창조적인 작가와 몽상》, 열린책들, 1997.

_____, 윤의기 역, 《무의식에 관하여》, 열린책들, 1997.

_____, 이윤기 역, 《종교의 기원》, 열린책들, 1997.

_____, 김종엽 역, 《토템과 타부》, 문예마당, 1995.

Frye, N., *Fables of Identity*, N. Y. : Hartcourt, Brace & World Inc. , 1963.

_____, 임철규 역, 《비평의 해부》, 한길사, 1986.

Girard, René, 김진식·박무호 역, 《폭력과 성스러움》, 민음사, 1997.

Guerin, Wilfred L. 외, 최재석 역, 《문학비평입문》, 한신문화사, 1994.

Jacobi, Jolande, 이태동 역, 《칼융의 심리학》, 선영사, 1985.

Jung, C. G. , Selected & Ed. , Jolande Jacobi, *Psychlogical Rerflections*, N, Y. : Princeton Univ. Press, 1970.

_____, (Bollingen Series) Symbols of Transformation, The Symbolic Life, *The Archetypes and the Collective Consciousness*, N. Y. : Princeton Univ Press, 1976.

_____ 편, 이부영 외 역, 《인간과 무의식의 상징》, 집문당, 2008.

Knapp, Bettinal, *A Jungian Apprach to Literature*, Illinoii: Southern Illinois Univ. Press, 1984.

Lacan, Jacques, 권택영 외 역, 《욕망이론》, 문예출판사, 1994.

Milner, Max, 이규현 역, 《프로이트와 문학의 이해》, 문학과지성사, 1997.

Weston. J. L. , 정덕애 역, 《제식으로부터 로망스로》, 문학과지성사, 1988.

Wheelwright, P. E. , 김태옥 역, 《은유와 실재》, 한국문화사, 2000.

Wright, Elizabeth, 권택영 역, 《정신분석비평》, 문예출판사, 1993.